모조품 남매

모조품 남매

초판 1쇄 발행 2025년 6월 30일

지 은 이 야기사와 사토시
옮 긴 이 오정화
펴 낸 이 한승수
펴 낸 곳 문예춘추사

편 집 구본영
디 자 인 박소윤
마 케 팅 박건원, 김홍주

등록번호 제300-1994-16
등록일자 1994년 1월 24일

주 소 서울특별시 마포구 동교로 27길 53, 309호
전 화 02 338 0084
팩 스 02 338 0087
메 일 moonchusa@naver.com

ISBN 978-89-7604-717-5 03830

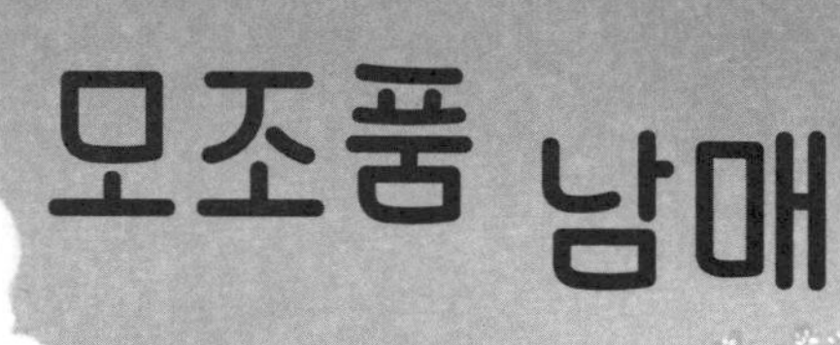

모조품 남매

야기사와 사토시 지음
오정화 옮김

문예춘추사

차례

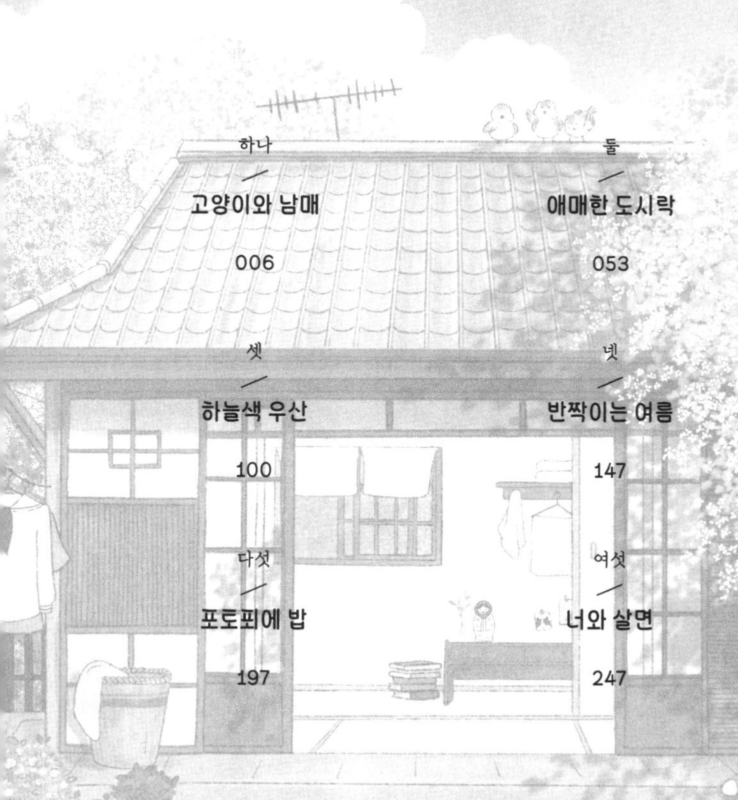

하나

고양이와 남매

아이다 가문의 마당에 처음 그 침입자가 모습을 드러낸 것은 이른 봄의 어느 오후였다. 아침부터 하늘에 솜사탕 같은 구름이 뭉게뭉게 떠 있는 기분 좋은 일요일, 벚꽃이 피기 시작할 무렵이라 훌쩍 꽃구경이라도 떠나고 싶어지는 쾌청한 날씨였다.

그를 처음 발견한 사람은 여동생 유카리였다. 빨래를 걷으러 마당에 나왔는데, 뭔가 동그란 물체가 단풍철쭉나무 옆에 웅크리고 있었다.

"아, 고양이다."

젖소처럼 검은색과 하얀색 털이 있고 머리 부분이 8 대 2로 가르마가 난, 이른바 '하치와레'라고 불리는 고양이였다.

사람에게 익숙한 고양이인지 유카리의 존재를 알아차리고

도 고개만 들 뿐 도망가려는 기색은 보이지 않았다. 방울 모양으로 활짝 핀 새하얀 꽃 옆에서 따스한 햇살을 등뒤로 가득 받으며 기분 좋은 듯 눈을 가늘게 뜨고, 재주 좋게 접은 앞다리를 배 밑에 가지런히 포개고 있었다.

"오빠."

유카리는 툇마루에서 거실을 향해 외쳤다.

"오빠, 잠깐만."

"왜?"

다다미 위에서 죽은 벌레처럼 배를 보이고 드러누워 텔레비전을 보던 오빠 요이치가 낮게 앓는 소리를 내며 귀찮다는 듯 고개를 들었다. 마침 텔레비전에서는 형사 드라마 재방송이 시작되려던 참이었다. 그의 옆에는 맥주와 안주 대신 진저에일과 구운 아몬드가 놓여 있다. 그것은 술을 거의 마시지 못하는 요이치에게 주말의 소박한 즐거움이었다.

요이치와 유카리는 열한 살 터울의 남매다. 하지만 피로 이어지지는 않았다. 십여 년 전, 요이치의 어머니와 유카리의 아버지가 재혼하여 가족이 되었다. 그때 구축의 작은 목조 단독주택을 사들여 조촐하게 살다가 오 년 전 부모님이 세상을 떠났다. 고향의 의료품 제조업체에 근무하는 스물다섯의 요이치와 중학교 3학년인 유카리. 어딘가 멍한 구석이 있는 요이치와 달리 유카리는 똑 부러지는 성격으로, 성격도 정반대인 데다가 외모 역시 조금도 닮지 않았지만, 그래도 나름대로 잘 살아가고 있다.

아이다 가문이 들어선 주변은 비슷하게 오래된 가옥들이 즐비한 한적한 주택가다. 이웃 사람들은 나란히 걷는 두 사람 모습을 보고 '사이 좋은 남매'라며 흐뭇하게 바라보았다. 요이치와 유카리는 그런 말을 들을 때마다 등 언저리가 간질거려 내심 그만해주길 바라고 있다.

"왜, 무슨 일이야?"

요이치가 텔레비전에서 눈을 떼지 않고 묻는다.

"잠깐 이쪽으로 와봐."

빨리 오라는 유카리의 손짓에도 요이치는 꿈쩍도 하지 않으려고 했다.

"싫어."

"왜?"

"텔레비전 보잖아."

"그런 시시한 드라마, 볼 거 없잖아."

"시시한지 아닌지는 내가 결정해. 너야말로 무슨 일인데?"

"드라마보다 더 재밌는 걸 볼 수 있어."

"거짓말도 잘하네."

그래도 여동생의 말에 깜빡 속아넘어간 요이치가 몸을 일으켰다. '겁이군'이라며 유카리가 득의양양한 미소를 짓는 줄도 모르고.

"악!"

멀쑥하게 키가 큰 요이치가 문미에 머리를 부딪쳤다.

"무슨 일인데, 진짜. 코로폭쿠루[1]라도 발견했어?"

"저기 봐봐. 살짝, 놀라게 하지 말고."

슬리퍼를 신고 마당 구석까지 다가간 요이치가 수풀 쪽으로 눈길을 돌렸다.

"유카리."

"봤어?"

"고양이밖에 없는데. 재미있는 건 어딨어?"

"바로 그 고양이야."

"뭐야, 재미없잖아."

"나한테는 재밌어."

유카리가 만족스럽게 대답했다.

"하아, 고양이 때문에 날 부른 거야? 소중한 일요일에 쉬면서 텔레비전을 보고 있는데?"

투덜거리며 유카리가 있는 곳까지 돌아온 요이치는 손에 가

---

1 일본 아이누 전승에 등장하는 소인족

만히 쥐고 있던 아몬드를 입에 넣으며 불쾌하다는 듯 깨물었다.

"오빠는 고양이가 싫어?"

"보.통."

"나는 좋아해."

"안 물어봤는데."

아이다 가문의 마당은 손질이 제대로 되어 있지 않은 탓에 조금 지저분했다. 잡초가 무성하게 자라고, 검은 울타리는 녹슬어 불그스름하다. 계절 지난 금귤이 자그마한 열매를 맺고, 조팝나무와 산다화가 제멋대로 피어 있다. 그리고 그 주위를 작은 벌레들이 날아다니고 있었다. 유카리 혼자서 감당할 수 있는 양도 아닌 데다가 요이치는 완전히 무관심해서 조금도 도움이 되지 않았다.

고양이는 역시 도망치려 하지 않았다. 레몬색 눈동자가 형형한 검은 눈을 가늘게 뜨고, 2미터 앞에서 어깨를 나란히 한 남매를 뚫어지게 바라보았다.

"길고양이겠지? 배고프지는 않을까?"

"어디서 기르는 고양이겠지. 배고파 보이지는 않는데."

"하지만 목줄이 없는걸."

"목줄?"

"봐봐, 여기."

유카리가 요이치의 소맷자락을 쭉 잡아당겼다.

"에헤이, 하지 마. 늘어나잖아."

하지만 그런 항의도 필요 없을 정도로 셔츠는 이미 후줄근했다.

"아……."

확실히 고양이의 짤막한 목에는 목줄 같은 것은 없었다.

"뭐, 안 하고 있네."

"그렇지?"

"그래도 목줄을 채우지 않고 키우는 사람도 꽤 있지 않아?"

"그래?"

"고양이라는 동물은 목줄 매는 걸 좋아하지 않으니까."

요이치가 아몬드를 오독오독 씹으며 무심하게 말했다.

"그런가?"

하지만 유카리는 이해가 가지 않는다는 듯 어깨를 으쓱했다. 길고양이가 아닌 것이 자못 안타까운 목소리였다.

"저렇게 뽀송뽀송 깨끗한 길고양이가 있다고 생각해? 길고양이든 아니든, 내버려두면 나가겠지. 뭐, 오줌이나 똥을 싸놓으면 가만히 있을 수 없겠지만. 저 녀석들 똥오줌은 진심으로 고약하거든."

입이 찢어질 정도로 큰 하품을 내뱉고 집 안으로 들어가려던 요이치는, 가느다란 팔을 확 잡아당기는 힘에 저지당했다. 대신 안으로 잠깐 들어간 유카리가 손에 식빵을 들고 다시 마당으로 나왔다. 유리구슬만 한 크기로 작게 찢어 동그랗게 말아서는 좁은 마당에 아무렇게나 던졌다. 고양이는 포물선을 그리며 흙 위로 떨어지는 빵을 가만히 눈으로 좇기는 했지만, 전혀 관심을 보이지 않았다. 남매에게는 '흥!' 하며 콧방귀를 뀌는 것처럼 보였다.

"안 먹네."

"지금 얘, '흥!' 하고 어이없어하지 않았어?"

"응."

유카리는 고개를 끄덕였다.

"남의 집 마당에서 우쭐대네."

"배고픈 줄 알았는데."

"이건 불법 침입인데."

"포동포동한 게 귀여워."

남매가 미묘하게 초점이 맞지 않는 대화를 나누는데, 따스한 날씨 속에서 고양이가 입을 크게 벌리고 '크아암' 하고 하품했다. 유카리가 킥킥 작게 미소 지었다.

"뭔가 닮았다."

"뭐가?"

유카리가 말없이 요이치와 고양이를 번갈아 가리켰다.

"어디가?"

"능글맞고 뻔뻔한 느낌?"

"에이……."

인정할 수 없다는 듯 탄식하며 요이치는 어금니로 아몬드를 깨물었다. 유카리는 고양이를 보며 기쁜 듯 웃음을 멈추지 않았다.

저녁이 되어 유카리가 저녁 식사 준비를 시작할 무렵, 고양이는 어디론가 사라져버렸다. 저녁 반찬으로 삼치 된장 절임과 말린 무절임, 시금치 무침을 요리하는 동안, 요이치는 욕실 청소를 했다. 목청을 높여 노래를 부르는 소리가 부엌에 있는 유카리에게까지 들렸다. 음정은 여전히 맞지 않지만. 욕실 청소를 마친 요이치는 유카리의 부탁으로 된장국을 만들었다.

거실에 놓인 밥상에 완성된 요리를 능숙하게 차린 두 사람은 '잘 먹겠습니다'라고 말하며 두 손을 모았다.

"아아, 일요일이 끝나가는구나."

"그 말, 매주 하더라?"

마침 텔레비전에서 흘러나오는 국민 애니메이션 〈사자에상〉[2]의 엔딩곡에 슬퍼하는 요이치를 보고 유카리가 어이없다

2 1969년 후지TV를 통해 방송된 지 오십 년이 넘은 초장수 작품

는 듯 말했다.

"고양이, 또 올까?"

유카리가 말린 무절임을 우물거리며 중얼거렸다.

"글쎄. 고양이잖아."

요이치가 된장국을 젓가락으로 휘저으며 무심하게 대답했다.

삼치 된장 절임은 부드럽고, 굽기도 딱 적당했다. 하지만 오빠가 끓인 된장국은 너무 오래 끓인 탓에 조금 짰다.

* * *

월요일 아침이 되자, 요이치는 그런 일이 있었다는 것을 말끔하게 잊어버렸다. 요이치는 자고 나면 대부분의 일을 잊어버리는 유형이었다. 지난밤에 무엇을 먹었는지 다음 날이 되면 바로 떠올리지 못할 것 같은 남자다.

하지만 유카리는 한 번 마음에 둔 것은 끝까지 끈질기게 기억하는 유형이었다. 이 년 전, 요이치가 자신의 생일을 까먹었던 것을 아직도 꽁하게 마음에 담아두는 성격이다.

유카리는 학교가 끝나면 동네 슈퍼인 '록키 마트'에 들러 두 사람이 먹을 만큼의 음식과 함께 고양이 간식을 사기로 했다. 매주 월요일은 '록키 마트'의 포인트가 두 배로 적립되는 이벤트 날이어서 월요일을 장 보는 날로 정했다. 유카리는 최근 몇 년 사이에 '이벤트'나 '특가'라는 표현에 굉장히 예민해졌다. 본인으로서는 그리 달갑지 않은 변화다.

'흐음, 뭐로 할까.'

애완동물 용품 코너에서 가다랑어 맛과 참치 맛 중에 잠시 고민하다가, 결국 참치 맛을 골랐다. 그러자 꽤 오래전에 먹었던 참치회 맛이 혀에 강렬하게 되살아나 참을 수 없었다. 유카리는 '떠올리면 안 돼. 떠올리지 말자'고 자신을 타이르면서, 식료품이 가득 담긴 장바구니를 손에 들고 잠시 마트 안을 방황했다.

"아냐, 오늘 저녁은 조금 무리하더라도 회를 먹자."

결국 유혹에 굴복하여 홀린 듯 신선 코너로 다가갔다. 그래도 한 팩에 980엔이라는 가격표가 붙은 생선회를 바구니에 담는 건 꽤 용기가 필요한 일이라, 눈을 감고 마음속으로 '에잇, 뭐 어때!'라고 외쳤다.

"오늘은 생선회? 좋지이."

계산대에서 바구니에 담긴 물건을 꺼내자, 파트 타임 아주머니가 상냥하게 말을 걸어왔다. 유카리는 살짝 얼굴을 붉히며 '아하하' 하고 어색하게 웃었다. 슈퍼의 계산대 아주머니들과는 얼굴을 잘 아는 사이다. 식료품을 잔뜩 사가는 교복 차림 여중생은 흔치 않으니, 역시 눈에 띄는 것 같다.

터질 듯 부풀어오른 비닐봉지를 양손에 들고 겨우 집에 도착했을 무렵에는 해가 저물어가고 있었다.

"어머, 유카리. 이제 오니?"

비닐봉지를 잠시 내려놓고 우편함을 들여다보는데, 등뒤로 몹시 밝은 목소리가 날아들었다. 옆집에 사는 마스이 아주머니다. 아이다 가문의 대문과 마스이 가문의 뒤뜰은 울타리를 사이에 두고 붙어 있어, 아주머니가 정원을 가꾸고 있으면 반드시 마주친다. 그리고 마스이 아주머니는 언제나 정원을 손질하고 있다.

"안녕하세요."

유카리는 마스이 아주머니를 향해 꾸벅 고개를 숙였다. 아, 생선회를 신선할 때 빨리 냉장고에 넣고 싶었는데.

"아, 장 보고 오니?"

유카리가 고개를 끄덕이자, 마스이 아주머니는 유카리의 팔 아래 쇼핑백 두 개를 보고 얼굴을 살짝 찌푸리며 걱정스럽게 말했다.

"이렇게 가느다란 팔로 무거운 짐을 들고. 힘들지 않아?"

유카리는 중학생치고는 큰 키에, 얼굴도 작고 선도 가늘다. 요즘 애들답게 손발도 길다. 스포츠 동아리에도 들어가지 않아

피부는 투명할 정도로 하얗다. 마스이 아주머니를 비롯한 동네 어른들은 유카리를 보며 너무 인형 같다며 한숨을 쉬었다. 하지만 유카리는 그런 말을 들을 때마다 절대 그렇지 않다며 당황해했다. 굳이 말하자면 굴곡 없는 남자아이 같은 체형을 콤플렉스로 생각할 정도다.

하지만 그런 외모나 나이에 걸맞지 않게 차분한 말투가 한몫하여, 유카리는 종종 오해를 받기도 한다. 그러니까 잘생긴 여자애라고 보기 쉽다는 뜻이다. 중학교에서는, 입학 초부터 일명 노는 여자아이들 눈에 띄어 어느새 그 무리의 일원이 되어 있었다. 하지만 겉모습과 달리 검소하고, 잡지에서 인기 있는 독자 모델의 이름도 모르는 데다 집안일을 해야 해서 모임 권유를 몇 번 거절했더니 자연스럽게 거리를 두게 되었다. 조금 더 어른스러운 다른 무리에 들어가기에도, 이미 그들만의 유대가 확립되어 이제 와서 녹아들기도 어려웠다. 점점 붙임성 있게 웃는 것도 귀찮아지면서, 3학년 여름 무렵부터인가, 쉬는 시간에도 혼자 시간을 보내는 일이 많아졌다. 그렇다 보니 유카리에게 학교는 몹시 답답한 곳이었다.

"장을 보러 간다고 말해줬으면 차를 타고 같이 갔을 텐데."

마스이 아주머니가 친근하게 말했지만, 유카리는 단호한 목소리로 거절했다.

“이 정도는 괜찮아요.”

“그래?”

“네.”

“그래도…….”

“제가 해야 할 일이니까요.”

유카리는 다시 한 번 딱 잘라 말했다.

“제 일은 제가 하고 싶어요. 그래야 마음이 좀 편해서.”

오빠가 밖으로 일하러 나가면 자신이 집안일을 한다. 그러한 규칙 아래 지금 자신들은 살아간다. 차를 빌려 타는 것 정도는 그렇게 마음 쓰지 않아도 된다는 것을 알고는 있지만, 한 번 기대면 마음이 풀어질 것 같아 싫었다. 아주머니가 ‘그냥 매번 태워다줄게’라고 말해주어도 스스로 할 수 있는 일은 스스로 하고 싶었다. 규칙이란, 다르게 표현하면 생활 기반. 그것을 지키는 것은 유카리에게 무엇보다 중요한 일이었다.

“여전히 고집쟁이구나.”

“항상 신경 써주셔서 감사해요.”

마스이 아주머니가 못 말린다는 듯 말하자, 유카리가 최대한 예의 바르게 대답했다. 이웃과의 교류는 필수 불가결하다는 것을 너무나도 잘 알고 있다.

“다른 곤란한 일이 있으면 언제든지 말해. 오빠랑 둘만 있으면 여러모로 힘들잖아."

마스이 아주머니는 친절하게도 그렇게 말해주었다. 하지만 그 목소리에는 어딘가 재미있어하는 기색이 묻어났다. 피를 나누지 않은, 나이 차이 나는 남매의 삶이 왠지 그녀의 흥미를 굉장히 돋우는가 보다. 하지만 재미있을 만한 생활은 전혀 하고 있지 않았기에, 어떻게 대응해야 할지 조금 곤란하다.

간신히 집 안으로 들어가 쇼핑백 안의 물건을 정리한 후, 저녁 준비를 시작했다. 쌀을 씻어 밥솥에 안치고, 새어머니 사치코 씨가 남긴 레시피 수첩을 참고하여 치쿠젠니[3]를 만들었다.

어둑어둑한 부엌에 서서 요리하는 동안 평소처럼 라디오를 틀었다. 라디오는, 얼굴이 보이지 않는 곳에서 일방적으로 말을 걸어준다는 점이 좋았다. 라디오는 찬장 위, 여자아이 모양의 마트료시카 인형 안에 들어 있다. 공작이 취미였던 아빠가 기판부터 직접 만들어 완성한 라디오를 선물로 받은 인형 속에 넣은 것이다.

오늘 청취자 사연 코너의 제목은 '당신이 행복을 느낄 때'였다.

익숙한 DJ의 허스키한 목소리가 방송에 응모한 사람들의 '행복'을 차례차례 소개했다.

젊은 사람들을 위한 프로그램이라 그런지 소개되는 사연도

---

3 닭고기와 채소를 간장에 조린 요리로, 일본에서는 새해를 맞이할 때 자주 먹는다.

젊은 사람들의 것이 많다.

"저는 퇴근 후의 한 잔이 최고의 행복이에요. 심지어 그 한 잔을 위해 일하고 있다고 해도 좋을 정도로."

"역시 사랑하는 연인과의 시간이죠. 삼 개월 전 실연당해 우울해하던 저를 격려해준 사람이 지금 사귀고 있는 남자 친구! 지금이 최고로 행복해요!"

"부부생활 삼 년. 드디어 아기 천사가 찾아와 남편과 함께 행복을 만끽하고 있답니다."

"그야 역시 인기 있는 가게의 디저트를 먹을 때! 두 시간 정도는 여유롭게 기다릴 수 있다고요!"

"밴드를 하고 있어요. 저는 역시 공연할 때가 가장 행복합니다! 언젠가는 일본 전역에 우리의 음악이 울려퍼지게 할 거예요. 컴온, 로큰롤!"

와아, 세상에는 정말 다양한 종류의 행복이 있구나.

유카리는 간장을 졸이는 달콤한 향기에 휩싸여 라디오에 귀를 기울였다. 모두 어디선가 들어본 듯했고 유카리에게는 크게 와닿지 않는 것들뿐이었지만, 그 사람에게는 틀림없이 소중한 '행복'이었다. 냄비 안 곤약과 죽순에 맛이 배는 것처럼, 동시에 유카리의 가슴에도 그들의 행복이 조용히 스며드는 것 같았다.

이윽고 청취자들의 신청곡이 흘러나오기 시작했다. 지금껏 들어본 적이 없는 외국 노래다. 낭만적인 피아노 반주에 이어 차분한 남자의 목소리가 영어로 잔잔하게 발라드를 불렀다.

내가 행복을 느낄 때는 언제일까? 유카리는 문득 자신의 생활을 되돌아보았다. 그런 식으로 생각해본 적은 처음이었다.

'행복하다!'라고 가슴 펴고 당당하게 말할 수 있는 장면이 바로 머릿속에 떠오르지 않는다. 학교는 몹시 답답하고, 집에 돌아와서도 요이치가 귀가하기 전까지는 계속 혼자다. 하루하루가 조금씩 계절을 바꿔가지만, 참으로 담담하게 지나간다. 행복……, 그래, 사소하지만 일요일 아침 늦잠을 자면서 이불 속에서 꼼지락거릴 때? 아니면 소금 찹쌀떡을 입안 가득 넣고 있을 때?

"오빠는 어떨까?"

문득 그런 의문이 떠올라 저도 모르게 목소리가 나왔다.

요이치는 한 번의 재수 끝에 꽤 이름이 알려진 대학에 붙어서, 학교에 다니기 위해 도쿄에서 혼자 살았다. 예쁜 여자 친구도 생기고, 학교생활도 즐기고 있는 듯 아르바이트나 과제가 바쁘면 본가에는 설날에만 돌아왔다. 사치코 씨(는 새어머니 이름이다)는, 밖으로 돌아다니기만 한다며 언제나 마음을 졸였다.

"뭐, 남에게 폐를 끼치지만 않으면 괜찮지만. 하지만 걔는 멍하게 행동해서 금방 여자 친구한테 차일 것 같아."

천성이 밝은 사치코 씨는 무서운 예언을 하며 웃었다.

"요이치, 도쿄에서 젊은 여자애랑 잘 지내고 있구나. 좋겠군."

그렇게 말한 아빠에게, '유카리 앞에서 이상한 소리 하지 마요!'라는 사치코 씨의 잔소리가 쏟아졌다.

지금 생각해도 금실이 좋은 부부였다. 여러 가지로 길을 돌아오긴 했지만, 두 사람은 '드디어 만났다'라는 느낌이었다. 그러나 아빠와 사치코 씨는 차를 타고 옆 동네 대형마트에 갔다가 돌아오는 길, 오후부터 내린 눈에 타이어가 펑크가 나면서 가드레일을 들이받고 세상을 떠났다. 누구의 잘못도 아닌, 그저 운이 좋지 않았다고 할 수밖에 없는 사고.

요이치는 장례식 후 아무 상의도 없이 대학을 중퇴하고 고향으로 돌아왔다. 여자 친구와도 깔끔하게 헤어졌다고 해야 할까, 고향으로 돌아간다고 했더니 상대가 일방적으로 차버린 것 같다. 오빠는 고향에서 일자리를 구했고, 현재 두 사람의 생활은 그 수입으로 유지되고 있다. 부모님의 사고로 받은 보험금도 조금 있지만, 그것은 '만약의 사태를 대비해' 그냥 두기로 했다.

그때 오빠는 어떤 마음으로 나와 살기로 결심했을까. 유카리의 거취를 두고 요이치와 친척들은 옥신각신했다. 유카리에겐 철이 들었을 때부터 엄마란 존재가 없었다. 유카리가 아기였을 때 아빠와 헤어졌는지, 엄마가 어떤 사람인지도 몰랐다. 그 무렵의 사정은 거의 모른다. 한 가지 분명한 사실은, 유카리를 거둬줄 만한 곳이 전혀 없었다는 것이다.

좁은 거실에 많은 사람이 모여 답답했던 기억이 난다. 방 한 구석에서 석유난로가 빨갛게 달아올라 있었다. 정작 당사자인 유카리에게는 눈길도 주지 않고 심각한 얼굴로 대화하는 친척들. 요이치만 유카리 곁을 절대 떠나지 않으려 했다.

"유카리는 제가 돌봐요."

그렇게 말했다.

"우리는 남매니까요. 가족이니까."

그 자리에 모인 어른들이 무슨 말을 해도, 요이치는 정좌 자세를 조금도 흐트러뜨리지 않고 계속 같은 말을 반복했다. 그것이야말로 유카리와 자신을 단단히 이을 수 있는 유일한 연결고리라고 말하는 것처럼. 언제나 무슨 생각을 하는지 알 수 없는, 매사에 태평하고 멍하게 있던 의붓오빠가, 그때는 엄청나게 믿음직스러웠다. 정신을 차려보니 유카리도 입을 일자로 꾹 다물고 옆에 앉은 요이치의 옷자락을 꽉 움켜쥐고 있었다.

"유카리, 너도 그게 좋지?"

요이치가 그렇게 말을 걸어왔다. 살며시 마음 안쪽을 어루만져주는 듯한 부드러운 목소리였다.

"응."

그 순간, 유카리는 당연하다는 듯 고개를 끄덕였다. 어떻게 그렇게 자연스럽게 오빠의 말을 받아들일 수 있었는지, 지금 생각해보면 신기하게 느껴질 정도로.

'오빠에게 행복이란 무엇일까?'

고민해봐도 알 수 있을 리 없었다. 나와 사는 길을 선택한 것을, 지금의 고향에서의 생활을 후회한 적은 없을까? 나를 짐이라고 생각한 적도 있을까?

'그렇다면 마음이 아프고 슬플 것 같은데.'

그런 생각을 하며 문득 창밖으로 시선을 돌리자, 어제 그 고양이가 막 아이다 가문의 울타리를 넘어 마당에 착지하고 있었다.

유카리는 가스레인지 불을 끄고 간식 봉지를 들어올리는 순간, 머릿속을 괴롭히던 모든 것을 잊고 마당으로 뛰어나갔다.

"야옹아, 이리 와."

슬리퍼를 신고 조용히 마당으로 나가 손바닥에 간식을 다섯 알 정도 올리고 가까이 가자, 고양이가 흠칫거리며 다가왔다. 그리고 코를 벌름거리며 냄새를 확인한 뒤, 천천히 손에 있는 간식을 먹기 시작했다. 식빵은 거들떠보지도 않았던 게 거짓말 같다. 심지어 조금 더 달라는 듯 '야옹' 하고 작은 소리로 울었다.

"꽤 허겁지겁 먹네."

쓴웃음을 지은 유카리가 고양이 모습을 살피며 살며시 머리에 손을 얹자, 고양이는 잠자코 그 손길을 받아들였다. 깃털 같은 부드러움에 유카리는 저도 모르게 숨을 들이켰다. 더 어렸을 적 동네 길고양이를 만진 기억은 있지만 그 감촉까지는 기억나지 않았다. 이렇게 폭신폭신하고 따뜻하다니, 유카리는 깜짝 놀랐다.

이윽고 고양이는 '간식이 없으면 이제 볼일 끝!'이라고 말하는 것처럼 한 바퀴를 빙그르르 돌아 등을 돌리고는, 담벼락을 넘으려는 듯 뛰어올랐다. 하지만 생각만큼 비거리가 나오지 않았는지, 실패하고 아무렇지 않게 마당으로 떨어졌다. '지금 건 못 본 척해줘'라는 느낌으로 한참 동안 유카리를 물끄러미 바라보다가 다시 뛰어올랐다. 그리고 담장 위에서 발버둥치듯 뒷다리를 한바탕 바둥거리더니 간신히 건너편으로 넘어갔다.

그 정신없는 일련의 몸부림을 가만히 지켜보던 유카리가 저도 모르게 중얼거렸다.

"허접해."

그날 저녁, 일을 마치고 돌아온 요이치는 식탁에 올려진 참치회를 보고 웃음을 멈추지 못했다. 정장 차림으로 춤까지 선보였다.

"뭐 하는 거야."

"행복의 춤."

유카리가 어이가 없어서 묻자, 요이치는 의미를 알 수 없는 말을 했다.

"오빠, 내 얘기 좀 들어봐."

유카리는 고양이가 얼마나 부드러웠는지 말해주려고 몇 번이나 대화를 시도했지만, 이미 회를 먹는 데 정신이 팔린 요이치는 '회, 너무 맛있어'라는 말밖에 모르는 것처럼 몇 번이나 반복했다.

"오빠, 들어보라니까."

"아아, 행복해."

"있지, 고양이가 말이야."

"녹는다, 녹아."

"아, 정말. 대화가 안 되네."

골탕을 먹은 기분이다. 뭐야, 이런 걸로도 좋은 건가? 이 얼마나 저렴한 행복인가. 그래도 이런 사소한 일로 행복을 느껴 준다면 그건 그거대로 기쁘기도 하다. 내가 시간과 노력을 들여 만드는 요리보다 마트에서 사온 참치회에 더 기뻐하는 것은 조금 이해가 가지 않지만.

"후우."

식사가 끝나고 만족스러운 숨을 내쉰 요이치는 거실에 대자로 누워 여느 때처럼 잠시 눈을 붙이려고 했다. 그러고는 몽유병 환자처럼 밥상 위에 올려두었던 고양이 간식이 들어 있는 주머니로 손을 뻗었다. 평상시에는 거기에 아몬드가 들어 있다. 그러나 그날 유카리는 머릿속이 고양이 생각으로 가득 차, '록키 마트'에서 요이치가 식후에 즐기는 아몬드를 사오는 것을 깜빡 잊어버렸다.

"아냐, 그거 먹으면 안 돼!"

말리는 유카리 목소리를 듣지 못하고, 비몽사몽 반쯤 잠들었던 요이치는 봉지를 열어 대뜸 몇 알을 입에 쏟아 넣었다. 뒤늦게 어찌할 바를 몰라, 유카리는 마른침을 삼키며 상황을 지켜봤다. 잠시 뒤 요이치가 눈을 크게 떴다.

"이게 뭐……."

"응?"

유카리가 되물었다.

"이, 이게 뭐야!"

요이치는 절규하면서 화장실로 달려갔다. 이 녀석은 제가 돌봐요. 그렇게 선언했을 때의, 그 멋진 오빠와는 완전히 다른 사람이었다. 하지만 이게 바로 우리 오빠다. 유카리는 그 뒷모습을 보며 살짝 미안한 마음이 들었지만, 그날 하루 중 가장 크게 웃었다.

* * *

날을 거듭할수록 유카리는 고양이가 마음에 들었다. 살짝 어수룩하고 바보 같은 짓을 하는 점이 사랑스러워 견딜 수가 없다. 계속 보고 있으면 가끔 진심으로 다 먹어버리고 싶어질 만큼의 귀여움이다.

이제 고양이는 유카리가 간식을 들고 마당으로 나가면 기다렸다는 듯 두꺼운 꼬리를 빳빳하게 바짝 위로 치켜세우고 달려온다. 애교를 부릴 때 그렇게 꼬리를 세우고 항문을 보여준다고 한다. 어미 고양이에게 엉덩이를 깨끗하게 핥아달라고 하는 습성인 듯했다. 요이치의 스마트폰으로 조사해서 알게 되었다. 하지만 그럴 때마다 주렁주렁 달린 커다란 고환이 너무 잘 보여, 사춘기에 접어든 소녀 유카리는 왠지 모르게 민망함이 들기도 했다.

고양이의 가르마 무늬를 자세히 살펴보니 살짝 균형이 맞지 않았다. 얼굴 왼쪽 부분에 검은색 털이 더 많았는데, 실패한 패치워크 같아서 그것 역시 맹해 보였다.

모든 고양이가 잡지 표지나 텔레비전에 나오는 고양이처럼 아름답게 균형 잡힌 것은 아니다. 유카리는 이 고양이를 보면 왠지 모르게 마음이 놓였다.

"어디, 여기가 좋으냐. 응? 여기 말이냐."

사극에나 나올 법한 말투로 말하며 꼬리 부근을 쓱쓱 거칠게 쓰다듬어주니, 고양이는 기분이 좋은 듯 눈을 가늘게 뜨고 갸르릉 소리를 냈다.

'도대체 얘는 어디서 왔을까?'

어느 집에서 키우는 고양이인데 길을 잃어 돌아갈 수 없게 된 걸까? 아니면 그다지 좋은 주인이 아니어서 도망친 고양이일까? 어쨌든 이제 이 고양이를 타인이라고, 아니 다른 사람의 고양이라고는 생각할 수 없게 되었다.

"우리집에서 살래?"

유카리의 물음에도 고양이는 '흥' 하며 다른 쪽으로 고개를 돌리고 눈도 마주치려 하지 않는다.

이 아이는 분명 우리에게 작은 행복을 가져다주는 심부름꾼

일 거야. 그래서 우리 집 마당에 나타난 거야. 유카리에게 문득 그런 생각이 들었다. 언밸런스한 앞머리에 살짝 얼빠진 점도 아이다 가문에 잘 어울릴 것 같았다. 우리 두 사람과 고양이 한 마리는 분명 서로 어깨를 맞대고 잘해나갈 수 있다.

유카리에겐 학교에서 돌아와 여기저기 손때가 잔뜩 묻은 이 낡은 목조 가옥에서 요이치를 기다리며 혼자 있다 보면 가끔 감정을 억누르기 힘든 날이 있다. 집안이 쥐 죽은 듯 고요하여 조수가 차오르는 것처럼 물밀듯이 고독이 밀려온다. 그럴 때는 라디오를 들어도 머리에 전혀 들어오지도 않고, 고막 안쪽에서 냉장고 모터 소리가 울리는 것 같은 기분이 든다. 오빠마저 아빠와 사치코 씨처럼 사고를 당해 세상을 떠나, 할머니가 되어서도 이 집에서 혼자 외롭게 살고 있는 자신의 모습을 상상하게 된다.

'하지만 이 아이가 있으면 무서워할 필요는 없지.'

문득 그런 생각이 들어 기분이 좋아졌다.

'좋았어, 오빠가 돌아오면 상의해보자.'

그런 생각에 유카리는 들뜬 마음을 감출 수 없었다.

유카리는 평소보다 시간을 들여 저녁 식사를 준비했다. 요이치가 좋아하는 다진 고기가 들어간 계란말이도 내일 도시락에 담을 수 있도록 넉넉하게 만들어둔 다음, 요이치가 돌아오기를 기다렸다.

결국 그날은 요이치가 야근으로 늦게 귀가해, 이야기는 다음 날 아침으로 미뤄졌다. 그렇게 아침 식사 자리에서 유카리는 잔뜩 긴장한 채 겨우 말을 꺼냈다.

"고양이 키울래?"

"고양이라니, 지난번 마당에서 본 젖소 닮은 녀석? 진심이야?"

하지만 낫토를 휘젓는 데 열중한 요이치는 고개도 들지 않고 말했다.

"괜찮지 않아?"

유카리는 앞으로 몸을 기울이며 요이치의 얼굴을 들여다보았다.

"저 아이는 분명 우리집 수호신이 되어줄 거야. 행복을 가져다주는 아이거든."

"뭐? 무슨 말이야?"

유카리는 이제 그런 생각이 확고해져 다른 생각을 할 수 없게 되었지만, 사정을 모르는 요이치는 당연히 당황했다. 아침부터 왜 그러냐는 표정이었다.

"그냥. 왠지 그런 생각이 들었어."

유카리는 입을 다물고 나지막이 말했다.

"갑자기 왜 그래. 열이라도 있어?"

요이치가 너무 진지한 표정으로 깜짝 놀라자, 유카리는 갑자기 자신이 했던 생각이 부끄러워 얼굴이 새빨개졌다.

"아, 뭐, 아냐. 그건 그렇고……. 근데 걔 너무 귀엽지 않아?"

유카리는 마음을 가다듬고 눈치를 보며 말했다.

"그래? 뭔가 넉살이 좋긴 했지. 누구랑 닮았다는 소문도 있잖아."

얼마 전 마당에서 고양이를 보고 자신을 닮았다고 한 유카리의 말을 은근히 마음속에 두고 있는 듯했다. 그런 시시한 것은 잘도 기억한다.

"그 아이에게는 따뜻한 밥과 지켜줄 사람이 필요한 거야."

"그런가?"

"누가 신고해서 보호소라도 끌려갔다가 돌이킬 수 없는 일이라도 생기면 어떡해."

"지금까지 잘 살아왔으니 괜찮겠지. 그리고……."

요이치는 모락모락 김이 나는 밥에 소복하게 올라간 낫토 실을 끊으려고 젓가락을 빙빙 돌렸다.

"우리가 기른다고 결정해도 그 녀석이 '네, 그러면 신세 좀 지겠습니다' 하고 따라오는 건 아니잖아."

오늘부터 신세 좀 지겠습니다. 그렇게 말하며 보자기를 둘러멘 고양이가 집에 오는 모습을 상상하자, 유카리는 심장이 두근거렸다. 하지만 요이치는 무시하고 말을 계속했다.

"그렇다고 개처럼 목줄로 묶어두지도 못하고. 고양이란 기본 성질이 자유를 사랑하는 동물이니까."

요이치는 '그리고 잘 기억해둬'라며 눈을 날카롭게 떴다.

"녀석들은 은혜를 모른다고."

뭐야, 그게. 유카리는 자기보다 먼저 나가야 하는 오빠의 계란프라이에 간장을 부어주다가, 어딘가 위화감이 느껴지는 오빠의 말에 고개를 갸웃거렸다.

"어? 고양이 키워본 적 있어?"

"응."

"있구나."

새삼스럽게 무슨 말이냐는 목소리였다.

"말 안 했나?"

유카리가 고개를 끄덕였다.

"나, 중학교 1학년 때까지 어머니랑 야마나시에 있는 할머니 댁에 살았었는데, 거기서 고양이를 키웠어. 흰색 암컷 고양이. 키웠다고 할까, 고양이가 마음대로 들어와 살았다고나 할까. 할머니 댁은 뒤쪽이 숲 같은 잡목림인데, 밥 먹는 시간에 그쪽을 향해 이름을 부르면 불쑥 나오고 밤에는 집에 있던 그 녀석

전용 쿠션에서 잤지."

"할머니 댁에서 살았어? 시골에서?"

유카리는 저도 모르게 눈이 동그래졌다.

"응? 그랬었는데."

"전혀 몰랐던 얘기야."

"뭐, 그땐 아예 모르는 사이였으니까. 그보다 유카리는 아직 이 세상에 태어나지도 않았을걸?"

"아, 그렇겠네."

"털은 고사하고 아직 존재조차 하지 않았다니, 뭔가 웃기다."

"안 웃겨. 그보다 뭔가 기분 나빠."

'어쨌든 그런 시기가 있었어'라며 요이치가 말을 이어나갔다.

"아버지, 그러니까 나의 친아버지 말이야, 아버지랑 어머니가 이혼하셔서 한동안 할머니 댁에서 신세를 졌지. 꽤 오래전에 할머니도 요양원에 들어가시고, 이제 그 집도 없지만."

"그렇구나."

유카리는 뭐라고 말해야 할지 몰라 김빠진 소리를 냈다.

할머니 집에서 살던 아직 어린 오빠의 모습을 떠올리려 했지만 잘 그려지지 않았다. 어쨌든 유카리가 알고 있는 요이치는, 제일 어렸을 때가 중학생이다. 곰곰이 생각해보면, 그때 아빠를 따라서 간 이웃 마을 레스토랑에서 처음 만났을 때의 오빠는, 지금의 자신과 동갑이다. 그건 왠지 굉장히 신기한 기분이 들게 한다. 하지만 그마저도 어렸던 유카리의 기억으로는 희미하지만. 다만 주문한 어린이 런치의 오므라이스 위에 깃발이 꽂혀 있어 굉장히 기뻤던 것만은 묘하게 또렷이 기억난다. 그때 그 레스토랑은 아직 영업하고 있을까? 그 후로 한 번도 찾은 적이 없다.

그런 생각을 아련하게 하고 있자, 요이치가 미심쩍게 쳐다봤다.

"왜 사람을 빤히 쳐다보는 거야?"

"아냐, 아무것도."

"뭐야, 기분 나쁘게."

"그냥, 오빠도 옛날에는 아이였구나, 하는 생각이 들었을 뿐."

유카리의 말에 요이치는 아연실색했다.

"어르신들한테 하는 것처럼 말하지 말아줄래? 나 아직 스물여섯이야."

"아니, 오빠 아직 스물다섯이야. 자기 나이 까먹지 마."

"아, 맞다."

못 말린다는 표정을 지은 유카리가 방향을 잃은 대화의 궤도를 수정했다.

"이름이 뭐야?"

할머니와 살던 무렵에 키우던 고양이의 이름을 물었다.

"응? 세츠코."

"고양이한테 세츠코? 꽤 고풍스러운 이름인데?"

"아니, 아니, 누가 봐도 할머니 이름이잖아. 고양이가 왜 나와."

요이치가 어이없다는 듯 말했다.

"그러면 고양이 이름은 뭐였어?"

볼멘소리가 나오려는 것을 꾹 참고 다시 묻자, 요이치가 좋아하는 여자아이 이름을 고백하는 초등학생처럼 갑자기 수줍어했다.

"미야."

아무래도 너무 귀여운 이름이라 고양이 이름을 꺼내는 게 부끄러운가 보다. 유카리는, 요이치가 부끄러워하는 포인트를 아직도 이해할 수가 없었다. 이렇게 같이 살고 있는데도 아직 그런 부분이 많았다.

"앗, 그럼 나 늦었으니까 먼저 갈게!"

거실의 괘종시계를 본 요이치는 계란말이가 담긴 도시락통을 가방에 넣고 출근해버렸다.

이야기는 그렇게 흐지부지하게 끝난 듯 보였다.

그런데 그날 밤, 평소보다 일찍 퇴근한 요이치는 현관에 들어서자마자 엄청난 발견을 한 것처럼 득의양양하게 말했다.

“유카리.”

“왜, 무슨 일이야?”

“오늘 오후에 우라카미 씨랑 외근하러 나갔는데 말이야.”

우라카미는 요이치가 귀여워하는 회사 후배다. 유카리도 딱 한 번 만난 적 있는데, 전체적으로 동글동글한 곰돌이 푸를 떠올리게 하는 사람이었다. 어쨌든 그 우라카미와 거래처를 향해 길을 걷고 있었다고 한다.

“그때 갑자기 퍼뜩 떠오른 거야.”

“그러니까 뭐를?”

“저 고양이. 다네다 씨네 고양이 아닌가? 하고.”

“다네다 씨?”

“응.”

“그게 누구야?”

유카리는 고개를 갸웃거렸다.

“어, 몰라? 아침에 역 가는 길에 있는 집이야. 거기, 항상 창가에 고양이가 앉아 밖을 가만히 보고 있었거든. 그런데 요즘은 통 볼 수가 없었단 말이지. 그래서 곰곰이 생각해보니 우리 집에 왔던 그 고양이를 똑 닮았더라고. 저렇게 젖소 모양 고양이였다고, 분명.”

그 집이 다네다 가문이라고 한다. 너무 멋있고 훌륭한 집이라, 어쩌다 보니 문패를 보고 이름을 기억했었다고 한다.

"거짓말!"

그러나 느닷없이 그런 이야기를 들은 유카리는 크게 당황했다.

"다네다 씨 댁에서 키우던 고양이인데, 길을 잃어서 이 근처에서 계속 돌아가지 못하고 있는 거 아냐?"

갑자기 밝혀진 고양이의 정체. 요이치는 이야기하면서 혼자 멋대로 흥분해서는, '맞아, 분명 그럴 거야'라며 다네다 씨네 고양이가 틀림없다고 이미 확신하는 듯했다.

"나의 통찰력도 꽤 하는군."

요이치가 신이 나서 말했다.

"오늘 일하면서도 계속 너한테 말해주고 싶어서 입이 근질근질했거든."

그리고 혼자 속이 후련한 얼굴로 벗은 양말을 복도에 툭 내던졌다. 몇 번이나 주의를 줬는데도 도무지 고쳐지지 않는다. 평소 같으면 폭발할 포인트였겠지만 지금은 그럴 상황이 아니다.

"오빠, 다네다 씨네 고양이, 진짜로 저 고양이였어?"

"응. 처음 마당에 왔을 때부터 왠지 어디선가 본 적이 있는 고양이 같았거든."

"그래?"

물론 그런 이야기는 금시초문이다. 또 적당히 말을 둘러대는 게 아닌가 하는 의구심이 들었다.

하지만 갑자기 의욕이 넘친 요이치가 또 혼자서 이야기를 앞서나갔다.

"좋았어! 이번 주 일요일에 고양이를 다네다 씨에게 데려다 주자."

"진심이야?"

"응, 고양이한테도 그게 더 낫잖아."

유카리는 이야기를 전혀 따라갈 수 없어 곤란했다. 이런 전개는 조금도 바라지 않았다. 그냥 그 고양이를 가족으로 맞이하고 싶었던 것뿐인데. 그 마음이 조금도 전해지지 않았다. 평소에는 귀찮아하면서 이럴 때만 의욕이 넘치는 요이치가 얄미웠다.

하지만 요이치의 말이 사실이라면, 주인도 분명 걱정하고 있을 것이다. 계속 찾고 있었을지도 모른다. 오랜 세월 함께 살았다면, 고양이 역시 둘도 없는 가족이다. 유카리는 가족이 사라진 쓸쓸함을 아플 정도로 이해한다. 돌아갈 곳이 있다면 돌려보내는 것이 순리다.

"그래, 그게 좋겠네……."

유카리는 풀이 죽어 말했다.

아무리 아이다 가문의 가족에 어울린다고 생각했어도, 그것은 유카리 혼자만의 생각이다. 그래도 역시 그 고양이를 가족으로 만들지 못한 것은 너무나도 슬펐다. 그런 유카리를 전혀 눈치채지 못한 요이치는 '고양이를 넣을 가방이 필요하겠지? 스포츠 가방으로도 괜찮으려나?'라며 아직 저녁 식사도 하기 전인데 벽장을 뒤적이며 찾고 있다.

오빠가 벗어던진, 아직도 온기가 남아 있는 양말을 복도에서 집어올린 유카리는 착잡한 마음으로 빨래 바구니에 던져 넣었다.

* * *

일요일은 더할 나위 없이 쾌청했다. 하지만 유카리는 시간이 지날수록 고양이를 돌려보내기가 점점 더 힘들어졌다. 이대로 알아차리지 못한 척, 아이다 가문에서 키워버리면 된다. 그냥 잠수를 타고 아무렇지 않은 얼굴로 있으면 되는 것이다. 하지만 물론 유카리는 그렇게 할 수 없을 것 같았다.

"오빠, 정말 갈 거야?"

"응. 얼른 갔다가 빨리 돌아오자."

요이치만은 변함없이 의욕이 넘쳤다. 유카리는 원망스러운 눈길로 오빠를 보았지만, 요이치는 조금도 눈치채지 못했다.

스포츠 가방에 고양이를 넣어 껴안듯이 들고 집을 나섰다. 두 사람이 마당으로 내려와 포획하려 하자 처음에 고양이는 살짝 날뛰었지만, 지쳐서인지 이윽고 얌전해져 가방 속에서 이따금 '야옹' 하고 작게 울 뿐이었다. 튀어나온 코가 어딘지 모르게 슬픈 듯 벌름벌름 움직였다. 천 너머로 따뜻한 감촉이 전해져 온다.

근처를 걷고 있으니 지나치는 사람들이 가방에서 새어나오는 고양이의 슬픈 울음소리를 듣고 의아한 표정을 지었다. 학대하는 것처럼 보이면 곤란하니 유카리는 그때마다 어색한 웃음으로 대응했다. 이웃들은 '역시 사이좋은 남매군'이라는 표정으로 두 사람을 보았다.

다네다 가문은 훌륭한 집이었다. 아이다 가문과는 비교할 수 없을 정도로 넓고 잘 관리된 정원이 있었고, 창가는 세련된 카페의 테라스석처럼 되어 있었다. 남향이어서 햇볕도 잘 들었다.

"봐봐, 예전에는 저기에 고양이가 있었어."

"그렇구나."

유카리는 요이치가 가리킨 햇빛이 비치는 테라스를 보고, 고양이도 아이다 가문에서의 생활보다 이런 집이 틀림없이 행복할 것이라는 생각이 들었다. 헤어짐은 괴로웠지만, 이 정원을 보고 있자니 이 아이가 행복하면 됐다고 겨우 고개를 끄덕일 수 있었다.

초인종을 누르고 잠시 기다리자, 품위 있어 보이는 작은 체구의 아주머니가 현관에 나타났다.

"안녕하세요."

요이치가 인사하자 다네다 아주머니도 저항 없이 대답했다.

"네네, 안녕하세요."

"저희는 일번지에 사는 아이다라고 하는데요, 오늘 멋진 선물을 전해드리러 왔습니다."

요이치는 일하면서 단련한 영업용 미소를 지으며 드라마에서나 나올 법한 대사를 내뱉었다. 아침부터 계속해서 연습하던 대사였다. 그에 맞춰 유카리는 스포츠 가방의 지퍼를 열었다. 안에서 젖소 모양 고양이가 빼꼼 고개를 내밀며 '야옹' 하고 항의하듯 울었다.

남매는 마른침을 삼키며 반응을 살폈다.

그러자 다네다 아주머니 얼굴이 환하게 빛나며, 기쁜 듯이 소리를 높였다.

"어머나, 세상에!"

요이치와 유카리는 숨을 죽이고 지켜보았다. 이런 감동적인 재회 장면은 텔레비전에서밖에 보지 못했다.

역시 이런 장면에서는 꽉 껴안는 걸까? 유카리는 기대하고 기다렸다. 하지만 어째서인지 아주머니는 그 자리에서 움직일 기미가 보이지 않았다.

"그래서, 무슨 일인가요?"

아주머니는 고개를 돌려 남매를 바라보았다. 조금 전의 미소도 거짓말처럼 사그라들었다.

"네?"

요이치는 황급히 속사포로 사정을 설명했다.

"키우시는 고양이죠?"

"아뇨, 우리집 고양이는 아니에요."

"아니, 지금 '어머나, 세상에!'라고 기뻐하셨잖아요."

"'어머, 귀여운 고양이네'라는 뜻으로 말했을 뿐인데요."

"어라?"

다네다 아주머니의 매정한 말에 요이치는 얼빠진 소리를 냈다.

"우리집은 고양이 안 키워요."

아주머니가 담담하게 말했다.

"네에?"

완전히 잘못 짚은 요이치가 다시 한 번 소리를 낸 그때, 집 안쪽에서 잘 관리된 하얀 털의 시추가 얼굴을 내밀며 아주머니다리 주위에 바싹 달라붙었다. 시추는 레이스가 굉장히 많이 달린 화려한 옷을 입고 있었다.

"우리집은 강아지를 더 좋아하거든요."

"어어?"

요이치는 다시 한 번 소리를 냈다. 유카리는 그 모습을 얼어붙을 듯한 차가운 눈으로 바라보았다.

두 사람은 묵직한 가방을 안고 왔던 길을 말없이 돌아갔다. 도중에 있는 큰 공원의 벚꽃 나무 아래 벤치에서 잠시 쉬었다 가기로 했다. 벚꽃은 이미 거의 다 져서 꽃구경하는 사람들도 없었다. 떨어진 벚꽃잎들은 마치 연분홍빛 융단처럼 간혹 바람이 불면 소리 없이 두둥실 떠올랐다.

가방에서 고양이를 꺼내자, 고양이는 마치 유카리의 무릎 승차감을 확인하는 듯 앞발로 꾹꾹 누르다가 이윽고 둥글게 몸을 말고 잠들어버렸다. 알지 못하는 장소에 끌려온 것은 이제 신경 쓰지 않는 듯했다. 요이치는 근처 자동판매기에서 음료수 두 개를 사와 녹차를 유카리에게 건네고 본인은 캔 커피를 마셨다.

"오빠 시력이 몇이지?"

"응? 음……. 작년에 회사에서 건강검진받을 때 0.4 나왔나?"

"아하."

유카리의 목소리가 싸늘했다.

“그런데도 잘도 그렇게 자신만만하게 말씀하셨군요.”

“그래도 동물은 키웠잖아.”

“강아지였지만.”

“그래, 강아지였지만.”

“젖소 무늬도 전혀 아니고.”

“뭐, 사람이 착각할 때도 있지.”

어이가 없어진 유카리가 크게 한숨을 내쉬었다. 도대체 자신들은 무엇을 하러 간 걸까? 모르는 아주머니에게 고양이를 보여주러 갔을 뿐이다. 대단한 헛수고였다.

눈앞 화단에는 작은 보랏빛 꽃이 피어 있고, 강아지와 산책 중인 할아버지가 두 사람 곁을 가로질러 갔다. 공원 옆에 있는 집의 베란다에는 빨래가 펄럭이고 있다. 요이치는 여동생의 무릎 위에서 몸을 둥글게 만 고양이를 보았다. 완전히 마음을 놓고 푹 자고 있었다. 사람보다 조금 빠른 호흡에 맞춰 등이 오르내리고, 유카리의 가느다란 손가락이 그 등을 가만히 쓰다듬고 있다. 너무나도 사랑스럽다는 듯.

“미안.”

머리를 벅벅 긁으며 요이치가 겸연쩍다는 듯 중얼거렸다.

“맞아, 착각해서 일부러 이런 데까지 오고.”

“그것도 있지만, 뭐랄까 그것 말고도.”

요이치는 다시 머리를 긁적였다.

"뭐가?"

"너, 아까 다네다 씨 집 앞에서 완전히 울기 직전이었잖아."

"어?"

유카리는 저도 모르게 말문이 막혔다.

"아, 안 그랬어."

"그랬어."

유카리는 입을 꾹 다물었다.

"그렇게 싫으면 싫다고 말하지 그랬어. 초인종 누르지 말고 돌아가자고 하지."

"그래도 걱정하면서 기다리는 사람이 있으면 돌려보내줘야지. 너무 괴롭잖아, 그거."

유카리가 부루퉁해져서 말하자, 요이치가 슬며시 미소를 지었다.

"왜 웃어?"

"아냐."

"으아, 기분 나빠. 안 그러니?"

유카리는 무릎 위의 고양이에게 동의를 구했다. 고양이는 여전히 새근새근 자고 있다.

"뭐, 착각해서 다행이잖아. 하지만 나도 좋은 일 하자는 마음으로 한 거야."

요이치는 그렇게 말하며 탄식했다.

"아무래도 내 친절은 항상 헛돌기만 하는 것 같지만."

"친절이라……."

유카리가 의심스러운 눈길을 보내는데 요이치가 느닷없이 물었다.

"그 녀석, 우리집에서 키울래?"

"응? 그래도 돼?"

유카리의 눈동자가 순식간에 휘둥그레졌다.

"뭐, 우리랑 어울리지 않아? 얼빠진 느낌 같은 거. 적어도 다네다 씨네 집보다는. 이 녀석이 그 집에 있는 그림보다 우리집에 있는 그림이 훨씬 낫다는 생각이 들어서."

"저, 정말?"

"거기다가 벌써 정도 많이 들었고. 유, 유카리!"

유카리가 갑자기 왈칵 눈물을 흘리는 모습을 보고 요이치는 완전히 당황했다. 좀처럼 보기 힘든 여동생의 눈물이었다. 고양이도 입을 벌리고 유카리를 올려다본다.

"헤헤, 너무 기뻐."

유카리는 소매로 눈물을 닦으며 웃었다. 요이치는 머쓱한 듯 그저 머리를 긁을 수밖에 없었다. 하지만 여동생의 눈물은 마르는 것도 빨랐다. 요이치가 당황하는 사이, 순식간에 말라 버렸다.

“좋았어, 집으로 돌아가자!”

유카리가 밝게 말했다. 요이치는 안심한 얼굴로, 유카리 손에 있던 빈 캔을 받아 들고는 자기가 마시던 캔과 함께 버리러 쓰레기통 쪽으로 향했다. 그러다가 갑자기 무언가가 떠오른 듯 소리쳤다.

“유카리, 그거 알아?”

“뭐?”

“고양이 발바닥에서 아몬드 냄새 난다?”

“정말?”

유카리는 속는 셈 치고 무릎 위의 고양이를 번쩍 들어 앞발에 코를 가져다 댔다.

“와, 정말이다!”

“맞지?”

건강한 흙냄새와 어우러져 요이치가 즐겨 먹는 구운 아몬드를 닮은 고소한 냄새가 희미하게 코끝을 간지럽혔다. 마치 세기의 발견이라도 한 것처럼 유카리가 깜짝 놀라자, 요이치가 득의양양한 표정을 지었다.

“이제 아몬드는 필요 없겠다.”

"발바닥은 못 먹잖아."

샐쭉한 표정을 지으며 볼멘소리로 말한 요이치가 유카리 앞에 쭈그리고 앉아 고양이를 향해 부드러운 목소리로 말을 걸었다.

"너, 우리집에 올래?"

고양이는 가만히 요이치를 바라보았다.

"너도 그렇게 해도 되겠어?"

다시 한 번 요이치가 고양이에게 묻는다.

오 년 전, 유카리에게 앞으로 둘이 살아도 괜찮냐고 물었을 때와 같은, 다정하게 감싸안는 듯한 목소리였다.

"야옹."

그러자 갑자기 고양이가 짧게 울었다. 내가 물었을 때는 거들떠보지도 않았는데. 이 사람은 어떻게 이렇게 다정한 목소리를 낼 수 있는 걸까? 그게 너무나도 신기했다.

"오, 얘 방금 대답했어. 우리가 좋대. 아하하."

요이치는 흩날리는 벚꽃 속에서 크게 소리내어 웃었다.

* * *

그렇게 고양이는 아이다 가문의 거주자가 되었다.

이름은 어느새 '다네다 씨'가 되어 있었다. 요이치가 계속 '다네다 씨네 고양이'라고 부르던 것이 짧아져 그대로 정착하고 말았다. 유카리는 조금 더 귀여운 이름을 붙이고 싶어 의욕을 불태우며 고민했지만, 그 사이에 고양이는 '내 이름은 다네다 씨'라고 완전히 인식해버려 이미 늦었다.

"다네다 씨."

요이치가 부르면 부르는 쪽을 향해 '무슨 일인가요?'라는 얼굴을 한다.

"마블."

유카리가 고심한 이름에는 불러도 전혀 반응이 없다.

"뭐야, 마블이라니. 촌스러워."

요이치에게 실컷 비웃음을 당하고 말았다.

더욱 화가 나는 것은, 다네다 씨가 나보다 오빠를 따른다는 점이다. 정신을 차리고 보면 책상다리를 한 오빠의 무릎 위에 올라가 있다. 밤에는 가끔 같은 이불에서 자는 것 같기도 하다. 아침밥을 만들고 있으면 둘이 잠에 취한 얼굴로 부엌에 나타난다. 유카리는 오빠가 했던 말처럼 고양이는 확실히 배은망덕한 동물이라며 분노했다.

어느 선선한 저녁, 식사를 마치고 귤을 먹던 유카리는 불현듯 요이치가 할머니 댁에서 키웠다는 고양이가 떠올랐다.

"참, 할머니랑 그 흰 고양이, 미야였나? 미야는 어떻게 됐어?"

"응?"

새콤달콤한 귤에 입술을 오므리고 있던 요이치가 말을 길게 끌었다.

"아아. 내가 할머니 댁에서 생활할 때, 미야는 이미 꽤 나이가 많았어. 그래서 맨날 집 뒤편 숲에서 놀다가 어느 날 산책하러 나가더니 결국 돌아오지 않더라고. 여름방학 동안 매일 찾으러 다녔는데, 결국 찾지 못했어."

"그랬구나……."

죽을 때가 가까워졌다고 느끼면 고양이는 스스로 눈을 감을 장소를 찾아간다는 이야기를 들은 적이 있다. 미야도 그랬을까? 수풀 속에서 아무도 모르게 숨을 거두어가는 흰 고양이의 모습이 머릿속에 그려져 가슴이 먹먹했다.

"아니야."

하지만 요이치는 이상하게 단호한 어조로 말했다.

"미야는 분명 숲속 깊숙이 들어갔을 거야. 그리고 발견한 거지, 우리가 결코 닿을 수 없는 아주 아름다운 곳을. 투명할 정도로 맑은 샘이 샘솟고 무지갯빛 나비가 날아다니고 멀리서 어여쁜 새소리가 들리는, 아무도 알지 못하는 그런 천국 같은 곳을 말이야. 거기서 행복하게 낮잠을 자고 있을 거야. 나는 지금도 그렇게 믿고 있어."

'믿고 있다'기보다 '믿고 싶다'고 생각하는 듯한 그런 말투였다.

"응."

유카리는 고개를 끄덕였다. 이유는 모르겠지만, 문득 그곳에는 세상을 떠난 아빠와 사치코 씨도 있을 것 같은 기분이 들었다. 숲속 저 깊은 곳, 맑은 샘이 샘솟고 본 적 없는 나비가 날아다니는 아름다운 곳에. 그렇게 생각하니 마음이 서서히 따뜻해졌다. 그랬으면 좋겠다고 진심으로 생각했다.

요이치 무릎에 있던 다네다 씨를 억지로 안아올려 발바닥 냄새를 맡았다. 역시나 풍겨오는 아몬드 향기에 유카리는 생긋 웃었다.

둘

애매한 도시락

오월의 마지막 일요일. 유카리가 저녁 준비를 마치고 거실을 돌아보니 요이치는 아무 말 없이 비디오 게임을 하고 있었다. 무릎 위에는 다네다 씨가 얌전히 앉아 있다.

"그 게임, 뭐야?"

"아까 사왔어."

유카리가 앞치마에 손을 닦으며 묻자 요이치는 돌아보지도 않고 대답했다.

뭔가 지독하게 음산한 데다 괴기한 분위기의 세계 속에서 굉장히 힘이 센 남자가 거대한 짐승을 상대로 검을 휘두르는 게임이었다. 주인공이 커다란 검을 휘두를 때마다 선혈이 솟구치고, 목이 휙 날아가 땅바닥을 굴러다녔다. 그야말로 오빠가 좋아할 법한, 그리고 유카리가 아무 이유 없이 싫어하는 유형의 게임이다.

웬일인지 산책을 다녀온다며 외출하는 요이치를 보고 긍정적인 변화라고 생각했는데, 생각과 다르게 이 게임팩이 목적이었던 것 같다.

그런데 다시 부엌으로 돌아가려던 유카리는 텔레비전 앞에 덩그러니 놓인 게임 본체에 시선이 딱 멈추어 몸을 움직이지 못했다. 아이다 가문에는 존재하지 않던 최신 게임기가, 당연하다는 듯 텔레비전 옆에 놓여 있었다.

"이, 이건 뭐야?"

유카리가 환상이라도 보는 듯 물었다.

"응? 사왔다고 했잖아."

"어, 얼마야?"

"으음, 게임팩까지 같이 해서 사만 엔 정도."

"그런 돈이 어디서 나서?"

"가까운 편의점에서 샀지."

"바보야!"

유카리는 저도 모르게 가까이에 있던 쿠션을 요이치에게 던졌다. 깜짝 놀란 다네다 씨가 위패를 모신 방으로 이어지는 장지문 너머로 도망갔다.

"갖고 싶었거든."

"그렇다고 해도 상의도 없이 그렇게 비싼 거를 사와? 믿을 수 없어."

"아니, 나도 처음에는 살 생각 없었는데에."

요이치는 뻔뻔스러운 태도로 변명했다.

"그런데 게임 가게에 들렀다가 물욕에 져버렸지, 뭐야. 어쩌다 보니 이미 결제하고 있더라고."

"바보!"

유카리는 쿠션으로 요이치의 머리를 힘껏 내리쳤다.

"응, 잘못했다고는 생각해."

그런데도 미동도 없이 컨트롤러를 마구 만지작거린다. 주방에서 조림의 달짝지근한 냄새가 은은하게 번져왔다.

"그게 잘못했다고 생각하는 사람의 태도야?"

"그래도 있지, 잘 생각해봐?"

요이치는 갑자기 표정을 바꾸고 밝게 말했다.

"뭐를."

"이것을 활동의 원동력으로 삼아, 나는 또 내일부터 일을 열심히 할 수 있어. 집에 돌아가면 게임기가 있다는 생각에 지옥 같은 만원 지하철도, 마음에도 없이 거래처에서 고개를 숙이는 일도 어떻게든 견딜 수 있어. 그렇게 생각하면 저렴하잖아?"

"아니, 그러니까 상의하라고 하는 거야. 사지 말라고 한 사람 없어! 갖고 싶어한다는 건 알고 있었으니 생일 선물이라든지, 나도 여러 가지로 계획이 있잖아."

"그러면 미리 받는 걸로, 일단은 한 번만."

요이치의 생일은 십이월이다. 아직 반년 가까이 남았는데 이 녀석은 무슨 소리를 하는 건지, 유카리는 어이가 없었다.

"그러면 생일 선물은 없어."

"오, 바라던 바야. 이제 이 나이가 되면 생일 챙기는 것에 힘 빼고 싶지 않거든."

너무나 노골적이고 직설적인 요이치의 말에 유카리는 할 말을 잃었다.

아직 스물다섯인데, 오빠는 요즘 완전히 아저씨 같아졌다. 게임을 활동의 원동력으로 삼아 일을 열심히 한다니, 너무 쓸쓸하지 않은가. 이 사람은 그걸로 괜찮은 걸까? 유카리는 조금 걱정이 되었다. 휴일에는 으레 집에 있고, 놀러 나가는 일도 없다. 황금연휴 기간에도 부모님 성묘에 간 것을 제외하면 집에서 그냥 빈둥거렸다.

"오빠는 여자 친구 없어?"

허리를 꼿꼿하게 펴고 자세를 고쳐 앉은 유카리가 신기한 얼굴로 묻자, 요이치는 어안이 벙벙한 표정을 지었다.

"응? 갑자기 왜?"

"그런 사람 없어?"

"없어. 알고 있으면서 굳이 묻지 마. 뭐야, 새로운 괴롭힘 방법, 그런 거야?"

"안 만들어?"

요이치는 게임 중지 버튼을 누르고 영혼까지 토해낼 것 같은 깊은 한숨을 내쉬었다.

"하아아. 유카리, 너 같은 어린애는 이해하지 못하겠지만 여자 친구를 그렇게 간단하게 만들 수 있으면 이 세상 그 누구도 괴로워하지 않을 거야. 드라마처럼 어디든지 그런 만남이 널렸다고 생각한다면 큰 오산이라고. 만남이 없으니 어쩔 수 없지."

요이치가 근무하는 의료품 제조업체는 대부분 남자 직원뿐이었고, 딱 둘 있는 여자 직원은 인사 대신 호탕하게 웃으며 등을 두드릴 것 같은 털털한 아줌마들이었다.

"그러면 미팅 같은 건?"

"나는 술도 못 마시잖아. 나가봤자 힘만 들지, 그런 자리는. 애초에 나는 그런 자리에서 만나고 싶지도 않고."

"하지만 같이 나가자고 하면 가는 것 정도는 괜찮잖아. 딱히 만남까지 이어지지는 않아도, 즐길 수 있을지도 모르는데."

"응, 하지만 가자고 안 해."

어딘가 산뜻함마저 느껴지는 목소리다. 그러나 어차피 초대 받지 않는다는 비뚤어짐에서 나오는 강한 척이라는 것이 너무나도 잘 보여, 유카리는 오빠가 안타까웠다.

"곤란하네."

"네가 멋대로 곤란해하지 않아도 되거든."

하지만 유카리는 역시 고민에 빠졌다. 여동생으로서 이런 오빠를 어떻게 해야 할지, 조금 당황스러울 정도였다.

"흐음."

팔짱을 낀 유카리가 미간을 찌푸리자, 요이치는 바닥에 드러누워 뒹굴며 반격에 나섰다.

"너야말로 어때?"

"뭐? 나?"

"달콤쌉싸름한 첫사랑 같은 건 없어? 가슴이 뭉클하고 저려오는 아련한 사랑 같은 거 말이야. '새벽에 영원히 건넬 수 없는 러브 레터를 쓰고 말았어, 데헷' 같은 거. '오빠, 내 얘기 좀 들어줘!'라면서."

"없어."

요이치가 음흉한 미소를 지으며 말하자 유카리가 망설임 없이 대답했다. 그런 건 스스로 돈을 벌어서 살아갈 수 있게 되었을 때 하기로 마음을 먹었다. 물론 사랑이란 그런 이론이 통하지 않는다는 것도 드라마에서 얻은 지식으로 알고는 있지만, 원체 메마른 성격의 유카리에게는 조금도 찾아올 기미가 보이지 않는다. 애초에 학교와 집안일을 양립하다 보니 같은 반 남자애들은 허수아비 정도로밖에 보고 있지 않다. 집안일에 진심이 될수록 할 일은 산더미처럼 늘어나 아직도 벅차다.

"쳇, 재미없는 녀석."

"오빠한테 그런 말 듣고 싶지 않은데."

"나는 괜찮아. 다네다 씨만 있어준다면."

어느새 또 요이치 곁에서 배를 보이고 누워 있는 다네다 씨를 쓰다듬으며 오빠가 말했다. 그렇게 키우기를 망설였던 주제에 요즘의 요이치는 유카리 이상으로 다네다 씨에게 흠뻑 빠져 있다. 다네다 씨도 요이치를 압도적으로 잘 따르고, 유카리는 본체만체한다.

"알고 있겠지만, 다네다 씨는 수컷이야."

"상관없어, 수컷이든 뭐든."

그 다네다 씨는 최근 중성화 수술을 받아, 터질 것 같던 고환도 이제는 매실장아찌처럼 자글자글하게 쪼그라들었다. 살짝 안쓰럽기는 하지만, 아이다 가문에서 책임지고 키우기로 한 이상 어쩔 수 없는 일이다. 하기야 다네다 씨는 수술받은 건 전혀 기억하지 못하고 매일매일 집안을 행복한 듯 데굴데굴 구르며 요이치와 신혼부부처럼 달콤한 나날을 보내고 있다. 다네다 씨라는 가족이 늘어나 아이다 가문은 예전에 비해 상당히 복작거렸다. 그에게는 이 고마운 마음을 전할 길이 없다.

그렇다고는 해도.

“다네다 씨, 너무 귀엽네요오.”

아기 같은 말투로 말하는 오빠는 괴롭다.

‘저건 중증이다…….’

유카리는 끝내 절망했다.

* * *

“엇, 애매 도시락.”

다음 날 오후, 요이치가 평소처럼 자기 책상에서 보고서를 쓰면서 도시락을 우물거리는데 그 모습을 본 후배 우라카미가 기쁜 듯이 말했다.

“애매 도시락이라니, 그게 무슨 의미야?”

자신은 그런 애매한 것을 먹고 있는 걸까, 요이치는 당혹스러웠다.

“선배가 먹고 있는 도시락, 여동생이 만든 도시락이잖아요. 아내가 만든 도시락이면 ‘애처 도시락’이고 여동생이 만든 도시락이면 '애매(愛妹) 도시락'이죠."

싱글벙글 웃는 우라카미의 말을 듣고 요이치는 '아하'라며 수긍했다.

"부러워요, 상냥한 여동생이 있다니. 저는 항상 편의점 도시락이거든요. 정말 맨날 보란 듯이 말이죠. 혼자 사는 사람에게는 너무 곤욕이네요."

그렇게 말한 우라카미는 부스럭거리며 편의점 봉투를 열고는 자기 자리에서 꿈지럭거리며 먹기 시작했다.

우라카미는 요이치가 교육을 담당한, 귀여워하는 후배 동료다. 그도 요이치를 형님처럼 잘 따랐다. 마르고 키가 큰 요이치와 달리 우라카미는 조금 살집이 있고 키가 작다. 둘이 함께 있으면 회사 사람들이 재미있어한다.

요이치는 다진 돼지고기가 들어간 계란말이에 고등어 소금구이, 톳 조림, 방울토마토 등 많은 반찬이 담긴 자신의 도시락과 갈색 계열의 반찬으로 통일된 우라카미의 편의점 도시락을 비교하며 '후훗' 하고 우쭐해했다. 사실 애정이 담긴 도시락이라기보다 절약 도시락이지만, 지금 이 시점에서는 틀림없이 자신의 도시락이 우위라고 생각했다.

"계란말이, 하나 먹어도 돼."

"와, 그래도 되나요? 우와, 유카리찡이 직접 만든 계란말이

획득!"

요이치가 의자를 드르륵 밀어 옆으로 다가가 도시락을 내밀자, 우라카미는 신이 나서 두꺼운 손가락으로 한 조각을 집었다.

우라카미는, 한 번뿐이지만 유카리와 만난 적이 있다. 그가 입사한 지 얼마 되지 않았을 때 거래처를 접대하다가 고주망태가 되어버려 자신의 집에서 묵었다. 나중에 타이밍을 보다가 '저 녀석과 나는 피로 이어지지 않았어'라고 말했더니 약간 오타쿠 기질이 있는 우라카미는 '피로 이어지지 않은 여동생과 둘이 산다니, 그게 무슨 애니메이션 같은 이야기인가요'라며 바싹 다가왔다. 말하지 말걸, 요이치는 굉장히 후회했다.

"와, 맛있네요. 고기가 들어가 있어 제대로 된 반찬이라는 느낌."

"그리고 파랑 맛살. 그 맛살이 식감이 좋아, 포인트거든."

우라카미의 극찬에 기분이 좋아진 요이치는 자신이 만든 것도 아닌데 의기양양한 얼굴이 되었다.

"우와, 유카리찡이 직접 고안한 거예요?"

"아, 아니야. 우리 어머니가 항상 만들어주시던 반찬이야. 어렸을 때부터 내가 이거를 좋아했거든. 그래서 유카리가 어머니의 레시피 수첩을 보고 만들어주고 있지."

언제부터일까, 여동생이 어머니의 계란말이 맛을 완전히 재

현할 수 있게 된 것이. 막 둘이 살기 시작했을 때는 속이 덜 익었거나 계란 껍데기가 들어가 있어 방심할 수 없었는데, 지금은 장인 같은 모습으로 부엌에 서 있다. 생선도 '어쩔 테냐!' 하고 순식간에 손질해버린다.

"오오, 유카리찡. 그렇게나 오빠를 생각하는군요. 가슴이 뜨거워지네요."

"아냐, 걔도 이거 좋아하니까. 그리고 남의 여동생한테 '찡' 그만 붙여줄래?"

"아, 죄송해요. 제가 조금 평정심을 잃었죠."

우라카미는 정신을 차리고 사과했다.

그 후에도 두 사람은 꼼질꼼질 도시락을 먹으며 잠깐 잡담을 했다. 요이치가 어제 최신 게임기를 샀다고 자랑했지만, 우라카미는 출시일에 샀다며 뿌듯해했다.

"그러면 다음에 온라인 대전하자."

"좋아요, 저 엄청 강해요."

그런 이야기를 하고 있으니 요이치는 스스로도 너무나 실없는 대화라는 생각이 들면서 갑자기 왠지 모르게 동정 어린 눈빛을 보냈던 어제의 유카리가 떠올랐다.

"좀 뜬금없는 질문인데."

"왜 그러세요?"

"우라카미 씨는 여자 친구 있어?"

"저요? 아뇨, 없어요. 또 그러신다, 아시면서."

"응, 알고 있었어. 미안."

"아하하, 선배는 참 심술궂네요."

우라카미는 웃음을 터뜨렸지만 눈은 웃지 않았다.

"소개팅이나 미팅 같은 거는 안 해?"

"어휴, 안 가요, 안 가. 그런 자리에서 가벼운 마음으로 만나는 건, 저는 원치 않거든요. 그런 건 안달하는 거예요. 원숭이에 비유하자면 엉덩이가 새빨개지는 것과 똑같은 거죠. 아니, 초대받지 못해서 비뚤어진 건 절대 아니고요."

우라카미가 다급하게 말하자, 요이치도 알 것 같다며 필사적으로 고개를 끄덕였다.

"그렇지? 나도 그런 거 싫어해."

고개를 끄덕이던 요이치는, 이런 걸 두고 서로의 상처를 보듬어준다고 말할 것 같다는 생각에 괜히 공허해졌다.

"하지만 선배님은 괜찮잖아요."

그러자 갑자기 우라카미가 둥근 어깨를 으쓱하며 말했다.

"뭐가?"

"왜냐하면 유카리가 있으니까요."

"아니, 그건 상관없지. 그 녀석은 이제 막 중학교 3학년이 되었으니까. 심지어는 여동생이고."

"하지만 피로 이어지지 않았잖아요."

"뭐, 그건 그렇지만."

"피를 나누지 않은 동생을 자기 취향대로 키우다니, 완전 남자의 로망이잖아요. 게다가 유카리는 외모도 귀엽고."

"바보 같은 말 하는 거 아니야."

요이치는 진심으로 어이가 없다는 목소리를 냈다. 언제부터 그런 것이 남자의 로망이 되었단 말인가. 너무 불쾌해서 생각해본 적도 없다.

"있지."

요이치는 한숨을 쉬었다.

"너, 애니메이션이랑 현실을 똑같이 생각하면 안 돼."

"아뇨, 선배님이랑 유카리가 애니메이션 설정에 가까운 거 아니에요?"

요이치는 더 기가 막혔다.

"우라카미 씨, 형제 있어?"

"두 살 위의 누나가 있는데요."

"누나를 그런 대상으로 볼 수 있어? 귀엽다고 생각하거나 속옷 차림을 보고 두근거리거나."

"네에? 그러지 마세요. 있을 리가 없잖아요. 완전 징그럽죠!"

젓가락을 딱 멈춘 우라카미가 사무실에 울려퍼질 만큼 진심으로 앓는 소리를 냈다.

"식욕이 사라졌어요."

"거 봐."

요이치는 득의양양하게 말했다. 그도 보통의 감각을 지니고 있다는 것을 알게 되어 마음이 놓였다. '그럴 수 있죠'라고 담백하게 말했다면 마음 깊은 곳에서 정이 떨어질 뻔했다.

"우리도 십 년 가까이 계속 가족으로 지냈어. 똑같은 밥을 먹고, 똑같은 집안의 공기를 마시고, 똑같은 지붕 아래에서 자고. 피를 나누든 나누지 않든 그건 마찬가지야. 생각만 해도 소름이 돋네."

"죄송합니다……."

우라카미는 자신의 상황에 대입하자 겨우 수긍한 듯 고개를 숙였다.

그 후에는 식사에 방해가 되지 않을 정도로 보통의 화제를 입에 올리며 함께 도시락을 먹었다.

* * *

"정말로, 그런 비싼 물건을 한 번의 상의도 없이 사오는 사람이 어디 있어?"

"그게 뭐야. 아이다네 오빠, 한 방이 있네."

유카리가 교실 창가 자리에서 어제 요이치의 어리석은 행동을 푸념 섞인 목소리로 털어놓자, 하세가와는 무척 재미있어했다. 하세가와는 소년 같은 짧은 머리를 하고 있다. 부드러워 보이는 앞머리가 웃을 때마다 사르륵사르륵 흔들린다.

"사왔다는 걸 말하지 않고 그냥 조용히 게임하는 게 좋네."

"웃을 일이 아니야. 아이다 가문의 가계 상황에서 보면 큰 타격이라고."

"맞아, 다른 사람의 일이 아니니 웃을 수 있는 거지, 내가 아이다 입장이라면 폭발했을 거야."

"그렇지?"

"하지만 내 일이 아니라 그런가, 진짜 웃긴다. 나, 아이다네 오빠의 팬이 될 것 같아."

"아이고."

유카리는 부루퉁해 보였지만, 진심으로 화를 내지는 않았다. 오히려 하세가와가 자신과 오빠를 웃어넘겨주니 왠지 모르게 통쾌했다. 크게 입을 벌리고 웃는 그녀의 웃음에, 제삼자가 보면 오빠와 자신의 다툼이 얼마나 사소한 일인지 실감할 수 있을 것 같았다. 그리고 그것이 굉장히 축복받은 날들이라는 것도.

"오빠, 무슨 게임해?"

"아아, 잘 몰라. 뭐였지, '위처'라고 했던 거 같은데. 괴물 같은 것들이랑 피 튀기면서 싸우더라고."

"아, 알아! 폴란드의 유명한 판타지 소설이 원작인 게임!"

"오호, 잘 아네."

"나 판타지물 좋아하거든!"

"그러면 오빠가 클리어하면 게임 빌려줄게."

"오, 그래도 돼? 근데 소문으로는 클리어까지 족히 100시간은 걸린다더라."

"그게 뭐야, 무섭네."

유카리가 '앞으로 100시간은 더 그 게임을 봐야 하는 거야?'라며 몸을 떨자, 하세가와가 또 깔깔 웃었다.

최근 유카리는 예전만큼 학교에 다니는 것이 고통스럽지 않았다. 이렇게 쉬는 시간 같을 때 하세가와와 이야기하게 된 덕분이다.

하세가와는 반에서 어떤 무리에도 속하지 않는 여자아이였다. 3학년 때 처음으로 같은 반이 됐는데, 짧은 머리를 하고, 키가 큰 유카리보다 더 키가 크고 언제나 당당했다. 쉬는 시간에는 대부분 자기 책상에서 책을 읽었다. 유카리는 속으로 하세가와에 대해 멋있다고 줄곧 생각했다.

친구가 되었다는 게 거짓말 같지만, 하세가와는 그것을 기적 덕분이라고 말했다. 예전에 그녀가 '아주 가끔은 그런 일이 일어나기도 하거든'이라며 가르쳐주었다.

삼 주 전 점심시간의 일이었다. 유카리가 자리에서 누구와도 이야기하지 않고 혼자 멍하니 있는데, 누군가 갑자기 어깨를 두드렸다.

"유카링, 얼마 전 밤에 너를 봤어."

같은 반의 노는 여자애들 무리였다. 오랜만에 '유카링'이라는 별명으로 불렸다. 그 시점에서 좋지 않은 예감이 솟구쳤다.

"봤다니, 뭘?"

무슨 뜻인지 몰라 되물었다. 하지만 여자애들은 '나 보고 말았잖아, 봐버렸어'라고 반복할 뿐, 전혀 이야기가 진전되지 않았다. 말을 걸어놓고 대화를 이어가려고 하지 않는다. 별난 애들이다. 유카리는 새삼스레 이상한 생물을 보는 듯한 표정으로 그들을 바라보았다.

남자아이와 패션에만 관심이 있는 그 애들은 쉬는 시간마다 패션 잡지를 보며 신나게 떠들어댄다. 같은 반 남자애들을 '40점'이라든가 '87점'이라고 몰래 점수를 매기며 즐거워하고, 30점 이하 아이들을 '낙제 점수'라고 부르며 웃는다. 그런 게 싫어서 언젠가부터 그 아이들과는 이야기를 하지 않게 되었다.

그 아이들은 그들대로, 유카리를 멋도 모르는 재미없는 아이라고 웃음거리로 삼고 있는 줄 알았는데.

“우리가 사월부터 학원에 다니기 시작한 거 알고 있었어?”

“아니, 몰랐는데.”

“학원 끝나고 집에 가는 길에 말이야, 역 앞에서 봤어.”

“그러니까 뭐를?”

여자아이들은 얼굴을 마주 보고 함박웃음을 지었다.

“아이다 씨가 정장 차림의 남자랑 같이 있는 거.”

“응.”

유카리는 의미를 몰라 대답했다.

“그 남자가 아이다 씨가 들고 있던 슈퍼 봉투를 가지고 가서 들어주는 거 있지. 둘이 딱 붙은 채로 웃으면서 눈앞을 지나가더라고. 그 사람이 피로 이어지지 않았다던, 소문의 그 오빠지? 이야~ 대놓고 다니는구나. 대박이다, 대박이야. 정말 친하더라, 하트가 뿅뿅 나오던데?”

갑자기 한 방을 크게 얻어맞은 것 같은 느낌에 유카리는 말문이 막혔다. 아마 장을 보고 돌아오는 길에 퇴근길이었던 요이치와 만나 함께 집으로 돌아가는 모습을 봐버린 듯하다.

하지만 설마 그런 사소한 일로…….

화가 나서 얼굴이 빨개졌다. 자신들의 평온한 삶이 가십거리처럼 천박한 취급을 당하는 건 정말로 참기가 어려웠다.

길을 걷다가 갑자기 모르는 사람에게 양동이로 물을 뒤집어 맞은 기분이었다.

하지만 여자애들은 그런 유카리를 보고 부끄러워하는 것이라고 해석해, 더 요란을 떨었다.

"얼굴 빨개졌다!"

"금단의 사랑인가?"

"한 지붕 아래 피를 나누지 않은 남매가 산다니, 완전히 만화잖아."

유카리는 마음속 깊은 곳에서 '재네 멍청이 아냐?'라는 생각이 들었지만, 사악한 마법으로 입이 꿰매진 것처럼 어떤 말도 나오지 않았다.

"아하, 그게 다야?"

그때 갑자기 대각선 뒷자리에서 들려오는 목소리에 여자애들의 시선이 그쪽으로 향했다. 유카리도 돌아보았다.

하세가와가 책상에 턱을 괴고 굉장히 재미없는 표정으로 유카리와 아이들을 바라보고 있었다.

"엄청 무게 잡고 말하길래, 글쎄 정말로 대단한 일인 줄 알았네."

하세가와는 '그런 걸로 잘도 그렇게 신이 나는구나'라며 턱을 괸 자세를 흐트러뜨리지 않은 채 무미건조하게 말했다.

"뭐야, 이야기를 엿듣다니 역겹잖아."

"너한테 얘기한 사람은 없는데?"

조금 전까지 요란스럽게 웃던 얼굴은 어디 갔는지, 여자애들은 마귀할멈 같은 무서운 얼굴을 하고 사납게 덤벼들었다.

"오, 마귀할멈 나왔다."

그래도 하세가와는 여유롭게 여자애들을 도발했다.

유카리는 이미 교실 안 주목의 대상이 되었다.

"얘네들, 아이다를 부러워하고 있네. 질투하는 거야."

하세가와가 유카리를 향해 웃음을 지었다. 너무나 근사한 미소였다.

그러자 그토록 꾹 닫혀 있던 입이 어째서인지 쉽게 벌어졌다.

"이제 끝났어? 그러면 저리 가."

유카리가 얼음장처럼 차가운 목소리로 말하며 날카롭게 째려보자, 여자애들은 마귀할멈 같은 표정을 하고 굳어버렸다. 교실에 유카리를 중심으로 차가운 공기가 퍼져나갔다. 그리고 예비종이 울리자, 여자애들은 '아, 점심시간 끝났다. 화장실!'이라며 거미 새끼가 흩어지듯 뿔뿔이 물러났다.

그들이 자리를 피하자, 긴장을 푼 유카리가 머릿속으로 천천히 심호흡하며 오 초를 세고 뒤를 돌아봤다. 하세가와는 시큰둥한 표정으로 다시 책에 빠져 있었다.

“저기.”

유카리는 용기를 내 말을 걸었다.

“고마워, 내 편을 들어줘서.”

그렇게 직설적으로 감사의 말을 들을 줄은 몰랐는지, 눈을 동그랗게 뜬 하세가와의 볼이 살짝 발그레해졌다.

“뭐, 딱히 그렇게 대단한 건…….”

“아냐, 엄청나게 도움이 됐어.”

유카리의 말에 하세가와가 싱긋 웃었다. 하지만 갑자기 하세가와의 미소가 짓궂은 미소로 바뀌었다.

“그건 그렇고, 쟤네들을 노려본 아이다도 정말 박력 넘치던데? 꽤 하네, 쟤네 무조건 겁먹었을 거야. 왜냐하면 나도 지릴 뻔했거든.”

이번에는 유카리의 볼이 빨개졌다.

그날 집에 돌아가는 길 도중까지 함께하면서 하세가와는 성격상 여자아이들과 무리 지어 다니는 게 질색이라 항상 혼자서 행동한다는 말을 털어놓았다. 하지만 예전부터 똑 부러지고 시원시원한 성격의 유카리와는 마음이 잘 맞을 것 같다고 생각했다고 한다.

"나도 그렇게 생각하고 있었어!"

흥분한 듯한 유카리의 말에 하세가와도 기쁜 표정을 지었다.

"그런데 그럴 때가 있어, 아주 가아아끔. '아, 저 애와는 마음이 잘 맞을 것 같은데?'라고 생각했는데 상대도 사실 그렇게 생각해주는 경우가."

"정말?"

유카리의 인생에서는 아직 한 번도 그런 경험이 없었다.

"응, 나는 그런 기적이 있다고 생각하거든."

하지만 굉장히 자신감 넘치는 하세가와의 목소리에, 유카리는 그것을 순순히 믿을 수 있었다. 두 사람은 그렇게 친구가 되어 지금에 이르렀다.

"어쨌든 동생으로서 그건 좀 별로인 것 같아."

교실 칠판 앞에서는 남자애들이 누구는 엉덩이를 내밀고 누구는 엉덩이를 차며 놀고 있다. 아프다며 절규하고 침 튀기며 서로를 보며 웃는다. 유카리는 서로의 엉덩이를 차고 노는 게 어디가 그렇게 재미있는지 전혀 이해할 수가 없었다.

"남자들은 정말 바보 같구나."

유카리는 텔레비전 앞에서 웅크리고 있는 오빠의 등을 떠올리며 한탄했다.

“그렇네.”

하세가와 역시 남자들을 안타까운 눈빛으로 바라보며 유카리의 이야기를 즐겁게 들었다.

“애인이라도 있으면, 또 이야기가 다르겠지만.”

“없구나?”

“계속 쭉 없었어.”

“뭐, 그런 생활을 하면 못 만들지.”

“여자 친구라도 있으면 좀 달라질 텐데.”

유카리가 천장을 바라보며 중얼거리자 하세가와가 갑자기 물었다.

“아이다가 보기엔 오빠의 어떤 점이 멋있어?”

“응? 왜?”

“일단 생각해봐.”

“다른 사람 험담을 하지 않는 거.”

유카리가 크게 고민하지 않고 즉각 대답하자, 하세가와는 ‘오호’라며 감탄한 듯한 소리를 냈다.

“지금까지 함께 살아오면서 오빠가 누군가를 심하게 욕한 거를 들어본 적이 없거든. 아, 뉴스에서 고양이를 학대한 범인한테 보통 ‘저런 놈은 사형이 마땅해’라고 얘기하네. 그런 부분은 드물게 남매가 완전히 똑같은 의견이긴 한데. 하지만 그런 뜻이 아니라."

"응, 알아."

하세가와는 고개를 끄덕였다.

"오빠가 고향에 돌아오기로 마음먹었을 때, 애인이었던 사람한테 허무하게 차였거든. '그럼, 여기서 안녕해야겠네'라면서. 그래서 내가 그 사람에 대해 조금 나쁘게 말했더니, '뭐, 어쩔 수 없지. 내가 나쁜 거야. 오히려 나 같은 사람이랑 사귀어주어서 고맙지'라며 정색하고 말하면서 '행복했으면 좋겠다'라는 거야. 아련한 눈빛이 되어서는. 참, 답도 없지."

유카리가 책상 위에 주먹을 불끈 쥐고 콧바람을 내뿜자 하세가와가 킥킥 웃었다.

"아이다 씨, 어느새 넋두리가 되었네요."

"으응?"

하세가와의 일침에 유카리가 당황했다. 하세가와가 그 모습을 보고 더 크게 웃음을 터뜨렸다.

"어쨌든, 그런 부분은 조금 대단하다고 생각할 때가 있어. 나도 조금 본받아야 하는데. 뭐, 단순히 싸움을 싫어하고 소심할 뿐이지만. 하지만 그만큼 내가 어떻게든 해야 한다는 생각이 들긴 해."

그렇다, 유카리는 오빠의 그런 인품을 존경하고는 있지만,

한편으로 '이 얼마나 서투르고 무딘 사람인가' 하고 어이가 없기도 했다. 자신이 그렇게 생각하고 있다는 것을 하세가와와 이야기하면서 새삼 깨닫게 되었다. 누군가가 이야기를 들어주는 것은 중요하다. 이런 식으로 스스로도 잘 알지 못했던 감정을 확실히 이해하는 계기가 된다.

유카리가 친구라는 존재에 감사함을 느끼고 있는데, 하세가와가 말했다.

"왠지 좋다."

"뭐가?"

"지금 했던 이야기들 전부. 오빠의 좋은 점을 물으니 바로 대답이 나오는 부분이라든가 아무렇지 않게 걱정하는, 그런 게."

하세가와도 뭔가를 느끼는 게 있었는지, 다정한 말투였다.

"에? 그런가?"

"그런데 있잖아, 지금 문득 생각났는데."

"뭔데?"

하세가와가 비밀 이야기를 하듯 목소리를 낮추자 유카리의 목소리도 덩달아 작아졌다.

"괜찮으면 우리 언니 소개해줄까?"

"언니? 왜?"

"그야 오빠의 애인 후보로. 아이다도, 오빠한테 애인이 생기면 조금은 달라질지도 모른다고 했잖아. 만나게 해보는 것도 방법이지 않을까?"

"언니, 남자 친구 찾고 있어?"

"응, 지금 대학교 2학년이야. 다음 주 일요일에 언니랑 영화 보러 갈 건데. 거기에 두 사람도 나오면 어때?"

하세가와 언니는 삼 년 동안 만난 사람과 한 달 전쯤 막 헤어졌다고 한다. 그래서 새로운 남자 친구를 찾는다는 걸 잠꼬대처럼 되풀이한다고 했다.

"같이 우울해져서 견딜 수가 없어. 영화도 사실은 전 남자 친구랑 보러 가기로 한 약속이었거든. 그런데 그런 사정이 생겨 내가 같이 가게 된 거지."

"아이고."

아무래도 하세가와도 언니에게 상당히 들들 볶이는 것 같다. 미안한 얘기지만, 웃고 말았다.

"왠지 이야기만 들었지만 하세가와랑 비슷할 것 같아."

"하나도 안 비슷해. 언니는 천생 여자라는 느낌에다가 취미도 전혀 다르고. 보려는 영화도 러브스토리 같아서 사실 내 취향은 아니지만, 언니가 돈 낸다면서 내 의견은 듣지를 않아. 예매한 티켓을 그냥 날리는 게 조금 억울한가봐. 그래서 아이다랑 오빠가 와주면 굉장히 도움이 될 텐데. 그리고 나도 아이다네 오빠 만나보고 싶고."

하세가와가 책상에서 몸을 내밀며 말했다.

"하지만 하세가와 언니가 오빠를 마음에 들어할지 모르겠는데. 요즘 남자 같은 느낌이 아니거든. 솔직히 말해서 촌스러워."

"그런 부분이 의외로 신선해서 언니한테는 좋을지도 몰라. 뭐, 만나게 해보고 안 될 것 같으면 그걸로 딱 끝내는 걸로. 오빠도 언니가 마음에 들란 법은 없으니, 그건 피차일반이야."

유카리는 더더욱 걱정되었지만, 생각해보니 영화관에 가본 지도 꽤 오래전이다. 마지막 영화관은 아빠와 새어머니 사치코 씨까지 셋이 갔던 초등학교 5학년 때다. 오빠는 도쿄에서 자취했었기에 그때는 없었다. 하기야 같이 살았어도 가족끼리 나가는 걸 쑥스러워해서 오빠는 안 갔겠지만.

"영화라. 오랜만에 가고 싶긴 하다."

유카리가 영화관에 가득 찬 팝콘의 고소한 냄새를 떠올리며 중얼거리자, '자, 그럼 그렇게 하는 걸로!'라며 하세가와가 엄지와 중지를 딱 부딪쳤다.

* * *

'오, 카레 냄새.'

어두운 밤길을 걸으며 요이치는 어딘가의 집에서 풍겨오는 냄새에 코를 킁킁거렸다.

'아아, 카레라니, 부럽군. 먹고 싶다.'

카레 냄새는 왜 이렇게 사람을 끌어당기는지. 게다가 이상하게 그리운 기분이 든다. 왠지 마음 언저리가 간질거리는 기분.

어느 집에서 새어나오는 냄새일까? 우리집이었으면 좋겠다. 그렇게 생각하며 현관문을 드르륵 열자, 복도 안쪽에서 풍겨오는 더 진한 카레 냄새에 요이치는 '야호! 우리집이었구나!'라며 새어나오는 웃음을 참을 수 없었다.

바로 부엌으로 가자 라디오를 들으며 냄비를 젓고 있던 유카리가 요이치를 보고 인사했다.

"왔어? 오늘은 빨리 왔네."

라디오에서는 옛날에 유행하던 가요가 작게 흘러나오고 있었다.

"응. 드물게 퇴근이 빨랐지."

요이치는 발밑에 엉겨오는 다네다 씨를 발끝으로 뒤집으면서, 가방에서 빈 도시락통을 꺼내 유카리에게 건넸다. 이미 익숙해져 두 사람은 누구도 말을 하지 않는다.

"매일 이랬으면 좋겠는데."

"그렇게는 엿장수 마음대로 안 되지."

자학적으로 말한 요이치가 발돋움하고 냄비를 들여다보았다.

"오늘 카레 맞지?"

"정답. 어떻게 알았어?"

"알다마다. 집 바깥까지 카레 냄새가 나더라고. 걸으면서도 배가 울렸어."

"저런 저런."

정장을 실내복으로 갈아입고, 둘이 분담하여 밥상에 그릇을 놓았다. 따끈따끈한 밥에 카레를 얹어 서로 마주 보고 '잘 먹겠습니다'라고 말한 뒤 수저를 들었다. 요이치는 후쿠진즈케[4]를 밥 옆에 수북이 담았다. 요이치는 후쿠진즈케 국물로 새빨갛게 물든 밥을 입안 가득 넣는 것을 좋아한다.

"맛있어?"

"응, 맛있어."

"있지, 오빠. 다음 주 일요일에 영화 보러 안 갈래?"

유카리는 오빠가 카레로 기분이 좋은 것을 확인한 후, 말을 꺼냈다.

"영화? 왜?"

---

4 무, 가지, 오이, 생강, 연근, 죽순, 표고버섯 등 5종류 이상의 주재료를 얇게 썰어 절인 일본의 대표적인 절임 반찬

"왜냐니, 가끔은 같이 가줘도 되잖아. 지금까지 남매가 같이 외출한 적이 없기도 했고."

"에? 뭔가 기분 나쁜데?"

이런 귀염성 있는 말을 하는 녀석이었나, 요이치는 의아했다.

"왜, 좋잖아."

"뭐 보고 싶은 영화라도 있어?"

"응, 요즘 광고로 나오는 거. 아, 봐봐, 저거."

유카리는 마침 영화 예고편이 나오는 텔레비전을 가리켰다. 러브스토리로 보여 요이치는 내심 시시할 것 같다고 생각해 거절하려고 입을 열었다가, 문득 생각이 났다.

오늘 낮에 우라카미의 지적으로 새삼 깨달은 것이 있다. 바로, 매일 아침 준비되어 있는 도시락에 대한 고마움이다. 최근 요이치는 그것을 당연하게 생각했지만, 그건 유카리가 매일 아침 일찍 일어나 만들어주는 덕분이다. 유카리에게는 급식이 있다. 그러니까 오직 자신만을 위해서. 그리고 이렇게 저녁에도 자신이 먹고 싶은 음식을 만들어두고 자신을 기다린다.

만약 일이 끝나고 녹초가 되어 돌아왔는데 집이 캄캄하다면 굉장히 무미건조한 기분이 들 것이다. 집에 불이 켜져 있고, 냄비에 따뜻한 카레가 있고, 아침에는 좋아하는 계란말이가 들어간 도시락이 있다. 이 얼마나 행복한 일인가. 나는 조금 더 그에 감사해도 좋지 않을까? 영화를 같이 보러 가는 정도로 뭐 보상이 된다면. 그리고 다행스럽게도 영화의 좋은 점은 잠들면 저 혼자 알아서 끝난다는 점이다.

"좋아, 영화 보러 가자."

"정말?"

"가끔은 나쁘지 않지. 그렇게 돈이 드는 것도 아니고."

"야호!"

유카리가 승리의 어퍼컷을 날렸다. 요이치는 '이 녀석, 이상하게 어른스러워도 이래저래 아직은 어린애구나' 하고 흐뭇하게 생각하면서 깨끗하게 비워진 접시를 내밀었다.

당일은 초여름다운 맑은 물빛 하늘에 조각구름이 둥둥 떠다니고 있었다.

흔치 않게 치마를 입고 머리도 깔끔하게 내려 묶은 유카리는 꽤 의욕이 넘쳤다. 평소에는 교복이 아닌 치마는 입지도 않고 머리도 적당히 하나로 묶고 있는데. 아침 식사 후, 둘이 함께 불단 앞에서 손을 모은 뒤 집을 나섰다.

요이치가 유카리의 계략에 넘어갔다고 깨달은 건, 지하철을 타고 이웃 마을의 영화관에 도착하면서부터다. 가족이나 커플로 넘쳐나는 영화관 앞에 전혀 모르는 여자아이 두 명이 자신들을 기다리고 있어, 완전히 당황하고 말았다.

하세가와와 그 언니인 마이코 씨라며, 유카리가 두 사람을 직접 소개했다.

"아, 안녕하세요. 유카리의 오빠 요이치입니다. 으음, 여동생이 항상 신세를 지고 있어요."

당황하여 더듬거리며 인사하자 두 사람이 웃었다.

"아이다네 오빠, 듣던 거랑 이미지가 똑같네요!"

특히 그렇게 말한 보이시한 동생 하세가와는 손뼉을 치며 폭소를 터뜨렸다. 이게 무슨 상황이람.

두 사람은 이미 티켓을 샀기 때문에 일단 남매만 매표소로 향했다.

"저 사람들은 누구야?"

요이치는 줄을 서면서 곤혹스러운 표정으로 물었다.

"응? 방금 소개했잖아. 하세가와랑 하세가와네 언니."

유카리가 어이없다는 듯 말했다.

"아니, 그게 아니라."

"그게 아니면, 뭐가?"

"우리 둘만 보는 거 아니었어?"

"응, 아니야. 둘만 보다니, 그건 좀 징그럽잖아."

유카리가 너무나 태연하게 말해, 요이치는 '이 녀석'이라며

이를 악물었다.

"왜냐하면 오빠, 다른 여자가 오는 거 알았으면 절대 오지 않았을 거잖아."

사실 그건 그렇다. 그렇긴 하지만.

"에이, 오늘은 동생 체면을 봐서 조금만 참아줘."

유카리는 요이치의 기분을 맞추는 듯 생글생글 웃으며 말했다.

"그런데 하세가와네 언니, 엄청 예쁘다."

요이치는 오랜만에 여동생에게 프로레슬링 기술을 마음껏 먹이고 싶어졌다. 유카리가 꼬마였을 때는 몇 번이나 시험 대상으로 삼곤 했다. 하지만 이런 혼잡한 장소에서는 헤드록이나 만자 굳히기 기술을 걸 수도 없으니, 꾹 참아야 했다.

하지만 확실히, 언니 하세가와는 언뜻 보아도 꽤 사랑스러웠다. 갈색의 웨이브 파마한 헤어스타일도 예뻤고, 흰 원피스 소매로 나온 하얀 두 팔뚝이 부드러워 보여 가슴이 철렁했다. 그렇지만 여동생이 아닌 다른 여자와 이야기해본 적이 너무 오래전이라 대화를 할 수 있을지 모르겠다.

아아, 무슨 말을 해야 하지. 요이치는 속으로 초조해졌다.

"최근에 삼 년 사귄 애인이랑 헤어졌대. 그래서 만남이 필요하다고 하더라고."

게다가 유카리가 괜한 말로 더욱 부담을 주는 바람에 더 마음이 초조해졌다.

결국 영화가 시작되기 전 차를 마시러 들어간 카페에서도 대화도 제대로 하지 못한 채 상영관에 들어가게 됐다. 화장실에 가는 척하고 그대로 도망갈까, 순간 진심으로 망설였다.

하지만 생각보다 영화가 재미있어, 어느 틈에 하세가와 자매가 옆에 있는 것조차 잊은 채 스크린에 집중했다. 러브스토리라고는 해도 가까운 미래를 무대로 긴박하고 박진감 넘치게 돌아가는 스토리여서 계속 보고 있으면 앞으로 어떻게 전개될지 기대가 됐다. 요이치는 새로운 전개가 일어날 때마다 혼자서 '아아' 혹은 '으으'라며 작게 신음했다.

반면 유카리는 이야기 전개가 너무 빨라 따라갈 수 없는지 '왜 다들 머리에 칩이 박혀 있어?', '저 남자는 왜 쫓기는 거야?', '저 여배우, 저렇게 가슴이 크면 무겁지 않을까?'라고 어깨를 콕콕 찔러가며 질문하여 요이치를 괴롭혔다.

영화가 끝나고 밖으로 나와도 아직 해는 높게 떠 있었다. 일단 늦은 점심을 먹기 위해 쇼핑몰 안에 있는 식당가로 향했다.

하이힐을 신은 언니 하세가와는 빠른 걸음으로 쭉쭉 걸어가는 동생 하세가와에게 무서운 얼굴로 '그렇게 빨리는 걷기가 힘들어'라고 불평하는가 하면, 요이치에게는 '요이치 씨,

오늘 영화 어땠어요?'라고 생글생글 웃으며 질문했다. 갑자기 성이 아닌 이름이 불렸다는 사실에 요이치는 허둥대며 대답했다.

"굉장히 재밌었어요."

"그죠, 그죠! 생각했던 것보다 더 남자들이 좋아할 만한 영화였지만, 그래도 그런 부분이 좋았어요. 어어엄청나게 아슬아슬하고요."

언니 하세가와도 똑같이 느꼈는지, 몹시 기뻐하며 '엄청나게'에 힘을 주어 말하는 모습이 굉장히 귀여웠다.

뜻밖에도 그 후로 한껏 분위기가 무르익었다. 레스토랑에 들어간 후에도 두 사람은 영화에 관해 이야기했다. 언니 하세가와는 그릇의 파스타를 돌돌 말아 입으로 가져갔는데, 그런 행동이 여성스럽고 사랑스럽다. 웃으면 왼쪽에만 생기는 보조개도 마음을 간지럽힌다.

요이치는 속수무책으로 유카리의 함정에 빠진 것 같아 아니꼬웠지만, 굉장히 오랜만에 느끼는 설렘에 괜히 기분이 들떴다. 대학 시절 사귀던 여자 친구에게 깔끔하게 차인 뒤로 자신은 연애와 인연이 없다고 믿었다. 하지만 자신은 그저 포기해버린 것뿐일지도 모른다. 이런 식으로 예상치 못하게 만남이 찾아올 수도 있으니까.

사회인이 되고 나서 하루하루가 너무 빠르게 지나가고, 정신을 차리고 보면 일 년이 그냥 지나가 있기도 하다. 하지만 자신은 아직 스물다섯인데, 게임과 다네다 씨에게만 시간을 쓰기에는 너무 아깝다는 생각도 들었다.

영화 이야기가 끝나자 언니 하세가와는 옆에 있던 동생 하세가와를 가리키며 말했다.

"얼마 전 동생에게 들었는데, 요이치 씨가 유카리를 돌보고 있다고요?"

"아, 네. 뭐 일단은요."

"학부모 상담 같은 것도 요이치 씨가 가시나요?"

"아아, 그렇죠. 그런 날은 회사에 반차를 내고 갑니다."

요이치는 자못 잘난 오빠인 체하며 대답했다.

"대단하네요! 보통 그렇게 하기 쉽지 않은데!"

"아뇨, 그렇게 대단한 일도 아니에요. 오빠로서 당연한 거죠, 하하하."

언니 하세가와가 추켜세우자 요이치는 기뻐서 어찌할 바를 몰랐다.

하지만 그런 들뜬 요이치의 모습을 날카롭게 노려보는 눈빛이 있었다.

유카리는 요이치에게 조용히 부글부글 감정이 끓어오르는

중이었다.

요이치가 즐겁게 웃을 때마다 유카리의 부글부글 계량기의 수위가 쭉쭉 올라갔다. 그 사실을 둔한 오빠는 전혀 눈치채지 못했다.

유카리의 부글부글하는 감정의 정체, 그것은 요컨대 질투였다. 자신이 마련하고도 제멋대로지만, 오빠가 자기 이외의 여자를 상대로 쑥스러워하는 모습을 용서할 수 없다. 모처럼 나도 멋을 내고 왔는데 오빠는 전혀 알아차리지 못한다. '그 치마 잘 어울리네'라고 한마디만 해주면 안 되나.

우웩. 유카리는 브라더 콤플렉스 같아 기분이 나쁘다고 자신의 감정에 자기가 짜증을 냈지만, 역시 아무래도 재미없다는 사실은 변하지 않는다.

"아니에요, 저는 별 볼일 없는 인간이에요."

"그렇지 않아요."

요이치가 다시 칠칠치 못한 얼굴로 웃는 순간, 마침내 유카리의 부글부글 계량기가 끊어지면서 분노는 극에 달했다.

유카리는 테이블 아래에서 두툼한 샌들로 요이치의 발을 콱 밟았다.

"으앗!"

갑자기 발을 밟힌 요이치가 참지 못하고 소리쳤다.

"왜 그러세요?"

언니 하세가와가 깜짝 놀라 동그란 눈을 더욱 동그랗게 떴다.

"아뇨, 오래된 상처가 조금 쓰라려서요."

"오래된 상처요?"

"아아, 그러니까 옛날에 불량한 친구들과 어울리다가 칼로 등을 맞았거든요."

"등을요?"

"비겁한 놈들이에요. 열 명이 모여 둘러싸다가 갑자기 뒤에서 쑥 들어왔거든요."

요이치가 필사적으로 얼버무리면서 '도대체 왜 그래'라는 눈빛으로 노려봤지만, 유카리는 태연하게 본체만체하며 동생 하세가와와 디저트인 아이스크림을 즐거운 듯 나눠 먹고 있다.

뭐야, 정말. 요이치가 정신을 차리고 이야기로 돌아가려 하자, 다시 옆에서 유카리가 발을 뻗었다. 그래도 두 번째는 둘러댈 이유가 없었기에 요이치는 그 고문을 견디며 열심히 이야기를 이어나갔다.

어찌저찌 식사가 끝났다. 레스토랑 계산은 각자 가족끼리 내자고 이야기가 정리된 터라 요이치는 녹초가 되어 피곤해하면서도 자신과 유카리가 먹은 식사를 계산하고 밖으로 나갔다.

그리고 문 너머로 아직 하세가와 자매가 계산하고 있는 모습을 확인하고는 유카리에게 화를 냈다.

"뭐 하는 거야, 너?"

"응? 뭐가?"

유카리가 어깨를 으쓱하며 시치미를 뗐다. 레스토랑에 갈 때까지 기분이 좋았는데 갑자기 풀 액셀을 밟고 있는 유카리의 행동을 요이치는 도저히 이해할 수 없었다.

"왜, 화를 내는 이유가 뭐냐고?"

요이치는 이래서 사춘기가 싫다.

"딱히."

"'딱히'가 아니잖아. 남의 발을 힘껏 밟아놓고서."

"흥! 자업자득이야."

"뭐? 영문을 모르겠네."

"시끄러워!"

"어휴, 요걸 한 대 쥐어박을 수도 없고."

히스테릭하게 손톱으로 할퀴려는 유카리를 피한 요이치는, 유카리의 양 볼을 잡고 꾸욱 눌렀다. 평소에는 새침한 얼굴이 망가지는 게 정말 기분이 좋았다.

"하지뭬, 바붜야!"

아마도 '하지 마, 바보야!'라고 외치나 보다.

"사과하면."

"눼가 사가하나 바라!"

'내가 사과하나 봐라!'라고 말한 것이다.

그렇게 두 사람이 보기 흉한 싸움을 벌이는데, 언니 하세가와가 가게에서 나왔다. 당황한 요이치와 유카리는 급하게 어색한 미소를 만들었다.

그러나 예상치 못한 일이 벌어지는 바람에 두 사람의 미소는 그대로 얼어붙어버렸다.

그것도 잠시, 언니 하세가와는 무슨 생각인지 두 사람을 향해 트로트 가수처럼 머리를 깊이 숙여 인사하고는, 눈을 크게 부릅뜨고 그대로 식당가 통로를 힘차게 내달려 가버렸다. 하이힐이라 빨리 걸을 수 없다고 투덜대던 인물과는 전혀 다른 사람이었다.

하얀 원피스를 입은 뒷모습이 눈 깜짝할 사이에 시야에서 사라졌다.

멍하니 있던 유카리가, 뒤이어 문에서 나온 동생 하세가와에게 물었다.

"하세가와, 언니 왜 그러셔?"

"아아, 으음."

하세가와는 어색한 듯 머리를 긁적이며 대답했다.

"방금 계산할 때 전화가 왔어요."

"전화? 누구한테?"

곤혹스러운 얼굴로 유카리가 물었다.

"헤어진 남자 친구. 왠지 타이밍이 안 좋게, 상대가 지금에서야 사과한 것 같아. 그래서 그냥 날아가버렸어. 일단 붙잡으려고는 했는데, 언니는 무슨 일이 생기면 그거 하나밖에 생각하지 못해서……."

"아아……."

얼굴에서 완전히 장난기가 사라진 요이치와 유카리가 얼빠진 목소리를 냈다. 그러나 하세가와의 말을 듣고 두 사람 모두 묘하게 고개를 끄덕이게 된 부분이 있었다.

그 씩씩한 뒷모습은, 자못 소중한 사람에게 달려가는 느낌이었다. 그 뒷모습만 보고도 요이치가 처음부터 눈에 들어오지 않았다는 것을 한순간에 알 수 있었다.

두 사람의 눈에는, 앞으로 언니 하세가와를 기다리는 드라마틱한 상황 전개가 그려지는 듯했다. 사랑하는 사람에게 달려가는 언니 하세가와는 생명력이 넘쳤다. 그런 그녀를 나무라는 것은 도저히 흉내도 낼 수 없을 것 같았다. 그것은 자신들과 같은 제삼자가 참견할 일이 아니었다.

"왠지 죄송해요."

의기소침해진 하세가와가 멍하니 자리에 우두커니 서 있는 요이치와 유카리에게 고개를 숙였다. 이건 너무나 난처하다.

"응? 뭐가? 잘됐잖아, 남자 친구랑 화해할 수 있을 거 같고. 그렇지?"

"으응, 계속 우울해하셨다고 했잖아. 이제 분명 나아지겠다. 그렇지, 오빠?"

"으응! 그렇겠네!"

"그렇지!"

둘 다 필사적으로 말했다. 그리고 어쩌다 보니 옆에 있던 오락실에서 세 명이 스티커 사진을 찍고 돌아왔다. 모두 혼신을 바쳐 양손으로 V자를 그렸지만, 미소는 상당히 경직되어 있었다.

* * *

집에 돌아온 뒤 유카리는 오늘 일을 깊이 반성했다. 분명 계획 단계에서부터 실패였다. 오빠의 기분 따위는 신경 쓰지 않고, 그냥 멋대로 자기 혼자 신나서는. 그래놓고 막상 오빠랑 여자가 사이좋은 모습을 보고는 하찮은 질투나 하고, 정말이지 자신은 답이 없는 녀석인 것 같았다.

그 오빠로 말하자면, 집에 돌아오자마자 아무 말 없이 무릎 위에 다네다 씨를 올려놓고 등을 구부린 채 게임을 하고 있다. 피가 펑펑 튀긴다. 요이치는 '흐흐흐' 하며 음침하게 웃고 있다. 오빠가 행복했으면 좋겠다. 누구보다도 진심으로 그렇게 바라고 있다. 이렇게 될 줄 몰랐는데, 유카리는 풀이 죽었다.

"저기……."

적어도 사과 한마디는 전하려고 말을 걸어도, 요이치는 대답도 하지 않는다.

"오빠?"

요이치는 점점 더 등을 구부리고 게임에 몰두한다.

결국 그날은 저녁을 먹는 동안에도 눈을 제대로 마주치지 못한 채 다음 날 아침이 되었다. 이런 어색한 공기가 계속 이어진다면, 그건 너무나 견디기 힘들다. 유카리는 이불 속에서 이런저런 생각을 한 끝에 도시락으로 메시지를 전하기로 했다. 그러면 싫어도 오빠의 눈에 들어올 것이다.

요이치는 그런 유카리의 속셈을 알지 못한 채 시무룩한 얼굴로 도시락을 받아 들고 여느 때처럼 역까지 걸어가 지하철을 탔다.

'어제는 정말 끔찍한 하루였어…….'

사무실에서도 요이치는 뚱한 기분으로 오전을 보냈다. 귀중한 휴일에 일찍 일어나야 했고, 영화관에 끌려가 모르는 여자애들과 같이 행동하고. 심지어 유카리는 갑자기 화를 내지를 않나…….

"아아, 생각만 해도 열받네."

그리고 무엇보다 부끄러워서 견딜 수 없었다. 자신 따위 안중에도 없는 여자아이를 상대로 그렇게나 들떠버린 것이.

'나, 엄청나게 부끄러워했겠지.'

심지어 그 모습을 동생이 모두 봐버렸다. 이 세상에서 가장 보여주고 싶지 않은 상대에게.

"으아악."

다시 떠올리는 것만으로도 참을 수 없어 혼자 책상에서 몸부림치고 말았다. 그런 이유로, 어제는 부끄러워 여동생과 눈을 마주치지 못했다.

하지만 하이힐을 신고 연인에게 필사적으로 달려가는 언니 하세가와의 뒷모습은 조금 멋있었다. 씩씩한 데다 박력이 넘치기도 했다. 소중한 누군가의 곁으로 그렇게 한눈팔지 않고 곧장 달려갈 수 있다는 게 조금 부러웠다. 왠지 덕분에 좋은 것을 본 느낌이었다.

'나도 언젠가는 가슴에 그런 각오를 담아두고 진심으로 누군가를 좋아해보고 싶다.'

하지만 그건 지금이 아니어도 괜찮다. 자신에게는 아직 이르다고 생각했다. 그런 식으로 확고하고 씩씩하게 곧장 달려갈 자신은, 지금은 도저히 가질 수 없을 것 같다. 원래 연애란 분명 그 정도의 각오로 도전해야 하는 것이다.

가벼운 연애가 만연한 세상에서도 그것은 분명 어느 곳에는 존재한다. 어제는 그것을 배운 것 같다.

유카리가 대학을 졸업하고 취직을 해 제 몫을 하게 되면, 그 때는 정말로. 그때까지는 두 사람과 한 마리가 함께 느긋하게 사는 것도 뭐 나쁘지 않다. 어라? 그게 몇 년 남았지? 그때면 나, 서른 넘은 거 아닌가? 그러면 완전히 아저씨잖아.

"으음, 그건 그렇고. 곤란한 거 아닌가."

요이치는 책상에서 머리를 감싸쥐었다.

결국 아무런 해결책도 떠올리지 못한 채 점심시간이 되었다. 요이치는 자기 책상에서 조건 반사처럼 도시락 뚜껑을 탁 열었다.

'미안.'

그러자 흰 쌀밥 위에 분홍색 사쿠라덴부[5]로 적혀 있는 글자가 눈에 띄었다.

"에에?"

---

5 분홍빛이 나는 일본식 고명이자 음식. 생선살을 잘게 다진 뒤 부슬부슬하게 만든 다음 양념한다.

고민 따위는 날아가버렸다. 게다가 반찬도 새우튀김과 미니 함박이 가득 담긴, 무서울 정도로 호화로운 도시락이었다.

아무래도 이건 유카리가 보내는 사과의 마음인 듯했다. 그런데 이건 너무나도 창피하다. 이 얼마나 소름 끼치는 도시락을 만들어준 것인가. 우리가 뭐 신혼부부인가. 요이치는 귓불까지 새빨갛게 달아올랐다.

"무슨 일 있어요?"

언제나처럼 편의점 도시락을 들고 온 우라카미가 미심쩍다는 눈길을 보냈다.

"아냐, 아무것도."

요이치는 황급히 도시락 뚜껑을 덮었다. 그가 보면 틀림없이 또 뭔가 묘한 말을 꺼낼 것이다. 이건 완전히 고문이 아닌가. 사과가 아니라 여동생의 또 다른 괴롭힘인 것 같다는 의혹까지 든다.

"왜 그래요, 선배?"

"아무것도 아니야!"

"왠지 서운한데요."

우라카미가 더 끈질기게 도시락을 들여다보려고 한다.

"됐어, 저리 가."

"에에, 너무해. 저에게도 사랑하는 여동생이 만든 애매 도시락 좀 보여주세요."

사과인가, 괴롭힘인가. 도대체 무엇이란 말인가. 모르겠다. 아아, 이건 '애매(愛妹) 도시락'이 아니라 애매(曖昧)한 도시락이다. 요이치는 사쿠라덴부로 '미안'이라고 적힌 밥을, 사춘기 남학생처럼 뚜껑으로 감추면서 자포자기한 심정으로 우걱우걱 입에 집어넣었다.

셋

하늘색 우산

아침 일기예보대로 저녁부터 비가 내리기 시작해서 유카리는 저녁 준비를 마치면 요이치를 데리러 가기로 했다. 조금 전에 일을 마치고 지하철을 탔다는 문자가 도착한 터라 지금 나가면 딱 만날 수 있을 것이다.

이제 장마가 되어 아침에는 비가 내리지 않아도 오후부터 내리는 날도 많다. 우산을 가져가라고 나가는 길에 꼭 말하는데 오빠는 자주 잊어버린다. 그렇다기보다, 굳이 가져가지 않으려고 한다. 그래서 현관에는 신사용 체크무늬 우산이 늘 슬픈 듯 덩그러니 남겨져 있다.

"우산을 가져가지 않았는데 돌아오는 길에 비가 내리지 않으면, 마치 짐인 양 우산을 들고 다니는 사람들을 보고 괜히 이졌다는 마음이 들어서."

언젠가 왜 가져가지 않냐고 어이없어하는 유카리의 질문에, 요이치는 그렇게 어린애처럼 대답했다.

하지만 지금은 장마라서 대개 높은 확률로 비가 내린다. 오늘도 역시 요이치는 승부에서 졌다. 그래서 마중을 나가지 않으면 편의점에서 우산을 사서 쓰고 온다. 덕분에 집에는 한 번밖에 사용하지 않은 비닐우산이 엄청나게 많다. 현관 수납장을 열 때마다 눈사태가 일어난 것처럼 쏟아지는 바람에 진절머리가 났다.

"다네다 씨, 집 좀 보고 있어요."

유카리는 위패를 모신 방 다다미 위에서 뒹굴고 있는 다네다 씨를 한 번 쓰다듬고, 소리도 없이 가랑비가 내리는 주택가를 자신의 우산을 쓰고 터벅터벅 걸어갔다. 봄 하늘처럼 산뜻한 하늘색 우산의 안쪽에는 가로로 길게 뻗은 구름도 그려져 있다.

바로 돌아올 생각이라 집의 불은 켜둔 채로 나왔다. 뒤를 돌아보니 일 층 창문에서 새어나오는 노란빛에 유카리는 괜히 마음이 밝아졌다.

큰길 쪽에서 자동차가 크게 물보라를 일으키며 달리는 소리가 들려온다. 역 쪽에서 오는 사람들은 저마다 다양한 색의 우산을 쓰고 있지만, 고개를 숙이고 빠르게 걸어가는 모습은 모두 똑같았다.

편의점과 은행밖에 없는 역 앞에 도착하자 마침 개찰구에서 나오는 요이치의 모습이 보였다. 멀쑥하게 키가 커서 굉장히 눈에 잘 띈다. 출퇴근 가방을 손에 들고 망연자실한 표정으로 어두운 하늘을 올려다보는 그 얼굴이 안타까움을 자아낸다.

"오빠!"

유카리가 손을 흔들자, 그제야 알아차린 요이치가 웅덩이를 훌쩍 뛰어넘어 달려왔다.

"뭐야, 데리러 와줬네!"

"보다시피."

유카리가 손에 든 우산을 내밀었다.

"이런 시간에 위험하잖아."

'요즘 세상에 무슨 일이 일어날 줄 알고'라고 덧붙인 요이치가 얼굴을 찡그리고 젠체하며 말했다.

"밝은 길로 걸어왔으니까 괜찮아."

"아니, 그래도……."

"처음부터 오빠가 우산을 들고 갔으면 데리러 나오지 않아도 되잖아."

"우산은 편의점에서 사면 되지."

"그러니까 그걸 막으려고 온 거야!"

유카리는 '흥' 하며 언짢은 듯 우산을 떠밀었다. 고맙다는 말이라도 해라, 라는 기분이었다.

"알았으니까 화내지 마. 무섭게 말이야."

"화 안 냈어. 이 정도로 화내야 하면 오빠랑 못살지."

"우와, 너무해."

주차장 입구에는 자줏빛 수국이 피어 있었다. 비에 젖어 반짝반짝 아름답다.

요이치가 '뭐, 나야 고맙지'라고 말하며, 옆에서 '팡' 하고 기운찬 소리를 내며 우산을 펼쳤다. 마치 여기에도 큰 꽃이 피어 있는 것 같다.

이 세상에서 가끔은 살아 있는 것만으로도 이렇게 숨이 턱 막힐 만큼 아름다운 순간과 마주할 때가 있다. 옆에서 우산을 쓰고 있는 오빠에게 그것을 전하고 싶었지만, 어떻게 설명해야 할지 몰랐다. 자칫 잘못하면 바보 취급을 당할 것 같아서 조용히 있기로 했다.

역까지 걸어가는 동안 주위에는 완전히 어둠이 내려앉았다.

"얼른 돌아가자."

유카리가 걸음을 재촉하자 요이치가 그를 바짝 뒤쫓았다. 비 오는 밤이라 거리를 다니는 사람이 적은지, 역 앞 거리를 빠져나가자 마주치는 사람이 아무도 없었다. 아직 여덟 시도 되지 않았는데 마을은 잠이 든 것처럼 쥐 죽은 듯 고요하고 그저 비만 내리고 있다.

"오늘 저녁은 뭐야?"

"닭고기 데리야키 스테이크."

매콤달콤한 간장 양념에 구운 닭고기 스테이크는 유카리가 잘하는 요리 중 하나다.

"와, 좋네."

워낙 세상이 조용해 두 사람도 저절로 작은 목소리가 되어 말하고 있는데, 갑자기 요이치가 걸음을 멈추었다. 무슨 일이냐며 유카리가 시선을 돌리자 이미 문을 닫은 약국 지붕 아래 선 남자아이가 눈에 들어왔다. 초등학교 3학년쯤 되어 보였다.

어린아이가 혼자 다니기에는 이미 늦은 시간이다. 어두워서 표정까지는 보이지 않았지만, 어깨를 움츠리고 불안한 표정으로 서 있었다.

요이치가 말없이 그쪽으로 걷기 시작하자 유카리는 그대로 멈추어서 잠시 상황을 살폈다.

하지만 요이치는 흘깃흘깃 곁눈질을 하면서도 남자아이 앞을 그냥 지나쳐 그대로 빙글 유턴해 돌아와버렸다.

"뭐하는 거야?"

"너야말로 왜 안 따라오냐?"

영문을 모르겠다는 유카리의 물음에 요이치는 상당히 당황해했다.

"그쪽은 집 방향이 아니잖아. 뭐야, 저 애한테 말을 걸려고 한 거 아니었어?"

"그랬지. 그런데 뭐라고 말해야 할지 모르니까."

"뭐하는 거야. 오히려 겁을 주면 어떡해."

"네가 뒤에서 따라오는 줄 알았지."

그렇게 말한 요이치가 '왜 안 오는 거야'라며 투덜투덜 불평했다.

뭐랄까, 이 사람은 이상한 데서 소심하다. 그럼 그냥 놔두면 되는데 성격상 그러지도 못한다.

어이가 없어진 유카리는 혼자 처량하게 비를 피하고 있는 소년에게 다가갔다. 요이치도 느릿느릿 뒤를 따라왔다.

"무슨 일 있니?"

유카리의 물음에 남자아이는 겁에 질린 듯 어깨를 움찔거리더니 고개를 들었다.

"미안, 살짝 걱정이 되어서 봤어."

"아아, 네."

남자아이는 유카리의 뒤에 선 요이치를 신경 쓰는 듯했다.

"괜찮아, 이 사람도 수상한 사람이 아니니까. 이래 봬도 내 오빠거든."

"이래 봬도라니, 그게 무슨 뜻이야?"

요이치가 말끝을 올려 불만스러운 목소리로 말하자 남자아이는 조금 안심한 것 같았다. 그래서 유카리도 마음이 놓였다.

"우산이 없니?"

남자아이가 고개를 끄덕이며 셔터가 내려간 가게가 이어진 거리를 가리켰다.

"저기 서점에 서서 책을 읽었는데 누가 가져갔어요."

"아아."

요이치와 유카리가 나란히 김빠진 소리를 냈다.

남자아이는 조금 전까지 몇 채 앞의 서점에 있었다고 한다. 집에 가려는데 누가 들고 갔는지 우산이 없어 지붕을 따라 약국까지 왔지만, 그 이후로는 더 이상 지붕이 없어 곤란했던 모양이다.

유카리가 집이 어디냐고 묻자 남자아이는 한 정거장 앞의 이름을 말했다. 아이 걸음으로 분명 이십 분 넘게 걸릴 것이다. 가까이서 보니 꽤 얇은 옷을 입고 있었고 심지어 티셔츠의 어깨 부분이 젖어 살갗이 비쳤다.

어째서 이렇게 비가 오는데 저런 얇은 옷을 입고 나왔는지,

부모가 마중 나오지는 않는 걸까? 여러 가지로 물어보는 편이 좋을지도 모르지만, 그건 그거대로 쓸데없는 참견인 것 같기도 했다. 그래서 유카리는 자신의 하늘색 우산을 소년에게 내밀었다.

"여기."

"어?"

"이거 써."

"우린 우산이 두 개니까, 이건 네가 가져가도 돼."

남자아이는 왠지 상황을 잘 이해하지 못하겠다는 표정이었다. 지나가는 길에 말을 걸어온 사람이 우산을 가져가라고 한다. 생판 남에게 어떻게 이렇게 행동할 수 있는지 수긍할 수 없다는 얼굴이었다.

결국 남자아이는 머뭇거리며 유카리가 내민 우산을 가만히 받아 들었다. 남매가 지붕 밑에서 지켜보고 있자, 잠시 뒤 걷기 시작하더니 바로 비가 내리는 풍경 속으로 사라져버렸다.

"이 우산 줄걸."

소년의 모습이 보이지 않자, 요이치가 손에 든 자신의 우산을 가리켰다.

"오빠가 쓴 우산은 성인 남성용이잖아. 저 애한테는 힘들지."

"하지만 그거, 어머니 우산이잖아."

요이치가 조심스레 말했다. 유카리가 그 우산을 줄곧 소중하게 사용한다는 것을 요이치는 알고 있었다.

그 우산은 돌아가신 요이치의 어머니, 즉 유카리에게는 새어머니인 사치코 씨가 좋아하는 우산이었다. 유품이라고 부르기에는 조금 과장된 말이다. 집 안에는 아주 평범하게 아빠와 사치코 씨가 남긴 물건들이 넘쳐난다. 마트료시카 라디오, 두꺼운 나무 도마, 바닥이 눌어붙은 약통, 짙은 갈색의 찻장, 식기와 찻주전자 모두 그렇다. 그것들은 단둘이 살게 되면서 새로 산 물건들과 뒤섞여 생활 속에 녹아 있다.

우산 역시 그런 물건 중 하나다.

"좀 그랬나?"

"아냐, 나는 상관없어."

"그래?"

"적어도 그 아이에게는 도움이 되지 않았을까?"

요이치가 웃자 유카리는 왠지 자랑스러운 표정으로 말했다.

"우산은 그냥 우산일 뿐이니까. 지금 그 우산이 가장 필요했던 건 저 아이잖아. 사치코 씨라면 아마 그렇게 말하지 않았을까? 도구는 소중히 보관해두는 게 아니라 사용해야 가치가 있는 거라고."

"아아, 그럴지도 모르겠네."

요이치는 감탄한 듯 고개를 끄덕이며 유카리의 옆모습을 바라보았다. 확실히 어머니라면 그렇게 말할 것이라는 생각이 들었다. 어머니는 매우 단호한 사람이었다. 상냥함과는 또 다르게, 그 자리에서 필요한 것을 바로 결정하고 그다음은 고민하지 않았다. 요이치와 단둘이 살 때부터 그런 점은 계속 변하지 않았다. 요이치가 반항기였을 때도 어머니는 그랬기에, 그 무렵의 요이치는 그런 어머니를 성가시다고 여긴 적도 있었다. 어머니의 위대함을 알게 된 것은 어머니가 재혼하여 새아버지와 유카리와 같이 살게 되면서부터다. 자신보다 더 어머니를 닮은 유카리가 신기하기도 하고 믿음직스럽기도 했다. 요이치는 진심으로 부모가 아이의 성장을 지켜보았을 때와 같은 감정이었지만, 유카리 눈에는 요이치가 그저 싱글벙글하고 있는 것처럼밖에 보이지 않았다.

"그래서 우리는 어떡해?"

비는 점점 거세지고 있었다. 하지만 손에는 하나의 우산밖에 없다.

"달려야겠지?"

유카리가 그렇게 말하자 요이치는 '아, 역시'라며 한숨을 쉬었다.

요이치의 우산에 함께 들어간 두 사람은 셋까지 센 뒤 힘차게 빗속을 달려나갔다. 웅덩이를 튀기며 집을 향해 달렸다.

"왜 이렇게 된 거야!"

요이치가 숨을 헐떡이며 원망 섞인 말을 내뱉었다.

"오빠가 먼저 그 애한테 말을 걸려고 했잖아. 내 잘못 아니야!"

유카리도 숨을 몰아쉬며 장난스럽게 대답했다.

비를 뚫고 질주하다가 불 켜진 자신들의 집이 보이자 마음 한구석에 안도감이 몰려왔다. 유카리는 불을 켜고 나오길 잘했다고 생각했다. 등대 불빛에 이끌리듯 두 사람은 달렸다.

집에 도착하니 두 사람 모두 머리를 빼고 흠뻑 젖어 몸에서 모락모락 김이 올라왔다. 저녁 식사는 잠시 뒤로 미루고 유카리는 요이치에게 먼저 목욕하라 말했다. 그리고 요이치가 나온 뒤 자신도 곧바로 들어갔다.

편백나무 입욕제를 넣어 녹신녹신해진 뜨거운 물에 어깨까지 담그고 한숨을 쉬며 생각했다.

'어휴, 이제 살겠네. 그 남자아이는 무사히 돌아갔을까?'

물론 주소도, 이름도 묻지 않았기에 알 길이 없다.

일기예보에 따르면 당분간 장마가 계속된다고 한다. 비닐우산이 산처럼 쌓여 있어 곤란하지는 않지만, 역시 기분이 다르다. 이런 눅눅한 나날에도 그 우산 아래에만 있으면 기분 좋은 푸른 하늘이었는데.

그 하늘색 우산이 없으니 왠지 침울한 느낌이다.

오빠 앞에서는 '우산은 그냥 우산일 뿐이니까'라고 센 척을 했지만, 사실 유카리가 굉장히 좋아하는 우산이었다.

'아아, 내 하늘색 우산…….'

평상심으로 돌아온 유카리에겐 그제야 후회가 몰려왔다.

* * *

일요일, 요이치가 거실에서 낮잠을 자고 있는데 느닷없이 들려오는 요란한 초인종 소리에 벌떡 일어났다. 마침 유카리가 '록키 마트'에 장을 보러 나간 참이라 귀찮은 몸을 이끌고 나갔더니 문 앞에 하세가와가 있었다.

"안녕하세요."

"아아, 안녕."

"유카리 있어요?"

"지금 잠깐 나갔어. 근처 마트 갔으니까 금방 올 거야."

"그러면 잠시 들어가서 기다려도 되나요?"

그렇게 말한 하세가와는 대답도 기다리지 않고 집 안으로 들어왔다. 함께 영화를 본 뒤로 하세가와는 하굣길이나 쉬는 날이면 아이다 가문에 놀러오곤 했다. 전에는 '아이다'라고 성으로 불렀는데 어느새 이름으로 부르고 있다. 지금까지 친구를 집에 데려온 적이 거의 없어 유카리에게 친구가 없을까봐 은근히 걱정했던 요이치는 내심 기뻐하고 있었다.

"오기 전에 연락하고 오면 되잖아."

하세가와는 항상 예고 없이 나타난다.

"하지만 일요일이면 두 사람 중 한 명은 무조건 집에 있잖아요."

하세가와는 아이다 가문을 묘하게 마음에 들어하는 것 같았다.

"뭐, 그렇긴 한데."

"그런데 자고 있었죠?"

"엇, 어떻게 알았어?"

"얼굴에 다다미 자국, 엄청나요."

하세가와의 웃음에 당황하여 뺨을 문지르자, 그 반대라며 또 웃는다.

요이치가 보리차를 내주자 하세가와는 맛있는지 단숨에 들이켰다. 한 잔 더 따라주니 또 쭉 들이켠다. 재미있어서 한 잔을 더 주려고 하자, 컵을 덮는 손에 저지당하고 말았다. 하는 수 없이 요이치도 밥상을 사이에 두고 맞은편에 앉았다.

창밖은 낮인데도 어둑어둑해 금방이라도 비가 쏟아질 것 같았다. 유카리는 우산을 들고 나갔을까? 하지만 그 녀석은 자신과 달리 똑 부러지는 아이라 틀림없이 우산을 가지고 나갔을 것이다.

"오빠, 게임은 잘돼가요?"

하세가와는 요이치를 당연하다는 듯 오빠라고 불렀다. 요이치는 그게 조금 낯간지러웠다. 하세가와는 꽤 게임을 좋아하는 듯 요이치와 이야기가 잘 통했다. 반대로 말하면 두 사람에게 공통의 화제는 그것밖에 없었다.

"아니, 포기했어."

"그럼 안 되죠."

"왜냐하면 그 게임, 너무 길어. 아무리 해도 클리어 못할 것 같아. 직장인은 말이야, 그렇게 시간이 자유롭지 않다고. 저건 악마의 게임이야. 하세가와, 하고 싶으면 저 악마의 게임 가져가도 돼."

"아뇨, 저도 올해는 일단 고등학교 입시가 있어서요. 저런 악마는 필요 없어요. 그보다 너무 강요하지 말아주세요."

"아, 그렇구나. 너희들 올해 수험이구나."

요이치는 유카리도 수험생이라는 사실을 까맣게 잊었다. 하세가와와 같이 유카리도 중학교 3학년이니, 당연히 고등학교 수험을 앞두고 있었다.

"까먹고 있었어요, 오빠? 유카리 보호자잖아요."

"왜냐하면 저 녀석, 그런 얘기 전혀 안 하거든. 학원도 필요 없다고 하고."

"그러면 안 되죠, 잘 지켜봐줘야지."

"네에, 죄송합니다."

하세가와의 따끔한 지적에 요이치는 머리를 긁적였다.

"유카리는 오빠한테 걱정을 끼치고 싶지 않다고 생각해요. 다른 사람을 신경 쓰고 배려하는 유카리의 성격, 오빠가 제일 잘 알잖아요. 저는 유카리의 친구로서 조금 걱정돼요."

하세가와가 유카리의 보호자인 것 같다.

"네, 조심하겠습니다."

요이치는 일단 다시 한 번 사과했다.

그러던 중 드르륵 현관문이 열리는 소리가 들렸다. 유카리가 돌아온 것 같다.

다네다 씨가 마중을 가려는 듯 현관까지 달려간다. 다네다 씨는 언제까지나 하세가와에게 마음을 열려고 하지 않는다.

"어머, 다네다 씨. 마중 나온 거예요오? 잘해쪄요오~ 세상에서 쩨일 귀엽네요오~."

어쩐지 기분 나쁘게 간드러진 목소리가 현관 쪽에서 들려왔다.

"네 앞에서는 털털한 척하는 것 같지만."

요이치는 묵직한 목소리로 말했다.

"저게 녀석의 본성이야."

"그렇군요."

하세가와도 낮은 목소리로 대답하며 고개를 끄덕였다.

"어? 하세찌, 왔어?"

양손에 무거워 보이는 마트 봉투를 들고 유카리가 거실로 들어왔다. 전부 들었을 것이라고는 절대 알 수 없는, 평소와 같은 새침한 얼굴이었다. 그래서 요이치와 하세가와도 모르는 척했다.

"지금 오빠랑 친분을 쌓아가던 중."

하세가와가 샐쭉하게 웃으며 말하자, 유카리가 냉장고에 식료품을 집어넣으며 얼굴을 찌푸렸다.

"에에, 뭔가 찝찝한데."

그리고 유카리와 하세가와는 작은 새처럼 짹짹거렸다. 늘씬하고 선이 가는 데다 키가 큰 두 사람 모습을 보니 마치 자매 같았다. 나와야 할 곳이 나오지 않은 부분까지 비슷하다. 요이치는 몰래 두 사람에게 '찌부들'이라고 콤비 이름을 붙였다.

이옥고 찌부들은 기말고사 공부를 위해 도서관에 간다며 나갔다.

"너무 늦지 마."

요이치는 일단 오빠답게 말했으나, 비닐우산을 든 유카리에게서는 '늦은 적 없잖아'라는 실로 매정한 대답이 돌아왔다.

두 사람이 나가자 조금 전까지 소란스러웠던 집 안이 갑자기 조용해졌다. 창밖에서는 집중하지 않으면 내리는지도 모를 안개 같은 비가 소리 없이 내리고 있다. 바람도 없어, 마당의 식물들은 그저 그 비에 젖어갔다. 갑자기 한가해진 요이치는, 그렇다고 또 낮잠을 자기에도 애매해 잠시 다네다 씨를 쓰다듬으며 멍하니 있었다. 습기 때문에 다네다 씨의 털도 촉촉하게 젖어 있다.

갑자기 또 '딩동' 하는 바보 같은 소리가 집 안에 울렸다. 오늘따라 손님이 많이 온다고 생각하며 현관으로 나가니 불투명한 유리 너머로 상당히 키가 작은 사람의 그림자가 보였다.

의아하게 생각한 요이치가 미닫이문을 열었는데, 처음 보는 초등학교 5학년 정도의 여자아이가 서 있어 더욱 놀랐다.

"여기가 아이다 유카리 씨 댁인가요?"

여자아이는 겁이 없는 또랑또랑한 목소리로 말했다. 긴 머리카락을 양 갈래로 묶고 가슴에 리본이 달린 원피스를 입은 똘똘해 보이는 아이였다.

"그렇긴 한데."

요이치가 대답하자 여자아이는 '역시!'라고 우쭐한 소리를 냈다.

"유카리에게 무슨 볼일이라도 있니?"

"으음, 볼일이 있는 건 제가 아니라……. 무사시! 얼른 나와!"

여자아이는 뒤쪽을 향해 큰소리로 외쳤다. 그러자 대문 뒤에서 작은 남자아이가 쭈뼛쭈뼛 얼굴을 내밀었다.

"우물쭈물하지 말고!"

그렇게 강하게 말한 여자아이는 무사시라고 불린 남자아이의 등을 밀었다. 남자아이는 아프다고 반항하면서도 요이치 앞으로 나와 위를 올려다보며 고개 숙여 인사했다. 저렇게 올려다보는 눈망울을 본 적이 있다.

"어라, 너 얼마 전에 우산, 그 애 맞지?"

"네."

남자아이가 고개를 끄덕였다. 이 아이들이 어떻게 우리 집을 알았는지 신기했지만 어쨌든 우산을 돌려주러 온 것 같다.

"그래서 우산은?"

"아, 네에. 그게……."

남자아이가 말을 더듬었다.

"돌려주러 온 거 아니야?"

남자아이에게 묻자, 그 대신 여자아이가 불쑥 앞으로 나오면서 말했다.

"그게, 살짝 사정이 있어서요."

"으응."

"유카리 씨 안 계시나요?"

"아, 지금 나가고 없어."

"그렇구나."

여자아이가 아쉬운 듯 말했다. 마침 심심하던 요이치가 말했다.

"이야기라면 내가 들을게. 참고로 나는 유카리의 오빠야."

"알고 있어요. 이야기는 얘한테 전부 들었거든요."

여자아이는 당연하다는 얼굴로 가슴을 폈다.

"아, 그러니."

요이치는 머리를 벅벅 긁었다. 왠지 오늘은 동생들에게 자꾸만 끌려다니는 것 같다.

비도 오고 하니 요이치는 일단 집으로 들어오라고 했다. 두 사람 모두 얌전하게 현관을 넘어섰다. 여자아이는 나무로 만든 오래된 집이 흔치 않아서인지, 흥미롭다는 듯 주위를 둘러보며 목각 곰이나 기둥의 오래된 흔적을 손가락으로 쓰다듬었다. 뒤에서 따라오던 남자아이는 복도가 삐걱삐걱 소리를 내자 깜짝 놀라 다리를 움츠렸다.

"안 무너져, 괜찮아."

요이치가 쓴웃음을 짓자 겨우 평상시처럼 걸었다.

밥상 앞에 마주 앉은 두 사람 모습을 본 요이치가 물었다.

"너희, 남매야?"

그러자 여자아이가 세차게 고개를 저었다.

"같은 반 친구요."

여자아이는 둘 다 초등학교 5학년이라고 했다. 그리고 '얘는 미야타 무사시, 저는 고바야시 마리에예요'라고 이름을 밝혔다.

"그런데 무사시가 땅꼬마라서, 같이 걸으면 자꾸 남매로 착각해요. 너무 싫은데."

"아, 그래?"

마리에가 분한 듯 말하자, 요이치는 컵에 보리차를 따르며 움찔했다.

"지긋지긋한 인연이에요, 지긋지긋한. 같은 아파트에 살지, 태어날 때부터 쭉 같이 보냈지."

"오호."

아직 지긋지긋하다고 부를 만한 악연은 아닌 것 같지만, 소꿉친구라는 친분으로 마리에가 조용한 무사시를 항상 챙겨주고 있는 듯했다. 무사시는 마리에가 말하는 동안에도 계속 옆에서 어깨를 움츠리고 정좌를 하고 있다.

"지난번에는 무사시가 신세를 진 것 같아요. 감사했습니다."

어른처럼 공손한 말투로 마리에가 말했다.

"아냐, 천만에."

오히려 요이치가 당황했다.

"얘는 부모님이 이혼하셔서 엄마랑 둘이 사는데, 아줌마도 일 때문에 늦게 오세요. 그래서 가끔 우리집에 밥 먹으러 오라고 하거든요. 그날 밤에도 무사시를 데리러 갔는데 집에 없어 걱정돼서 아파트 앞에서 기다리고 있었어요. 그랬더니 꽤 늦은 시간에 오는 거예요. 그래서 무슨 일 있었냐고 물으니, 다른 사람이 자기 우산을 가지고 가버려서 곤란해하고 있는데 친절한 사람이 빌려줬다고 하잖아요."

마리에는 혼자서 따발총처럼 말했다.

"너무하지 않아요? 비가 오는데 다른 사람 우산을 가져가다니. 게다가 어린이 우산을. 하지만 빌려준 사람이 있다는 얘기를 듣고, 아 세상에는 친절한 사람도 있구나, 감탄했어요. 그런데 무사시 얘가 이름도 연락처도 물어보지 않았다는 거예요. 그래서 그런 거 제대로 물어보지 않으면 안 된다고 제가 화를 냈어요. 왜냐하면 빌렸으면 돌려주는 게 당연하잖아요, 사람으로서."

"으응."

"그래서 보니까 우산에 반이랑 이름이 적혀 있더라고요. 멋진 우산이기도 했고, 점점 특별한 물건이라는 생각이 들었어요."

손잡이 부분에 '3학년 2반 아이다 유카리'라고 쓰여 있었다고 한다.

"아, 그래?"

"아, 모르셨어요? 적혀 있었어요, 이름이. 테이프로 예쁘게 붙여서. 그래서 이걸 단서로 삼을 수밖에 없다고 생각했죠. 무사시에게 물어보니 중학생 정도로 보였다고 해서, 다음 날 가장 가까운 중학교에 '3학년 2반 아이다 유카리'라는 학생이 있냐고 물어봤어요."

"그렇구나."

"처음에는 개인정보라고 하나요, 그런 건 알려줄 수 없다고 하더라고요. 하지만 사정을 전부 이야기하면서 제 주소와 이름을 얘기했더니 마지못해 가르쳐주셨어요. 아마도 우는 시늉이 효과가 있었던 것 같아요. 저, 우는 척 잘하거든요."

"그렇구나."

마리에는 마치 난해한 트릭을 풀어낸 탐정처럼 의기양양한 표정이었다. 상당히 행동력 있는 아이라고, 요이치는 감탄했다. 이 정도 나이대에서는 역시 여자아이들이 압도적으로 똘똘하다.

"그래서 일요일인 오늘, 알려준 주소에 의지해서 찾아온 거예요. 그랬더니 '빙고!'였던 거죠."

마리에는 '빙고!'라고 말할 때 아주 신이 난 목소리를 냈다. 그 모습은 그냥 정말 아이였다.

그런데 정작 중요한 우산은 도대체 어디 있는 건지, 요이치가 고개를 갸웃거렸다.

"바로 그 부분이에요."

마리에가 몸을 앞으로 내밀며 눈살을 찌푸리고 무사시를 매섭게 노려보았다.

"오늘, 같이 아파트를 나올 때 무사시가 당연히 우산을 들고 왔어야 하잖아요. 그런데 손에 우산이 없는 거예요. 그래서 이유를 물었더니 우산을 잃어버렸다고 하더라고요. 어휴. 저는 너무 어이가 없었죠. 어제 편의점에 갔다가 돌아오는 길에 놓고 왔다길래, 급하게 찾으러 갔는데 못 찾았어요."

무사시가 면목이 없다는 듯 몸을 움츠렸다.

"그래도 최소한 감사의 말과 사과의 말만큼은 전해야 한다고 생각해서요."

마리에가 재촉하듯 옆에 앉은 무사시를 쿡쿡 찔렀다. 그러자 무사시가 기어들어가는 목소리로 말했다.

"죄송해요……."

"정말, 저도 사과드려요. 정말 죄송합니다."

초등학생 두 명이 고개를 숙이자 요이치는 당황했다.

"아, 아냐, 괜찮아. 처음부터 돌려받기를 기대한 것도 아니고. 잃어버린 건 어쩔 수 없지. 무사시도, 마리에도 일부러 와줘서 정말 고마워."

요이치가 최선을 다해 진심을 담아 말하자 두 사람도 비로소 마음이 놓였는지 고개를 들었다. 숨도 안 쉬고 얘기했더니 목이 마르다는 마리에의 말에, 요이치는 빈 컵에 보리차를 따라주었다.

"휴우, 후련하다."

마리에는 힘껏 차를 들이켠 후, 한결 어깨가 가벼워진 목소리를 냈다.

"정말, 무사시도 어쩔 수 없는 아이라니까요."

그래도 우산을 잃어버린 무사시를 이해하지 못하겠다는 듯 아직도 투덜거렸다.

"이러니까 학교에서도 남자애들이 놀려서 큰일이에요. '무사시는, 이름은 엄청 강해 보이는 데 연약하네'라면서. 무사시네 아버지가 역사를 좋아하셨거든요. 그래서 전설의 사무라이 미야자키 무사시처럼 강해졌으면 좋겠다고 지어주신 이름이에요. 그런데 아저씨는 무사시가 유치원에 다닐 때 다른 여자가 생겨서 나가버렸어요."

"마리에……."

무사시가 그런 말까지 하지 말라며 마리에의 소매를 잡아당겼다. 당황한 마리에는 미안하다며 손을 입으로 막았다.

"미안해, 무사시. 말이 너무 많았다."

"하아, 정말……. 우리집 얘기는 지금 상관없잖아."

"하지만 네가 말을 안 하니까. 그래서 내가 무사시의 두 배로 말해야 하니까."

"아무도 시키지 않았어. 오늘도 나 혼자 올 수 있었는데."

무사시는 무사시대로 남자의 자존심이 있는 듯했다. 마리에의 보살핌을 받기만 하는 것은 기쁘지 않은 듯했다.

"거짓말. 내가 없었으면 절대 여기까지 올 수 없었을 거야."

"올 수 있었어."

"불가능이지. 무사시는 내가 없으면 아무것도 못하잖아."

"마리에가 없어도 엄청나게 잘하거든!"

"그러면 앞으로는 도와주지 않을 거야!"

"얘들아, 얘들아."

요이치가 중재하자, 두 사람은 이곳이 다른 사람 집이라는 것을 떠올렸는지 한목소리로 사과했다.

"죄송합니다……."

요이치는 저도 모르게 웃고 말았다. 아이에게는 아이의 세계가 제대로 있다. 그런 점이 미소를 짓게 했다.

마리에 같은 애는 반에 꼭 한 명은 있었다. 요이치는 아련하게 어린 시절을 떠올렸다. 뼛속부터 알뜰살뜰 다른 사람을 챙기는 타입. 마리에는 분명 반에서 반장이라도 맡고 있을 것이다. 그리고 옆에서 어깨를 움츠리고 있는 무사시. 그런 얌전한 아이 역시 반에 한 명은 꼭 있었다. 자신이 바로 무사시 같은 아이였던 것이다.

요이치는 빈약하고 심약해서 반 아이들에게 자주 놀림을 받았다. 가정환경까지 비슷하다. 요이치의 친아버지는 지극히 보통의 직장인이었는데, 직장의 여자 후배에 빠져 가정을 버렸다. 요이치가 초등학교 3학년 때였다. 일 년 후 그 여자에게 버림받은 아버지가 재결합을 원한다며 밀어붙였지만, 어머니는 그것을 단호하게 거부하고 혼자서 요이치를 키웠다. 일 때문에 어머니가 늦게 돌아오는 밤은 너무나 길고 굉장히 고독했다. 그 탓에 요이치는 상당히 삐딱한 아이가 되어버렸다. 만약 그 시절의 자신에게도 마리에 같은 소꿉친구가 있었더라면. 분명 그건 그거대로 울적하겠지만, 큰 도움이 되었을 것이다. 그렇게 생각하니 왠지 무사시가 부러웠다.

대앵. 괘종시계가 울리며 네 시를 알렸다. 시간이 너무 늦어지면 곤란하니 요이치는 두 사람을 돌려보내기로 했다.

"오늘은 실례가 많았습니다."

바로 우산을 쓰고 나간 마리에와 달리, 무사시는 무슨 이유인지 현관문에서 움직이지 않았다. 아직 할 말이 남아 있는 모양이다.

"저기……."

"응, 왜 그래?"

잠시 기다려보았지만, 무사시는 좀처럼 입을 열 기미가 보이지 않았다.

"뭐 하고 있어!? 얼른 가자!"

그러자 조급해진 마리에가 길목에서 큰소리로 무사시를 불렀다.

"역시, 그냥 갈게요."

결국 무사시는 그렇게 말하며 마리에에게 달려가고 말았다.

조금 이상하다는 생각이 들었지만, 다시 낮잠을 자고 일어났을 땐 요이치의 머릿속에서 깨끗하게 지워져 있었다.

해가 지며 주위에 어둠이 내려앉자 유카리가 돌아왔다. 요이치가 무사시와 마리에가 찾아왔었다는 소식을 전하자, 유카리는 눈을 동그랗게 떴다.

"일부러 여기까지?"

"너, 우산에 또박또박 이름까지 썼잖아."

"아아, 그랬네."

유카리 자신도 잊고 있었던 모양이다.

"으음, 그럴 생각은 아니었는데. 그보다 오빠, 애들 잘 챙겨줬지?"

"날 너무 못 믿는 거 아니야?"

유카리가 믿지 못하겠다는 얼굴로 쳐다보는 바람에 요이치는 울컥했다. 빈틈없이 제대로 차까지 내주었는데.

덧붙여 우산을 잃어버렸다는 이야기도 유카리에게 전했다.

"뭐야아."

유카리가 안타까운 목소리를 내자, 요이치는 '역시 신경 쓰고 있었잖아'라며 웃음을 터뜨렸다.

"그래도 아이들이 찾아와주다니, 그건 기쁘다. 고맙다고 말하려고 집을 수소문해 감사 인사를 하러 오다니, 보통 그렇게까지는 안 하잖아. 착한 아이들이네."

하지만 곧 표정을 되찾은 유카리가 이러쿵저러쿵 기쁜 듯 콧노래를 부르며 저녁 준비를 시작했다. 유카리는 묘하게 기분

전환이 빠르다.

"그런데 무사시 군도 마리에에게 휘둘리다니, 미래가 걱정되는군."

요이치가 거실에서 중얼거리자, 얌전히 저녁을 먹으러 와 있던 하세가와가 샐쭉 웃었다.

"동병상련인가요?"

"뭐? 나는 휘둘린 적 없는데. 돌봐주는 건 나거든."

"자각이 없다는 건 무서운 일이군요."

요이치가 분개하자 하세가와가 더욱 득의양양한 미소를 지었다. 어휴, 정말 이 녀석들이랑 있으면.

"찌부들."

요이치가 벌렁 드러누우며 까칠하게 중얼거렸다.

"지금 뭐라고 했어요?"

"지금 무슨 말 했어?"

두 사람의 눈총에 당황한 요이치가 입을 다물었다.

"아냐, 아무것도 아냐."

* * *

그다음 주 일요일에도 역시 비가 내렸다. 일 때문에 외근이 많은 요이치는 나른한 일주일을 보냈다.

방 안에서 마당을 바라보며 도대체 장마는 언제 끝나는 거냐고 진저리를 쳤는데, 텔레비전에서 이 비가 그치면 당분간은 맑은 하늘이 이어진다고 하여 마음속으로 안도했다. 이제 장마가 끝난다는 선언 자체는 아직 멀었다고 했지만. 어쨌든 오늘 하루 비가 오는 건 변함이 없었고, 유카리는 여느 때와 같이 낮부터 도서관에 갔기 때문에 요이치는 한가로움을 주체할 수 없었다. 딱히 맑은 날이라고 해서 외출할 계획이 있는 것도 아닌데.

"올해는 견우와 직녀가 만날 수 없을 것 같네요."

텔레비전에서는 기상 캐스터가 안타깝다는 표정으로 말하고 있다.

"아, 그렇구나. 오늘 칠석이네."

벽에 걸린 달력을 보고 중얼거렸다. 확실히 이런 날씨에는 비극적인 커플의 일 년 만의 만남이 이루어지지 않을 것 같다. 직녀성과 견우성이 만나지 못하는 게 특별히 안타깝다는 생각이 들진 않았지만, 새하얀 기상 캐스터가 눈썹을 여덟 팔(八)자로 그리고 한탄하는 모습에는 조금 흥분했다.

지금은 유카리도 집에 없다. 요이치는 지금이야말로 소장 컬렉션을 꺼내야 할 차례라고 생각했다. 부랴부랴 이 층에 있는 자신의 방 벽장을 열고 상자 속 에로 DVD 중에서 코스프레

물을 찾는데 갑자기 울리는 초인종에 요이치는 깜짝 놀라 펄쩍 뛰어올랐다. 예전부터 했던 생각이지만, 아무래도 이 집은 초인종 소리가 너무 커서 심장에 해롭다. 화를 내며 나가보니 현관 앞에는 무사시가 있었다.

"어라, 무사시."

요이치는 두리번두리번 주위를 둘러보았다.

"혼자 왔어? 마리에는?"

"오늘은 혼자 왔어요."

"아, 그렇구나."

"갑자기 와서 민폐를 끼쳤을까요."

"아, 아냐. 와안전 한가했어. 또 와주다니, 반갑네."

진지한 얼굴로 묻는 무사시에게 에로 DVD를 뒤적거리던 참이었다고 말할 수도 없고 민망함도 거들어, 요이치는 부자연스러울 정도로 환영하고 말았다.

무사시는 안심한 듯 숨을 내쉬며 길쭉한 무언가를 요이치 쪽으로 내밀었다.

"저기, 이거……."

"응?"

"우산……."

굉장히 낯익은 우산에 요이치는 눈을 동그랗게 떴다.

"어라, 잃어버린 거 아니었어?"

받아 들고 가까이에서 보니, 확실히 유카리의 우산이다.

"찾았구나?"

무사시는 억지로 목욕을 시킨 강아지처럼 부르르 고개를 저었다.

"사실은 가지고 있었어요."

"어? 무슨 말이야?"

요이치는 의미를 알 수 없었다.

"사실은 집에 잘 가지고 있었어요."

"에? 아니, 얼마 전에는……."

"거짓말을 했어요."

"거짓말?"

도대체 왜 무사시가 잃어버렸다고 거짓말했는지, 요이치는 전혀 알 수 없었다. 하지만 그러고 보니 돌아가는 길에 무사시가 무슨 말을 하고 싶어하는 눈치였던 것이 문득 생각났다. 무슨 사정이 있었나 보다.

하늘에는 큰 비구름이 머물고 있어 낮인데도 밤처럼 어두웠다.

"으음, 서서 얘기하기는 그러니까 일단 들어와."

"감사합니다."

지난번과 마찬가지로 요이치가 안으로 들어오라고 하자, 무사시는 황송해하면서 안으로 들어왔다.

하지만 집 안에 들어와서도 무사시는 입을 열지 않았다. 정적을 참지 못한 요이치가 무사시에게 아몬드를 권했지만, 괜찮다며 단칼에 거절했다.

"그래? 그러면 게임이라도 할래? 성인용 게임밖에 없긴 한데."

"아뇨, 괜찮아요."

무사시는 방석 위에 반듯하게 앉아 있다. 마리에의 통역이 없으면 대화가 도저히 이어지지 않는 것 같다. 하지만 혼자 왔다는 건, 마리에에게는 들려주고 싶지 않은 이야기일 것이다. 그 정도는 요이치도 짐작할 수 있다.

할 수 없이 요이치도 맞은편에 바르게 앉았다.

"그래서, 잃어버렸다고 거짓말한 이유가 뭐야? 아, 혹시 그 우산이 마음에 들어서 돌려주고 싶지 않았다던가."

"아니요, 그런 거 아니에요."

사정만 듣고 얼른 무사시를 돌려보낸 뒤 이 층으로 돌아갈 속셈이었지만, 아무래도 그렇게 단순하지 않은 것 같다.

"그러면 왜 그랬어?"

요이치가 의아하다는 듯 물었다.

"사실 그날 밤, 우산을 가지고 있었어요."

"응? 그날 밤이라고 하면, 유카리가 약국 앞에서 너에게 말을 걸었을 때?"

"네."

"에? 그때 빈손 아니었어?"

"가방 안에 삼단 우산이 있었어요."

"그러면 서점에서 서서 책을 읽다가 누가 가져가버렸다는 것도……."

"거짓말이에요."

무사시가 바르게 앉아 울먹이는 목소리로 말했다.

"아아……."

그렇다면 그날 밤, 유카리와 둘이 흠뻑 젖으며 집에 돌아온 것은 도대체 누굴 위한 것이었을까. 그것은 그저 무의미한 행동이었을까? 그래도 그건 아닐 것이다.

아무 말이 없던 무사시가 입을 열었다.

"정말로 죄송해요."

무사시가 쥐어짜듯 말하며 고개를 숙였다.

충격을 받은 요이치는 '아하하' 하고 힘없이 웃었다.

"요이치 씨는 여기에서 유카리 씨와 둘이 살고 계신 건가요?"

"응, 맞아."

정확하게 말하면 다네다 씨까지 '두 사람과 한 마리'이긴 하지만. 하지만 그 다네다 씨는 아이를 싫어하기 때문에 무사시를 보자마자 이 층으로 도망쳐버렸다.

"계속?"

"계속이라고 하긴 좀 그렇고. 예전에는 부모님도 계셨으니까."

"지금은 안 계시나요?"

"응."

"왜요?"

"뭐어, 여러 가지 사정이 있어서……."

불상이 놓인 방의 문을 닫아놓기를 잘했다고 생각한 요이치가 말끝을 흐리며 대답했다.

"저는 엄마랑 둘이 살아요."

무사시는 묻지도 않았는데 자신의 집안 사정에 관해 이야기하기 시작했다.

"제가 초등학교 1학년 때 이혼하셔서 그 이후로는 쭉 둘이에요. 아버지는 제게 무사시라는 멋진 이름을 줘놓고서, 다른 여자한테 가버렸어요."

"그건 뭐어, 뭐랄까……."

그러고 보니 저번에 마리에가 그런 이야기를 했었다.

"엄마는 일이 바빠서 집에 거의 없어요. 저녁에도 저는 항상 혼자 있어요."

"하지만 어머니는 무사시를 위해 열심히 일하시는 거잖아?"

"그렇게 생각하면 괜찮은데……. 하지만 가끔은 아무도 없는 텅 빈 방에 혼자 있는 게 견디기가 힘들어요."

"아아."

요이치가 얼빠진 소리를 냈다. 유카리도 이 집에서 자신이 돌아오기를 기다리며 그런 생각을 한 적이 있을까? 그렇게 생각하니 무사시와 유카리의 마음이 겹쳐 보여 애틋함이 들었다.

"그래서 저녁에 자주 동네 이곳저곳을 돌아다녀요. 어차피 누구한테 혼나는 것도 아니고, 아무도 신경 쓰지 않으니까요."

무사시는 그렇게 말하며 '풋' 웃었다. 자조적인 웃음이었다. 초등학생에게는 너무나도 어울리지 않는 그런 웃음.

"얼마 전에도 그랬어요. 어차피 서둘러 돌아가도 아무도 없으니까. 그래서 멍하니 지붕 밑에서 비를 보면서 시간을 때웠던 거예요."

"그때 우리가 지나갔구나."

무사시는 작은 머리를 몇 번이나 끄덕였다.

"말을 걸어줘서 기뻤는데, 그래도 뭔가 너무 부러웠어요."

"부럽다고? 우리가?"

요이치가 고개를 갸우뚱했다.

"두 사람, 엄청 친해 보였거든요, 얼굴은 전혀 닮지 않았지만. 아아, 이 사람들은 가족이구나, 바로 알아차렸죠. 그랬더니 조금 심술궂은 마음이 들어서……."

그래서 저도 모르게 누가 우산을 가져갔다고 거짓말해버렸다고, 무사시는 말했다. 그리고 이 남매가 어떻게 반응할지 살필 생각이었는데, 남매는 너무나 아무렇지 않게 우산을 건네주었다. 그때는 후회하지 않고 그대로 돌아갔지만, 집에 도착하고 나서야 후회가 몰려왔다. 밝은 곳에서 우산을 보니 이름까지 적혀 있었다. 소중한 물건일지도 모른다는 생각에 죄책감은 더욱 커졌다.

"그런데 어떻게 해야 할지를 모르겠는 거예요."

"그래도—."

요이치가 말했다.

"마리에랑 우리 집에 왔잖아. 그때 우산을 가져왔더라면 원만하게 해결되지 않았을까?"

"네, 그래서 저도 사과하려고 했어요. 그런데 그날 아침이 되니 찾아가서 돌려주고 사과하는 게 무서워져서……. 사실대로 말하자니 혼나는 건 싫고……."

무사시가 '저, 비겁한 사람이에요'라며 작게 중얼거렸다.

"그래서 마리에에게 우산을 잃어버렸다고 말했어요."

그렇게 상황을 흐지부지 넘길 수 있을 줄 알았지만, 무사시의 생각과 달리 마리에는 사과하러 가자고 말했다. 이제 와서 뒤로 물러설 수는 없어 아이이다 가문을 찾아와 마리에에게 했던 것처럼 요이치에게도 똑같은 거짓말을 하고 만 것이다.

"그러면 마리에는 아무것도 모르는 거야?"

"마리에는 아무 잘못 없어요. 마리에는 저를 위해 같이 학교를 찾아주었을 뿐이에요."

"그렇구나."

요이치는 두 사람이 짜고 한 거짓말이 아니라는 것을 알고 안심했다.

"나도 어렸을 적 그런 기억이 있어. 체육복 가방을 빙빙 돌리다가 동네 할아버지 집의 꽃병을 깨뜨린 거야. 그 꽃병은 돌아가신 할머니가 소중히 여기던 물건이라고 들었는데, 혼나기 싫어서 엄마한테 모른다고 거짓말해버렸어. 하지만 마음이 점점 더 불편해지더라고. 이럴 거면 그냥 사과할걸, 후회했지."

"그래서 어떻게 했어요?"

"아무것도 안 했어. 그냥 이사 갈 때까지 아무한테도 말하지 않았지. 나를 굉장히 예뻐해주신 할아버지였는데, 양심에 찔리고 마음이 불편해서 그 뒤로 전혀 놀러가지 않았어. 이사할 때

작별 인사도 제대로 못했고. 작은 거짓말이라고 생각했었는데, 지금 와서는 엄청나게 큰 것을 잃어버린 기분이야."

"그랬나요……."

"그러니까 무사시는 훌륭해."

이제 다시는 만나지 못할 할아버지 얼굴을 떠올리며 요이치가 말했다.

"네?"

"이렇게 사실을 말하러 왔잖아. 꽤 용기가 필요했지?"

무사시는 어리둥절한 표정으로 고개를 끄덕였다.

"왜 그러려고 했어?"

"왜 그랬을까요……."

무사시는 '저도 잘 모르겠어요'라고 말했다.

"얼마 전 마리에와 여기 왔을 때, 뭔가 그런 생각이 들었어요. 저 우산은 이 집에 있는 게 맞지 않을까, 하고요. 앞으로도 이 집 사람들이 써야만 한다는 그런 생각. 우리집 벽장에 넣어 둔 채 아무도 안 쓰면, 저 우산이 너무 불쌍하잖아요."

무사시는 '그래서 용기 내서 오늘 여기에 온 거예요'라고 덧붙였다.

요이치가 아무 말 없이 눈을 동그랗게 뜨고 바라보니 무사시는 쑥스러운 듯 어깨를 움츠렸다.

"잘 모르시겠죠?"

"아니, 알아."

요이치가 그렇게 말하며 웃었다.

"그리고 마리에한테 거짓말하는 것도 싫었거든요……."

"뭐야, 그게 속마음이야?"

요이치가 '아하하' 웃자 무사시는 '아주 조금이지만'이라며 황급히 변명했다.

"좋은 아이지. 조금 지기 싫어하는 성격 같지만."

무사시는 살짝 얼굴을 붉히면서도 그렇다고 대답했다.

"그래도 그 아이한테 조금 의지하는 건 어떨까? 남자로서."

자신도 유카리에게 항상 챙김을 받는 처지면서 요이치는 당당하게 말했다.

"네."

이번 일로 상당히 뼈저리게 느낀 듯, 무사시는 굉장히 성실하게 고개를 끄덕였다.

"뭐, 이유야 어떻든 우산을 돌려주러 와서 고마워. 유카리도 좋아할 거야."

"용서해주시는 건가요?"

이게 용서한다든가 용서하지 않는다고 할 만한 대단한 일인가? 하지만 이미 어른이 되어버린 자신이니까 그렇게 생각하지, 무사시에게는 역시 중요한 일이다. 요이치는 지금 무사시가 저주에 걸린 것과 마찬가지라고 생각했다. 무사시는 자기 가슴에 스스로 '비겁한 사람'이라는 낙인을 찍어버렸다. 그리고 그 저주를 풀어줄 수 있는 사람은, 이 세상에 나 자신뿐이다. 지금 자신의 대답이, 앞으로의 무사시 인생에 분명 큰 영향을 줄 것이다. 책임이 막중하다.

요이치는 앉은 자세를 가다듬고 단호하게 말했다.

"좋아, 용서할게."

하지만 한 가지 조건이 있다고 덧붙였다.

"무엇인가요?"

무사시가 조심스럽게 물었다.

"앞으로 인생을 살면서 분명 이런저런 일이 닥칠 거야. 하지만 엄마를 소중히 여겨야 해. 여러 가지 사정이 있겠지만, 엄마가 너를 소중하게 생각하지 않을 리 없으니까."

스스로 생각해도 평소와 다른 말을 하고 있다는 생각에 부끄러움이 몰려왔지만, 역시 말하지 않을 수 없었다.

"엄마가 아무리 바빠도 너를 잊으신 적은 없을 거야. 너와 본인의 생활을 지키기 위해 필사적으로 일하고 계신 거니까."

"하지만."

무사시가 쭈뼛쭈뼛 말했다.

“저 같은 꼬맹이가 뭘 할 수 있을까요?”

“딱히 꼬맹이든 아니든 상관없어. 그냥 엄마의 편이 되어주면 돼.”

요이치는 이제 아무리 어머니에게 잘해주고 싶어도 평생 이룰 수 없다. 생각해보면 후회밖에 없다. 무심코 던진 말들로 어머니에게 얼마나 많은 상처를 주었는지. 새아버지와 재혼하여 생활도 안정되고, 요이치도 세월이 지나 솔직해질 수 있게 되었을 즈음 어머니는 사고로 아무런 전조도 없이 세상을 떠났다. 어릴 적의 자신은 멍청했다. 무사시는 그런 기억을 갖지 않았으면 좋겠다.

무사시가 가만히 입을 다물고 생각하다가, 이윽고 고개를 끄덕였다.

“네, 약속할게요.”

요이치는 밥상으로 몸을 쭉 내밀고는 무사시의 머리를 쓱쓱 쓰다듬어주었다. 무사시는 비로소 저주에서 해방되어 마음 한구석에서 안도한 듯 가만히 쓰다듬는 손길을 느끼며 금방이라도 울음이 터질 것 같은 얼굴이 되었다. 그래도 꾹 참다가, 눈물이 쏟아지기 직전에 다부진 표정을 지었다. 이유는 잘 모르겠지만 강한 아이라는 생각이 들었다. 어느새 요이치는 무사시를 무척 좋아하게 되었다.

초인종이 또 한 번 바보 같은 소리를 내며 울렸다. 눈이 마주친 두 사람이 밖으로 나가니, 예상대로 마리에가 서 있었다.

"역시 여기 있었구나!"

무사시를 발견하고는 초인종에 뒤지지 않는 큰소리로 말했다.

"뭐야, 아이다 씨네 갈 거면 간다고 얘기해야지. 집에 가도 없어서 여기저기 찾았잖아."

"남자들끼리 할 얘기가 있어서."

"남자들끼리?"

요이치의 말에 마리에가 눈살을 찌푸렸다.

"그럼."

요이치는 득의양양하게 '후훗' 하며 코를 찡긋거렸다. 마리에에게 조금 전의 이야기는 하지 않기로 했다. 무사시가 꼭 하고 싶으면, 직접 얘기하면 된다.

"흥, 약해 보이는 남자 둘이 무슨 얘기를 한다는 거예요?"

아아, 무사시. 역시 너, 힘들겠구나.

문득 현관에 기대어둔 하늘색 우산이 눈에 들어왔다. 요이치는 우산을 들어 현관 앞에서 펼쳐보았다. 안쪽에 그려진 하늘색 하늘과 둥둥 떠다니는 구름.

"아, 그 우산! 어째서? 어떻게 여기 있는 거야?"

아니나 다를까 마리에는 혼자서 난리를 피우고 있다.

지금까지 눈치채지 못했는데, 전에 마리에가 말했던 것처럼 손잡이 부분에 매직으로 '3학년 2반 아이다 유카리'라고 적힌 종이가 테이프로 붙여져 있었다. 몇 년째 쓰고 있으니 우산 살 부분이 다소 녹슬었긴 하지만 아직 충분히 쓸 수 있을 것 같다. 소중히 사용해왔다는 것이 바로 느껴졌다.

'뭐야, 역시나 엄청 소중하게 다뤘잖아.'

요이치는 멍하니 있는 두 사람에도 아랑곳하지 않고 아주 맑은 마음으로 웃었다. 그리고 보슬보슬 비가 내리는 거리를 바라보았다.

* * *

도서관을 나오자마자 딱 요이치와 마주친 유카리가 눈을 크게 떴다.

"뭐하는 거야?"

"응? 나도 책 빌리러."

"이제 폐관 시간인데?"

"응, 알아."

"뭐야, 잠 덜 깼어?"

유카리가 걱정하자, 요이치가 말없이 우산을 내밀었다.

"어, 이 우산!"

자연스럽게 두 손으로 받게 되는 모양새가 된 유카리가 당황하며 말했다.

"잃어버린 하늘색 우산을 어째서 오빠가 가지고 있는 거야?"

"아까 무사시랑 마리에가 집에 와서 전해줬어."

"우산을?"

"응."

"찾아줬구나."

두 번 다시 돌아오지 않을 거라고 마음을 접고 있었는데. 그런데 이렇게 돌아오니 스스로도 깜짝 놀랄 정도로 기쁘다. 역시, 내 손에 아주 딱 맞는 것 같다. 유카리는 기쁜 마음에 저절로 미소가 지어졌다.

"다행이다."

유카리의 진심 어린 말에, 요이치는 지붕 밑에서 아직 어린 애라며 웃었다.

"혹시, 그래서 데리러 와준 거야?"

"흐음, 뭐랄까, 그런 느낌? 무사시와 마리에를 데려다주는 김에."

요이치가 민망한 듯 우물우물 말했다. 어라, 농담이 아니라

진짜 이것 때문에 와준 거구나.

"내일은 비가 아니라 눈이 올지도 몰라."

"내일은 날씨 좋다고, 아까 기상 캐스터가 그러더라."

"알아. 하지만 오빠가 데리러 오다니, 기적 같은 일이잖아."

"흥, 역시 오는 게 아니었어."

고개를 돌린 요이치가 중얼거렸다.

"간다."

그러고는 유카리가 들고 있던 비닐우산을 빼앗아 재빨리 걸어나갔다.

지붕 너머는 온통 비로 물든 회색빛 세상이다. 비가 온 세상의 색깔을 앗아간 느낌이었다.

"같이 가!"

유카리는 황급히 손에 든 우산을 펼쳤다. 곧 자신의 머리 위에만 파란 하늘이 펼쳐졌다. 거기만 빛이 비춘 듯 환하다. 역시, 이 우산이어야만 한다. 내일부터 맑다고 해도, 당분간은 아직 장마가 이어진다. 그래도 이 우산만 있으면 조금도 힘들지 않다.

"얼른 와."

요이치는 쓱 한 번 돌아보더니 재촉하듯 말하고는 다시 빠른 걸음으로 가버렸다. 아아, 부끄러워하는구나. 그럴 거면 마중은 왜 나왔나 몰라.

자리에 우뚝 선 유카리가 그 등을 한참을 바라보았다. 저도 모르게 미소가 지어졌다. 가슴 언저리가 서서히 따뜻해진다. 단지 이것만으로 기뻐하다니 자신이 생각해도 너무 단순하지만 그래도 기쁜 건 기쁜 것이다.

유카리가 힘차게 빗속으로 뛰쳐나가 요이치에게서 비닐우산을 빼앗아 자신의 우산을 쥐여주었다.

"뭐하는 거야?"

"나도 우산 씌워줘."

어리둥절한 요이치를 뒤로 하고 유카리는 작은 우산에 억지로 들어가려고 했다.

"바보야, 무리야. 이런 작은 우산에."

유카리는 '아하하' 하고 실컷 소리내어 웃었다.

"그러면 집까지 뛰자!"

그렇게 말하고 달리기 시작했다.

"왜 전개가 이렇게 되는 거야."

요이치는 한심하다는 목소리를 내면서도 우산을 쓴 채 유카리의 뒤를 따랐다. 모든 것이 회색빛 세상이었지만 두 사람 머리 위에만 푸른 하늘이 펼쳐져 있다. 이 얼마나 아름다운 세상인가. 물웅덩이를 뛰어넘으며 유카리는 그렇게 생각했다.

넷

반짝이는 여름

“아, 저……, 아이다!”

여름방학이 코앞으로 다가온 어느 날의 방과 후. 돌아갈 채비를 하고 교실을 나서려는데, 갑자기 누군가가 부르는 소리에 유카리가 멈추어 섰다.

“잠깐 시간 괜찮아?”

전혀 모르는 남학생인데 이상하게 긴장한 듯 보였다. 실내화에 그려진 줄의 색을 보고 같은 3학년이라는 건 알았지만, 역시 기억에는 없는 얼굴이었다.

“무슨 일이야?”

그보다 ‘누구지?’라는 생각으로 되묻자, 남학생은 난처한 듯 머리를 긁적였다.

"여기서는 좀……."

그러면서 주위를 살피며 무작정 따라오라고 말하고는, 유카리의 대답도 기다리지 않고 성큼성큼 복도를 걸어가버렸다.

방과 후의 교실에는 학생이 거의 남아 있지 않았다. 하세가와도 오늘은 드물게 유령 부원으로 속해 있는 미술부 활동을 하러 갔다. 남학생은 유카리가 당연히 따라온다고 믿어 의심치 않는 몸짓으로 성큼성큼 복도를 나아갔다.

'뭐지? 무슨 일일까?'

의아하게 생각한 유카리는 하얀 교복 셔츠를 입은 등을 시선으로 쫓았다. 체육관으로 이어지는 연결 복도까지 온 남학생은 갑자기 멈추어 서며, 화가 난 듯 눈썹을 치켜뜨고 유카리를 향해 돌아섰다. 너무나 무서운 표정이어서 유카리는 자신이 원망을 살 만한 무슨 행동을 했는지 생각하며 당황하고 말았다.

"나는 3반의 스즈키라고 해. 스즈키 료스케."

그런데 남학생은 의욕적으로 자신의 이름을 얘기했다. 그러고는 아무런 서론도 없이 갑작스럽게 말을 꺼냈다.

"좋아해."

"어?"

유카리는 얼빠진 목소리를 냈다.

"나랑 사귀어줄래?"

유카리는 눈을 동그랗게 뜨고 남학생을 바라보았다. 청천벽력이라는 표현이 딱 맞았다. 지금 자신은 태어나서 처음으로 고백이라는 것을 받았다. 스즈키의 얼굴이 화난 것처럼 굳어 있었던 이유는, 유카리를 원망하는 게 아니라 긴장한 것이었다. 화가 났다고 착각할 정도로. 그렇게 생각하니 쿵쾅쿵쾅하는 스즈키의 심장 박동 소리가 들려오는 것 같았다. 덩달아 유카리의 심장까지 빨리 뛰었다.

학교와 도로를 나누는 울타리를 따라 해바라기가 피어 있다. 시끄러울 정도로 매미가 울고, 체육관에서는 바닥에 공을 튕기는 소리가 들려온다. 스즈키는 그 안에서 숨을 몰아쉬며 유카리를 바라보았다. 그다지 인상에 남지 않는, 반들반들한 외모의 소년이었다. 이렇게 마주 보고 있는 옆에서 보면 금세 잊어버릴 정도로 특징이 없는 얼굴. 스즈키는 그런 얼굴로 기다리고 있었다. 무엇을 기다리는 걸까? 유카리는 멍하니 생각했다. 아, 그렇구나. 내 대답을 기다리는 거구나. 그것 말고 뭐가 있단 말인가.

"미안."

이 상황에서 빨리 도망치고 싶다. 그런 마음 하나로 유카리는 고개를 숙였다.

"다른 사람을 좋아하는 거야?"

틈을 주지 않고 물어오는 스즈키에게, 유카리는 그런 사람은 없다고 솔직하게 말했다. 그러자 고개를 떨군 스즈키가 들릴 듯 말 듯한 작은 목소리로 말했다.

"다가올 수험 기간에 서로 격려하며 같이 잘 지냈으면 했는데."

그것만으로도 스즈키가 좋은 사람이라는 것이 충분히 느껴지는 목소리였다. 그렇지만 역시 대답이 뒤집히는 것은 아니었기에, 유카리는 다시 한 번 진심으로 사과했다.

"미안. 나, 지금은 그런 거 잘 모르겠어……."

잘 설명하지 못하고 횡설수설하고 말았다. 이래서는 상대방도 수긍하기 어렵겠다고 스스로도 생각했다. 하지만 스즈키는 더 이상 물고 늘어지지 않았다.

"그렇구나, 알았어. 갑자기 불러내서 미안."

정말로 미안한 듯한 표정으로 '무모하다는 건 알고 있었어'라며 슬픈 듯이 웃었다. 그 표정에 슬픔이 너무나 가득 묻어져 나와, 유카리는 죄책감에 사로잡혔다. '좋아'라고 말을 바꾸고 싶다는 충동이 끓어올라 하마터면 입 밖으로 나올 뻔했다. 하지만 그럴 수는 없는 노릇이다. 복도를 떠나가는 스즈키의 뒷모습을 유카리는 숨 쉬는 것도 잊은 채 지켜보았다.

그 이야기를 유카리는 아무에게도 하지 않을 생각이었다.

하지만 집에 돌아와도 마음 한구석에 쌓인 죄책감이 사라지지 않아 도저히 견딜 수 없었다. 그래서 저녁 식사를 하며 요이치에게 말을 꺼냈다.

"오늘 말이야, 모르는 남자애한테 고백받았어."

"오호."

요이치가 돼지고기 생강구이를 먹으며 맞장구를 쳤다. 하지만 사실 전혀 이야기를 듣지 않고 있었는지, 잠시 틈을 두고서야 말의 의미를 이해하고는 거실에 울릴 만큼 큰소리로 외쳤다.

"뭐어!?"

그리고 생강구이 양념으로 입 주위가 범벅이 된 채 펄쩍 뛰었다. 역시 괜히 말했다고 뒤늦게 후회한 유카리가 말없이 휴지 한 장을 내밀었다.

"아, 누구야, 상대가."

요이치는 자기 일도 아닌데 불안한 표정으로 안절부절못했다.

"그러니까 모르는 남자애라니까. 옆 반이라고 하던데. 내 얘기 안 들었지?"

금방 잊어버릴 줄 알았는데, 스즈키의 얼굴이 아직도 유카리의 뇌리에 남아 떠나지 않았다. 지금도 헤어질 때의 그 슬픈 얼굴로 가만히 자신을 바라보고 있었다.

"그래서 뭐라고 대답했어?"

"그야 거절했지."

그렇게 말한 유카리는 변명하듯 속사포로 말을 덧붙였다.

"왜냐하면 전혀 모르는 애고, 사귄다고 해도 어떻게 해야 할지도 모르겠고."

"흐응."

그 말을 듣자마자 침착함을 되찾은 요이치가 다시 생강구이를 덥석 물었다. 그러고는 '그렇구나. 고백을 받았단 말이지'라며 혼잣말로 중얼거렸다.

"그런데 이름이 뭐야?"

"왜 그런 게 궁금해?"

"이름이 있어야 이미지가 생기지."

"안 물어봤어."

딱히 떠올리지 않아도 된다는 생각에 유카리는 거짓말을 했다.

"그러면 가령 그 아이를 '스즈키 군'이라고 하자."

그러면서 요이치는 억지로 가상 이름을 붙였다. 그 가상 이름이 '스즈키'여서 유카리는 당황했지만, 둔한 오빠는 눈치채지 못한 모양이었다.

"그런데 그 스즈키 군은 너의 어디가 마음에 든대? 얘기해본 적도 없잖아."

"내가 묻고 싶은 말이야."

정말 스즈키는 자신의 어디가 좋았던 걸까, 신기했다.

"그럼 물어보지 그랬어."

"내 어디가 좋냐고? 그런 걸 어떻게 물어봐?"

"왜?"

"그럴 여유가 어딨어!"

하지만 그 정도는 물어봤어도 좋았을 뻔했다. 이 세상에 자신을 좋아한다고 말하는 남자가 나타날 거라고는 상상조차 해 본 적이 없었다. 자신이 전혀 모르는 곳에서 남자애가 자신을 연애 상대로 보고 있었다는 사실이 믿기 어려웠다. 자신은 그런 세계와는 멀리 동떨어진 곳에서 살고 있다고 믿어 의심치 않았다. 그것이 이번 일로 완전히 뒤집혔다. 하지만 이제 와서 자신의 어디가 좋은 건지, 스즈키에게 물어볼 수도 없다. 그러니 영원히 풀리지 않을 수수께끼다.

"뭐 그 정도 나이의 아이가 사랑에 빠지는 데는 이유 같은 건 없으니. 오히려 대화도 나눠본 적 없는 애한테 더 망상이 부풀어오르니까. 너를 좋아한다는, 아니 좋아한다고 생각했던 마음이 독보적이어서 말하지 않을 수 없었겠지."

요이치가 알 듯 말 듯한 말을 했다.

"그런 걸까."

"그런 거지. 너, 학교에서는 어차피 내숭 떨면서 도도하게 굴잖아."

요이치가 히죽히죽 웃었다. 유카리는 '흥' 하고 콧방귀를 뀌었다.

"너의 진짜 모습을 보면 아마도 실망할걸?"

그건 분명 그럴 것 같다. 무모하다는 건 알고 있었다고 말한 스즈키는, 유카리를 마치 여신처럼 대하는 듯한 모습이었다. 하지만 그건 정말 엉뚱한 오해다.

"그런 오빠는?"

"응?"

"오빠는 내 어디가 좋다고 생각해?"

"에? 그걸 나한테 물어보는 거야?"

"참고하게 말해줘. 가족으로서 나의 어떤 모습이 좋아?"

"흐음."

요이치는 미간에 주름을 만들고 곰곰이 생각했다. 요이치가 너무 오랫동안 생각하자, 긴장한 유카리는 젓가락을 놓고 요이치의 입이 열리기를 기다렸다.

"맛있는 밥?"

그렇게 말하고는 수북이 쌓인 채 썬 양배추를 입안 가득 넣었다.

뭐야, 그게. 유카리는 실망했다. 그건 그냥 가정부잖아. 예전에 하세가와한테 똑같은 질문을 받은 자신은 '다른 사람의 욕을 하지 않는 점'이라고 바로 대답했는데, 이 간극은 뭐지.

"어쨌든 오늘 한 소년의 연정이 산산조각났구나. 안쓰러운 스즈키 군."

그렇게 말한 요이치는 다 먹은 밥그릇과 접시를 싱크대로 옮기기 위해 일어섰다. 이 얼마나 얄미운 오빠인지, 그냥 확 안 미끄러지나? 유카리가 그 뒷모습을 노려보았지만, 아쉽게도 요이치는 넘어질 기색도 없이 그대로 목욕하러 사라져버렸다.

그때 모기 한 마리가 눈앞을 천천히 가로질러 날아갔다. 유카리는 반사적으로 '짝' 하며 두 손을 부딪치고는 크게 콧바람을 내쉬었다. 모기가 저녁부터 날아다니며 계속 귓가를 간지럽히는 바람에 짜증이 나던 참이었다. 오래된 집이라 틈새가 많아, 아이다 가문에는 여름만 되면 모기가 마구잡이로 출몰한다. 최근 며칠 동안 다섯 마리는 처리했다. 아무렇지 않게 모기를 죽이는 자신을 보면 스즈키는 어떻게 생각할까? 아마도 실망할 것이다.

"스즈키의 사랑도 이 모기처럼 내가 납작하게 만들어버렸구나."

휴지로 손을 닦으며 유카리는 생각했다. 이런 말을 하면 스즈키와 모기를 똑같이 취급하지 말라며, 오빠에게 한 소리 들을 것 같다. 유카리도 너무 지나친 비유였다며 마음속으로 스즈키에게 미안하다고 사과했다.

* * *

"정말요? 유카리가?"

유카리가 고백받았다는 요이치의 말에, 우라카미는 의자에서 굴러떨어질 듯한 기세로 놀랐다. 하지만 엉덩이가 의자에 꽉 껴 있어 의자째 쓰러질 것 같아 당황한 요이치가 서둘러 우라카미를 지탱했다.

'이 녀석, 살이 더 쪘구나.'

요이치는 마음속으로 생각했다.

"그렇구나. 유카리찡도 그런 나이가 되었구나."

우라카미는 유카리를 한 번밖에 만난 적이 없으면서, 그렇게 진지하게 말했다.

"어떻게 반응해야 할지 나도 곤란했다고. 나 진짜로 당황했거든."

식사 후 녹차를 마시던 요이치가 어젯밤을 떠올리며 중얼거렸다. 깔끔하게 비워진 도시락은 가지런히 보자기에 싸여 책상

위에 놓여 있다.

"좋다거나 싫어하는 마음은 중학생에게 정말 큰 사건이니까요. 고백이란 건 고백한 사람에게도, 고백받은 사람에게도 평생 기억에 남잖아요."

"그렇지."

요이치는 옛날을 떠올리는 듯 먼 곳을 바라보며 깊이 공감했다.

"어라, 선배도 그런 경험 있었나요?"

"없어."

요이치가 딱 잘라 말하자 우라카미는 의자에서 떨어질 뻔했다.

"그러는 우라카미 씨는?"

"한 적도, 받은 적도 없어요."

그의 단호한 대답이 돌아오자, 두 사람은 공기가 빠지는 듯한 소리를 내며 웃었다.

"하지만 우리가 모르는 곳에서는 확실히 그런 게 있었을 거야."

"그랬겠죠?"

그렇다, 그런 것은 그 시절에도 있었다. 다만 요이치와 우라카미 주위에서는 일어나지 않았을 뿐. 세상은 얼마나 불공평하게 만들어졌는가.

"아!"

그때 갑자기 우라카미가 무언가를 떠올린 듯 크게 소리냈다.

"왜, 왜 그래?"

"그러고 보니 저, 연애 편지를 받은 적은 있어요, 한 번."

우라카미의 충격적인 고백에 요이치는 배신감이 들어 목소리를 높였다.

"뭐야, 치사하게."

"선배가 상상하는 것처럼 좋은 건 아니에요. 축구부 애들이 여자애 글씨체를 따라 써서 제 신발장에 넣었거든요. 아기자기한 편지지까지 준비해서. 편지에 방과 후 체육관 뒤편으로 와 달라고 적혀 있어서 설레는 마음으로 뛰어갔는데 그냥 평범하게 함정이었어요."

"뭐? 너무 심하잖아!"

'평범하게 함정'이라는 표현에 우라카미의 중학교 시절이 자연스럽게 그려져 안타까운 마음이 들었다. 그런 쓰라린 경험을 하고 스물넷에 아직도 모태 솔로인 데다가, 해마다 체중을 늘리면서도 건강하고 태평하게 살아가는 우라카미를 안아주고 싶은 마음이 들었다. 물론 행동으로 옮기지는 않았지만.

대신 요이치는 고백했다.

"상황은 다르지만, 나도 중학교 때 조금 괴로운 경험이 있어."

"어라, 뭔가요?"

우라카미가 갑갑하다는 듯 의자에서 몸을 한 번 빼낸 뒤 물었다.

"으응, 그러니까 우리 반 남자애들 사이에 술래잡기가 폭발적으로 유행했던 적이 있어. 중학교 3학년 일학기쯤이었나."

"술래잡기? 중학교 3학년이나 돼서 뭐하는 거예요."

"그렇지? 나도 똑같은 생각이야. 수험을 코앞에 두고 술래잡기도 없을 것 같은, 그런 느낌이었지만. 근데 우리는 바보였으니까. 심지어 꽤 본격적인 술래잡기였어. 어쨌든 돈을 걸고 했으니까."

"아아, 그러면 필사적으로 하게 되죠."

"수업이 끝나면 여덟 명 정도가 술래잡기를 시작했는데, 종례를 알리는 종이 울렸을 때 술래인 사람이 모두에게 백 엔씩 줘야만 하는 규칙이었어. 그러니까 다들 목숨 걸고 했지. 학교 안이라면 어디든 상관없다는 룰이라서, 숨는 곳도 점점 교묘해지더라고. 체육관 창고라든지 남자 화장실 칸처럼, 모두 엉망진창인 곳에 숨는 거야. 분명 술래잡기인데 언젠가부터는 누가 숨을 곳을 가장 잘 찾는가, 그런 게임이 되고 말았지."

"확실히 바보네요."

우라카미가 히죽 웃었다.

"응, 바보였지. 그러던 어느 날, 나는 음악실 구석에 있던 도구함에 몸을 숨겼어. 설마 이런 곳에 숨을 거라고는 아무도 생각하지 못할 거라고 신이 났지. 수업 시간이 아니면 음악실은 사용하지 않았으니까. 그래서 종례 종소리가 울릴 때까지 계속 가만히 있었어. 종이 다 울릴 때쯤 교실에만 돌아가면 이기는 규칙이었으니까."

"아아, 저는 못 들어가는 곳이겠네요."

우라카미가 그렇게 말하며 자신의 엉덩이를 두드렸다.

요이치는 그의 발언을 무시하며 말을 이어나갔다.

"그랬는데 말이야, 음악실 문이 슬그머니 열리더라고. 도구함 틈으로 들여다보면서 술래가 왔을까봐 초조해하는데, 아래 학년의 남학생과 여학생이 들어온 거야. 아마 관악부 애들이었을 거야. 근데 갑자기 거기서 고백 타임이 시작되더라고. 여자애가 얼굴이 새빨개져서 계속 좋아했다고 말하는 거야."

"우와아."

우라카미가 가만히 듣고 있을 수 없다는 듯 머리를 감싸쥐었다.

"엄청나게 조급해졌지. 도구함에 있다는 것을 들키면 나 완전히 변태잖아? 어떤 변명도 그 자리에서는 통하지 않을 거고."

"그, 그래서요? 어떻게 됐나요?"

우라카미가 침을 꿀꺽 삼켰다.

"그 안에서 숨을 죽이고 두 사람이 나가기를 기다렸지. 그런데 둘 다 분위기가 무르익어서 도저히 나갈 생각을 안 하는 거야. 도구함 안에서 두 사람이 꼭 붙은 모습을 가만히 꼼짝없이 지켜볼 수밖에 없었어."

"진정한 변태잖아요!"

우라카미가 경멸의 눈초리로 보았다.

"원해서 그런 게 아니라고. 하지만 후배가 그런 연애를 하고 있는데 글쎄, 우리는 3학년이나 돼서 왜 술래잡기에 목숨을 걸고 있는지, 그 생각에 굉장히 침울했어. 결국 그때 음악실에서 나가지 못한 채로 종례 시간이 되고, 시간 안에 들어오지 못했다는 규칙이 적용되는 바람에 내가 졌지. 그건 내 인생의 한심한 순간 베스트 3 안에 분명 들어갈 거야."

아무래도 우라카미의 웃음 버튼을 누른 듯했다. 우라카미가 눈물을 머금고 자지러지게 웃어서 또 의자째 쓰러질 것 같아, 요이치는 당황하며 그의 등을 잡았다.

"아아, 너무 웃겨. 그 얘기, 유카리찡에게도 해주는 건 어때요? 완전 빵 터지는데."

"죽어도 싫어."

요이치는 단호하게 거절했다. 상대가 직장 후배니까 부담 없이 고백할 수 있었던 것도 있다. 그런 얘기가 여동생에게 알려질 바에는 차라리 번지 점프를 하는 게 낫다.

어쨌든 서로의 비밀을 하나씩 고백하면서 유대감이 더 깊어진 것 같다. 다만 모태 솔로와 모태 솔로가 아닌 사람의 차이는 분명하다. 그것만은 요이치가 양보할 수 없는 부분이었다.

"너희들."

그러다가 갑자기 맞은편 책상에서 사무를 맡은 아줌마가 위협적으로 부르는 소리에, 두 사람은 동시에 움찔하여 등을 꼿꼿이 폈다.

"친한 건 좋은데, 점심시간 이미 지났거든. 어서 자리로 돌아가!"

두 사람은 풀이 죽어 일을 하기 시작했다.

* * *

스즈키와의 일은, 그 후 아이다 가문에서 이야깃거리로 오르지 않고 평상시의 평온을 되찾았다. 유카리가 학교 여름방학을 맞이하자 요이치는 진심으로 부러워하며 투덜거렸다.

"학생은 좋겠다아. 나도 여름방학이 필요한데에."

"오빠도 있잖아, 여름휴가."

"명절에 사흘뿐이잖아. 너처럼 한 달 있는 게 아니라고."

그리고 토라진 듯 말했다. 하지만 오빠가 토라진 모습이 귀여울 리가 없다.

"수험생한테 여름방학은 없거든."

유카리가 대꾸했다. 사실 오전에 학교 보충 수업에 참여하고, 오후에도 도서관에서 공부하면 올해는 여름방학의 고마움을 누릴 여유가 없다.

"아, 미안."

요이치가 가볍게 어깨를 으쓱했다.

그러나 팔월에 접어들 무렵 또 하나의 사건이 일어났다. 사건이라고 하기에는 참으로 사소한 일이지만, 적어도 유카리는 스즈키에게 고백받았을 때 이상으로 놀랐다.

그 사건은 동네 정보통으로 유명한 이웃집 마스이 아주머니가 가르쳐주었다.

"유카리, 알고 있어?"

"뭐를요?"

마스이 아주머니는 도서관에서 돌아오는 유카리를 발견하고는, 갑자기 담 너머에서 말을 걸었다. 언제나 인사에서 잡담으로 자연스럽게 넘어가는 패턴인데 무슨 일인가 하여 물었다.

"아, 그럼 아직 모르는구나."

그러자 마스이 아주머니가 거들먹거리는 목소리로 말했다. 한여름의 하늘 아래에서 상대하기에는 꽤 힘든 사람이다.

유카리는 어차피 대단한 주제가 아닐 거라며 방심하고 있었다.

"우사미 할아버지, 입원하셨대."

"네?"

강렬한 햇살이 내리쬐는 현관 앞에서 목덜미에 땀을 잔뜩 흘린 유카리는 엉겁결에 소리를 지르고 말았다. 상냥하게 웃는 우사미 할아버지 얼굴이 뇌리에 선명하게 떠올랐다. 굉장히 다정한 미소로 얼굴을 찡긋거리며, 앞니가 없는 입을 크게 벌리고 태평하게 웃는 우사미 할아버지. 유카리는 그 미소를 매우 좋아했다.

"하지만 큰일은 아니야. 그냥 열사병. 밭일을 하다가 쓰러지셔서 방문하는 도우미가 병원까지 모시고 갔나봐. 그냥 일주일 정도 입원하게 되셨대."

유카리가 너무 놀라서인지, 마스이 아주머니는 황급하게 덧붙였다.

"그렇군요……."

아프신 게 아니라는 말을 듣고 조금 마음이 놓였지만, 그래도 걱정이 되는 건 변함이 없었다.

"유카리, 우사미 씨와 친했잖아. 걱정되나 보구나."

거기까지 말한 마스이 아주머니는, '그건 그렇고, 들어봐'라며 재빨리 다른 화제로 옮겨갔다.

"내가 요즘 요가 학원에 다니기 시작했는데, 거기 선생님이 꼭 호빵맨을 쏙 빼닮았더라."

그러면서 자기 얘기에 자기가 웃음을 터뜨렸다. 유카리는 적당한 타이밍을 보다가 인사한 뒤, 집 안으로 들어가 천장의 나뭇결을 바라보며 중얼거렸다.

"할아버지는 괜찮으시려나."

우사미 할아버지 댁은 아이다 가문 바로 맞은편에 있는, 옛날 그대로의 모습을 간직한 듬직한 단층집이다. 할머니는 이미 오래전에 돌아가셨고, 자녀도 예전에 독립했기 때문에 지금은 할아버지 혼자 그 집에 살고 계신다. 마스이 아주머니 말로는 이미 여든이 넘으셨다고 한다.

우사미 할아버지 댁도 마당이 상당히 넓은데, 집 주변 외에는 모두 밭이었다. 텃밭이라고 부르기에는 꽤 본격적인 밭이었다. 테니스 코트 한 면 정도의 크기. 유카리는 항상 그곳에서 밭일을 하시는 할아버지 모습을 자주 보았다. 이제 허리도 완전히 굽고 행동도 느려지셨지만, 계절에 상관없이 늘 새까맣게 그을린 할아버지는 건강 그 자체였다. 러닝셔츠와 일바지가 너무나 잘 어울려 강인함마저 느껴졌다. 할아버지가 밭에 큰 애착을 가졌다는 것은 한눈에 봐도 알 수 있었다.

하지만 이제까지 아이다 가문과 우사미 할아버지 댁 사이에 특별한 교류가 있었던 건 아니었다. 유카리가 할아버지와 친해지게 된 것은 장마가 시작되기 조금 전.

발단은 집에서 기르는 고양이 다네다 씨였다.

다네다 씨는 아이다 가문의 일원이 된 이후에도 길고양이 버릇을 버리지 못한 것인지, 지금도 낮에는 마음대로 산책에 나선다. 그래서 우사미 할아버지 댁 마당에도 제멋대로 들어가 논다. 다네다 씨는 젖소 무늬여서 멀리서도 굉장히 눈에 잘 띄었다. 고양이에게는 누구의 땅인지 알 바 아니겠지만, 주인으로서는 엄청나게 곤란하다. 밭에 들어가 제멋대로 놀고 있는 다네다 씨를 우사미 할아버지가 기분 나쁘게 생각하면 큰일이다. 그래서 그 무렵 유카리는 선물용 과자를 들고 우사미 할아버지 댁을 방문한 적이 있다.

밭에 비료를 뿌리며 돌아다니는 왜소한 뒷모습을 향해, 밭에 들어가지 못하고 '실례합니다'라며 몇 번이고 할아버지를 불렀지만, 할아버지는 꿈쩍도 하지 않았다. 실은 무서운 사람일지도 모른다는 생각에 조심스럽게 다가가 다시 한 번 말을 걸자, 할아버지는 '으응? 무슨 일이냐?'라며 그제야 반응해주었다. 깜짝 놀랄 정도로 큰 목소리였다.

하지만 화가 난 기색은 없었으니 아무래도 원래 목소리가 큰 것 같았다. 아아, 귀가 어두우시니 자연스럽게 목소리도 커진 거라며 그제야 깨달았다.

"안녕하세요!"

"오오! 그래, 왔구나아!"

이제는 유카리가 귓가에 크게 외치면 할아버지는 어깨에 걸친 수건으로 이마의 땀을 닦으며 인사를 받아주었다.

"오늘도 날씨가 좋구나!"

할아버지도 역시 큰 목소리로 대답하며 고개를 갸웃거렸다.

"그런데 너는 누구냐?"

"대각선 건너편에 사는 아이다입니다!"

"아아, 그 집 아가씨구나!"

유카리가 길 건너편의 목조 건물을 가리키자 할아버지는 얼굴을 찡긋하며 '그래, 무슨 일이냐?'라며 웃었다. 웃는 모습에도 그 사람의 인품이 드러난다. 우사미 할아버지의 미소는 매우 근사했다. 그래서 유카리는 단숨에 할아버지를 좋아하게 되었다.

"저희 고양이가 항상 마당에 드나들어서, 죄송해요!"

유카리의 모습을 발견한 다네다 씨가 꼬리를 빳빳하게 세우며 다가오더니 종아리에 뺨을 문질렀다.

"아아, 이 녀석이 너희 집 고양이냐?"

"네! 그래서 인사드리려고요!"

"어휴, 이런 건 괜찮은데!"

유카리가 그렇게 말하며 물양갱이 담긴 과자 상자를 내밀자, 할아버지는 손을 흔들며 다시 얼굴을 찡긋하며 웃었다.

"고양이는 말이야, 그렇게 하고 싶은 대로 냅두는 게 좋단다. 대단한 마당도 아니니 신경 쓰지 않아도 되고. 어차피 내가 취미로 하는 밭일이거든."

할아버지는 그렇게 말하며 다네다 씨 앞에 쭈그리고 앉아 '안녕, 냐옹아'라며 머리를 쓱쓱 쓰다듬었다.

가느다랗지만 힘줄이 있고, 그러면서도 매우 강건한 팔이었다.

결국 물양갱은 우사미 할아버지 댁의 훌륭한 툇마루에서 할아버지가 내린 차와 함께 먹었다. 남은 것은 다음에 도우미가 왔을 때 먹을 거라고 말씀하셨다.

그 후 다네다 씨를 데리러 가는 김에 유카리도 마당에 방문해 밭을 구경했다. 토란밭의 잡초를 뽑기도 하고 옥수수를 수확하며 도와드린 적도 있다. 할아버지는, 만나러 가면 대체로 유카리를 기억하지 못했다. '근처에 사는 아이다입니다!'라고 큰소리로 이름을 말하면, 그제야 '아! 그 아가씨구나!'라고 이해해주었다. 할아버지나 할머니와 멀리 떨어져 살아서 좀처럼 만날 수 없는 유카리는, 우사미 할아버지와 보내는 시간을 좋아했다.

어떤 대단한 이야기를 나눈 기억은 없다. 하지만 할아버지와 함께 있으면 욕조에 몸을 담그고 있을 때처럼 온몸에 서서히 따뜻한 기분이 퍼져나갔다. 거기에는 편안하고 한가로운, 또 포근한 시간이 자연스럽게 흐르고 있었다. 그것은 틀림없이 할아버지의 인품 덕분일 것이다.

그렇게나 좋아하는 할아버지가 입원하셨다. 그저 열사병일지라도 유카리는 마음을 놓을 수 없었다.

날이 저물어 요이치가 돌아올 시간이 될 때까지 유카리는 초조하고 마음이 진정되지 않아, 청소기를 돌리고 복도를 걸레로 닦느라 땀범벅이 되었다. 할아버지, 괜찮으시겠지? 그렇다고 자신이 할 수 있는 일은 아무것도 없지만. 어차피 그저 이웃일 뿐이다.

"다네다 씨도 걱정되지? 항상 신세를 지는 분이잖아?"

그러나 다네다 씨는 '보세요, 어떤가요?'라며 과시하듯 이쪽을 향해 가랑이를 벌리고 털 정리에 열중하고 있다. 다네다 씨의 고환은 여전히 매실장아찌처럼 주름져 있다. 툇마루 쪽 창문을 열어놓고 청소하는 바람에 날아다니던 매미 한 마리가 거실 벽에 딱 붙었다. 유카리는 망설임 없이 맨손으로 매미를 붙잡아 마당을 향해 날렸다. 무슨 일이 일어났는지 모르는 매미는 땅에 닿을락 말락 하다가 떠올라 날아갔다.

청소에도 지쳐 방석 위에 정좌하고 있는데, 요이치가 돌아왔다.

"무슨 일 있어?"

어딘가 평소와 다른 유카리 모습에 요이치가 물었다. 밖은 밤이 되어도 아직 후덥지근한지, 요이치의 와이셔츠는 땀으로 등에 착 달라붙어 있다.

"우사미 할아버지, 입원하셨대."

"그, 저기 넓은 마당이 있는 집 할아버지?"

"응."

유카리가 고개를 끄덕이며 마스이 아주머니에게 들은 이야기를 요이치에게도 전했다.

"이 더위 속에서도 매일 밭에 나가셨나봐. 그래서 그러신 것 같아."

"무리하셨네. 이런 뙤약볕에는 나 같은 젊은 사람도 힘든데. 자녀분들은 근처에 살지 않으신대?"

"응, 도쿄에 사는 것 같아."

"흐음."

요이치는 '으으, 이제 한계야'라며 욕실로 향했다. 유카리가 그 뒤를 바짝 따라가자 요이치는 얼굴을 찌푸렸다.

"왜 따라와."

"얘기 아직 안 끝났어."

"얘기해도 상관없지만, 나 지금부터 홀딱 벗을 건데?"

요이치가 스스럼없이 양복바지를 내리자 유카리는 황급히 뒤돌았다. 그리고 오빠가 욕실에 들어간 것을 확인하고는 굴하지 않고 다시 문 앞으로 다가왔다.

"나 있잖아."

유카리가 불투명한 유리창 너머 욕실을 향해 말했다.

"병문안 갈까?"

할아버지가 병원에서 외롭게 계실지도 모른다. 자신의 병문안으로 할아버지가 기뻐할 수 있다면 꼭 가고 싶었다. 어차피 남이기는 하지만, 먼 친척보다 가까운 이웃이라는 말도 있으니까.

"병원은 어디인지 알아?"

"몰라. 하지만 마스이 아주머니는 알 거야."

"아아, 그분? 대단하시네."

요이치는 평소에도 마스이 아주머니의 정보력이 남다르다

는 것을 느끼고 있는 듯했다.

"사실 변장한 톰 크루즈 아니야?"

"톰 크루즈가 누구야?"

"스파이 영화에서 주인공을 자주 맡는 사람 있어."

그리고 요이치는 말을 덧붙였다.

"사실 마스이 아주머니 얼굴은 변장용 가면이고, 그걸 휙 넘기면 톰 크루즈가 나타나는 거 아니야? '안녕, 난 톰이라고 해' 라면서."

"시시해."

유카리는 어이가 없었다.

요이치는 머리를 감는 듯, 욕실에서 무언가 부스럭거리는 경쾌한 소리와 콧노래가 들려왔다. 잠시 후 욕조에 몸을 담그는 소리가 나더니 '후와아'라며 만족스러운 소리를 냈다.

"유카리가 그 할아버지를 많이 좋아하는구나?"

노곤한 소리가 욕실에 반사되어 들려왔다.

"이상해?"

"딱히 이상하지는 않지. 그냥 너무 유카리다워서."

어딘지 모르게 기쁜 목소리였다. 나다운 게 무엇인지 물어보고 싶은 유카리였지만, 요이치는 '나 이제 나갈 거야!'라고 선언하며 재빠르게 욕조에서 일어났다. 그렇다, 오빠는 까마귀

목욕하듯 씻는 게 비정상적으로 빠르다. 유카리는 비명을 지르며 욕실 앞에서 도망쳤다.

"그럼, 알고 있지."

역시 마스이 아주머니는 우사미 할아버지가 입원해 있는 병원도 알고 있었다. 당연하다는 듯 말하는 마스이 아주머니 안에는 정말로 톰 크루즈가 있을지도 모른다고, 유카리는 잠시 생각했다. 어쨌든 병원 위치도 알았으니, 예전에 할아버지가 좋아한다고 말했던 고구마 맛탕을 만들어 통에 담아 가지고 갔다.

우사미 할아버지는 6인실 창가 쪽 침대에 누워 있었다.

"어라, 꼬마 아가씨!"

할아버지는 유카리를 기억했다. 유카리의 인사에 할아버지가 깜짝 놀라 눈을 동그랗게 떴다.

"무슨 일이야? 왜 왔어?"

역시 할아버지의 큰 목소리가 병실 안에 울려퍼졌다. 하지만 다른 환자들도 익숙해진 듯 그냥 웃고 있었다. 병원은 유카리가 상상했던 것보다 훨씬 편안한 분위기였다. 벽이나 커튼이 크림색으로 통일되어 있고, 사람 땀 냄새와 소독액이 섞인 독특한 냄새가 났다.

"할아버지가 입원하셨다는 말을 들어서요."

유카리의 말에 할아버지는 '하하' 하고 웃어넘기며, 벌레를 내쫓는 것처럼 손을 흔들며 말했다.

"그렇게 큰일은 아니란다. 잠깐 더위에 지친 것뿐이지."

할아버지는 유카리의 방문이 반가운 듯 언제나처럼 얼굴을 찡긋거리며 기뻐해주셨다. 할아버지가 건강해 보여 마음이 놓인 유카리도 미소를 지었다.

"학교는 어떻게 하고."

"벌써 여름방학이에요."

"아아, 그렇구나. 고맙다. 그냥 동네 할아버지를 위해서 일부러 여기까지."

그렇게 말한 할아버지는 침대 위에서 어린애처럼 반들반들한 머리를 꾸벅 숙였다.

"어휴, 아니에요."

유카리도 똑같이 고개를 숙였다.

할아버지는 유카리가 가져간 고구마 맛탕을 맛있게 먹어주셨다. 더위를 먹었을 때 좋은 설탕과 꿀을 듬뿍 사용해 굉장히 달콤하게 만들었는데, 입맛에 딱 맞았던 것 같다.

"이런 거, 요즘 애들은 안 먹지?"

"먹어요, 저 엄청 좋아해요."

"오오, 그렇구나."

할아버지는 어금니로 고구마 맛탕을 깨물고는 천천히 씹었다. 먹으면서도 연신 '참 착한 아이구나'라고 칭찬하는 바람에 유카리는 볼을 붉혔다. 다른 환자들도 유카리를 할아버지 손녀라고 생각하는 듯 흐뭇한 미소를 지었다.

의사가 며칠 내로 퇴원할 수 있다고 말했다고 한다.

"그렇구나. 다행이에요."

그 말을 들은 유카리가 진심으로 방긋 웃자, 할아버지는 '뭐, 이 정도야'라는 느낌으로 기분 좋게 웃었다.

"증손자 얼굴을 보기 전까지는 눈을 감을 수 없지."

"아기가 태어나나요?"

할아버지는 싱글벙글하여 몇 번이고 고개를 끄덕였다. 올가을에 첫 손자가 태어난다고 한다. 떨어져 살지만 무사히 태어나면 할아버지에게 놀러온다고 약속한 듯했다. 할아버지는 그때를 매우 기대하는 것 같았다.

"그러니까 그때까지는 죽을 수가 없어."

마음속 깊이 기뻐서 어쩔 줄 모른다는 표정은, 그런 할아버지를 보고 있는 유카리까지 저절로 행복하게 만들었다.

"손자도 유카리만큼이나 착한 아이란다."

분명 손자도 할아버지를 좋아할 것이다.

"그럼 더더욱 빨리 기운을 차리셔야죠."

"그럼, 그럼."

생글생글 웃는 유카리에게 대답하던 할아버지 얼굴이 갑자기 어두워졌다.

"건강한 아이를 낳으라고 우리 집에서 직접 키운 채소를 손주네 집에 보내주고 싶었는데 말이야."

할아버지는 말했다.

"벌써 며칠째 돌보질 못했으니 내가 돌아갈 때쯤이면 모두 바짝 말라 있겠구나."

요즘은 비도 잘 오지 않고 기온도 30도를 훌쩍 넘는 한여름 날씨가 이어졌다. 오늘도 밖은 햇볕이 맹렬하게 내리쬐고 있다.

"올해 여름엔 채소를 수확하지 못하고 끝나겠구먼."

의사가 퇴원하더라도 여름에는 밭에 나가지 말라고 말했다며, 할아버지는 올해 전부 포기하려 한다고 하셨다. 심지어 가족들이 걱정하지 않도록 입원한 사실도 알리지 않은 것 같다.

"뭐어, 어쩔 수 없지. 그래도 이렇게 꼬마 아가씨가 와주니 기쁘구나."

할아버지는 쑥스러운 듯 '허허허' 하고 웃었지만, 역시 얼굴은 슬퍼 보였다.

유카리는 할아버지 밭에 있던 아직 파란 토마토와 아기 같은 가지를 떠올렸다. 그게 다 헛수고가 되어버린다니. 할아버지가 사랑스러운 눈길로 채소들을 돌보던 광경이 눈앞에 선했다. 그게 얼마나 안타까운 일인가.

예전에 밭에서 할아버지가 유카리에게 이런 이야기를 한 적이 있다.

"나는 농가의 셋째 아들이었는데, 어릴 적엔 항상 밭에 나갔단다. 아버지는 우울하거나 슬퍼할 여유가 있으면 밭을 일구라고 입버릇처럼 말씀하셨지. 아버지를 좋아하지는 않았지만, 그건 옳았다고 생각한단다. 태양 아래에서 몸을 움직이다 보면 싫은 일 따위는 어떻게 되든 괜찮아질 테니까."

할아버지는 찡긋 웃으며 말을 계속했다.

"그래서 결혼한 뒤에도 나는 집 마당에 밭을 만들었지. 우리 할망구가 세상을 떠나서 살고 싶지 않았던 적도 있지만, 매일매일을 밭에서 필사적으로 일하니 슬픔도 조금은 나아지더구나. 게다가 나까지 눈을 감으면 그 밭을 돌봐줄 사람도 없어지니까."

자신의 이야기는 거의 하지 않던 할아버지가, 그때만큼은 보기 드물게 수다스러워서 무척 인상이 깊었다. 거기에는 여러 가지 생각이 깃들어 있었다.

유카리는 의자에서 몸을 내밀며 말했다.

"그러면 제가 대신 밭을 돌봐도 될까요?"

할아버지는 순간 멍하니 유카리를 바라보다가, 허둥대며 대답했다.

"그건 미안하지. 꼬마 아가씨, 엄청 힘들어."

"안 되나요?"

유카리가 물끄러미 바라보자, 할아버지는 쑥스러운 듯 눈을 돌리고 말을 더듬었다.

"에? 아, 안 되는 건 아니지마안."

"그러면 할아버지가 퇴원하신 뒤에도 제가 대신 수확할게요."

유카리는 가슴을 폈다.

할아버지는 난감하다는 듯 머리를 긁적였다.

* * *

"어서 와."

요이치가 집에 돌아오자, 유카리는 어젯밤과는 딴판으로 기분 좋은 목소리로 맞이했다. 저녁 메뉴는 만두인 듯 부엌에서는 유카리가 소를 피로 감싸는 작업이 한창이었다. 마늘과 참기름 향기가 식욕을 돋우어, 요이치의 배는 참지 못하고 꼬르륵 소리를 냈다.

"할아버지 병문안 다녀왔어."

프라이팬에 만두를 예쁘게 늘어놓으며 유카리가 보고했다. 라디오에서는 밝고 기분 좋은 블루스가 흐르고 있다.

"할아버지는 좀 어떠셔?"

"응, 잘 지내고 계신 것 같아. 이삼일만 있으면 퇴원하신대."

"다행이네."

요이치는 그렇게 말하며 선풍기 앞에 주저앉아 가슴팍의 와이셔츠를 펄럭이며 바람을 만들었다.

"하지만 의사가 여름에는 밭에 나가지 말라고 말한 것 같아."

"뭐, 어쩔 수 없지."

"그래도 꽤나 열심히 키웠는데 아깝지 않아? 조금 있으면 수확할 수 있는데."

"그렇긴 하지."

요이치가 고개를 끄덕였다.

"그래서 나, 할아버지 대신 밭을 돌보려고."

"에? 너 수험생이잖아. 그런데 괜찮아?"

수험생에게 여름방학 따위는 없다고 호언장담하던 건 어디의 누구인지, 요이치는 어이가 없었다.

"아침과 저녁에 삼십 분 정도만 밭에 나가는 것뿐이야. 물을 주거나 밭을 둘러보기만 하면 돼서, 딱히 지장이 가지는 않아."

"그래도 꽤 넓지 않았어?"

"응, 테니스 코트 정도일걸?"

"에에, 정말?"

요이치는 뙤약볕 아래에서 하는 밭일은 지옥이라고 생각했지만, 자신과는 상관없는 일이니 적당히 대답했다.

"흐음, 뭐 네가 좋다면 괜찮지 않을까?"

"오빠도 쉬는 날에는 도와줘야 해."

유카리가 생긋 웃으며 말하자, 요이치는 그러지 말라며 다급하게 목욕탕으로 도망갔다.

미리 말한 대로 유카리는 다음 날부터 아침저녁으로 우사미 할아버지 댁의 밭에 나갔다. 아직은 선선한 아침, 유카리는 요이치보다 먼저 집을 나섰다. 요이치가 역으로 향하기 위해 우사미 할아버지 댁 앞을 지나는데, 이른 아침 여름 햇살 아래 푸르른 밭 한가운데에서 물뿌리개를 든 가녀린 여동생의 모습이 보였다. 솔개가 눈부시게 새파란 하늘을 가로지른다. 마치 한 폭의 그림과 같은 풍경에, 자리에 멈추어 서서 바라보는 요이치를 유카리가 알아차리고는 손을 흔들었다.

"잘 다녀와!"

"으응."

손들어 회답하는 것이 부끄러웠던 요이치는 나지막이 대답한 뒤 다시 걷기 시작했다.

그런 아침이 며칠 이어지자, 새하얗던 유카리의 피부는 순식간에 햇볕에 타버렸다. 보기만 해도 따가울 정도로 코끝이나 팔이 새빨갛게 달아올랐다. 일단 모자는 쓰고 있지만, 티셔츠와 반바지 차림으로 햇볕을 온전히 다 받는 밭에 장시간 나와 있으면 당연하다.

“너 그래도 선크림이라도 좀 발라.”

“발라도 땀 때문에 금방 지워지니까 소용없어.”

요이치의 충고에도 쿨한 대답이 돌아올 뿐이다.

일주일이 지나자, 기존의 하얗던 소녀는 온데간데없고 유카리는 완전히 다른 사람이 되어 있었다. 요이치가 밥상 앞에 앉은 구릿빛 소녀를 보고 ‘너는 누구야!’라며 아연실색할 정도였다. 마스이 아주머니나 ‘록키 마트’의 계산대 아주머니들도 상당히 깜짝 놀란 것 같다. 그래도 유카리는 태연하게 말했다.

“어쩔 수 없지, 뭐.”

심지어는 두 팔뚝의 그을린 경계선을 보여주며 어떠냐고 뿌듯해하는 당당한 모습이었다. 우사미 할아버지랑 누가 더 까맣게 되는지 서로 팔을 보고 경쟁하고 있다며 웃었다. 덥다거나 지친다는, 그런 우는 소리는 하나도 내뱉지 않았다. 요이치는 ‘보통 이 나이의 아이들은 피부가 그을리는 걸 신경 쓰지 않나?’라고 생각했지만, 굳이 입 밖으로 내지는 않았다. 무슨 말을 해도 유카리가 들을 리 없다.

"막무가내라니까."

요이치는 자기 방에서 이불을 뒤집어쓰고 중얼거렸다. 하지만 유카리의 고집은 어제오늘의 일이 아니었다. 만났을 때부터 그랬다. 요이치는 지금도 기억이 선명하다. 요이치와 어머니, 유카리와 새아버지, 처음으로 네 사람이 만나던 날을. 그날은, 맞아, 지금처럼 여름이었다. 네 사람은 화창한 어느 날 레스토랑에 갔다. 아직 다섯 살이었던 유카리는 앞으로 자신들이 가족이 된다는 상황을 혼자만 전혀 이해하지 못했다. 하지만 유카리는 자신이 주문한 어린이 런치에 꽂혀 있던 장식용 깃발을 어째서인지 요이치에게 억지로 건네주려고 했다. 요이치는 그때 이미 중학생이었고, 그런 걸 갖고 싶어하는 나이는 진즉에 지났는데.

"응, 그래. 그건 네 거야."

몇 번을 거절해도 유카리는 고개를 붕붕 저으며 절대 포기하려 하지 않았다. 무슨 이유에서인지 요이치가 그것을 받으면 기뻐할 것이라고 믿는 것 같았다. 어머니도, 새아버지도 씁쓸하게 웃었다.

"요이치, 받아줄 수 있을까? 얘, 한번 시작하면 말을 듣지를 않아서."

새아버지가 사람 좋은 얼굴로 말해, 요이치는 마지못해 그 것을 받아들였다.

금세 촉촉해진 어린 눈망울이 가늘어지며 소녀가 미소를 지었다.

솔직히 말하면 요이치는 어머니의 재혼 이야기가 마음에 내키지 않았었다. 이 나이에 새아버지와 여동생이 생기다니, 귀찮기만 할 뿐이었다. 하지만 그 순간, 어느새 모든 것을 순순히 받아들이고 있었다. 앞으로 시작되는 생활, 새로운 가족. 분명 괜찮을 것이라는 생각이 들었다.

요이치는 그때 받은 깃발을 십 년이 지난 지금도 몰래 지갑에 넣어서 가지고 다닌다. 어느 나라인지도 모르는 하늘색의 작은 깃발을.

이불에서 일어난 요이치는 출퇴근 가방에서 천천히 지갑을 꺼내더니, 구석에 들어 있던 깃발을 꺼내 오랜만에 찬찬히 들여다보았다. 자신이 이 깃발을 부적처럼 들고 다닌다는 것을 알면 유카리는 뭐라고 생각할까. 그렇다고 절대 알려줄 생각은 없지만.

"아아, 망했다."

얼마 전 유카리가 자신의 좋은 점을 물었을 때, 왜 그 대답이 나오지 않았을까. 자신이 누구보다 더 잘 알고 있는데.

고백한 스즈키 군은 분명 유카리의 고집은 몰랐을 것이다. 알고 나면 아마 당황하지 않을까? 하지만 유카리의 장점은, 그런 완고함이라고 생각한다. 이 세상은 예쁘고 아름답고 화려한 것일수록 주목을 받는 경향이 있는데, 유카리는 그런 것에 일절 현혹되지 않는다. 흔들릴 일이 없다. 가끔 함께 사는 자신이 걱정될 정도로.

"고집쟁이야, 그래, 고집쟁이."

요이치는 혼자서 몇 번이나 중얼거리다가 곧 잠이 들었다. 그날 밤은 '고집쟁이'라고 너무 반복한 탓인지 거대한 바위에 쫓기는 꿈을 꾸었다.

팔월도 중반이 되었을 무렵, 무사시와 마리에가 아이다 가문에 놀러왔다가 새까맣게 변해버린 유카리 모습을 보고 어리둥절해했다. 어디선가 불어오는 바람에도 역시 유카리만 태연했다.

"무사시랑 마리에가 왔으니, 팥빙수라도 만들어 먹을까?"

"유카리 누나, 무슨 일 있어요?"

무사시가 묵묵히 팥빙수를 만들고 있는 유카리를 곁눈질로 쫓으며 속삭이는 목소리로 물었다.

"태닝 샵이라도 다녀왔나요?"

마리에도 유카리가 여름을 계기로 이미지를 갸루[6] 스타일로 바꿀까봐 진심으로 걱정했다.

요이치가 간단하게 사정을 이야기하자, 완전히 감동받은 무사시가 말을 꺼냈다.

"그러면 저도 도울게요!"

"어휴, 넣어둬, 넣어둬."

"맞아, 저렇게 까맣게 타면 비참해."

요이치가 말리자 마리에도 섬뜩한 듯 말했다.

"나는 청초한 스타일이 잘 먹히니까. 하얀 피부는 생명이라고."

그렇게 투덜거렸다.

"하지만 나는 유카리 누나한테 도움이 되고 싶은데."

그래도 무사시는 기특한 말을 했다. 마치 사랑하는 듯한 말투였다. 그렇군, 우산 사건 이후로 무사시가 아이다 가문에 자주 놀러온다고 유카리에게 들어서 알고는 있었지만, 그런 이유인 것 같다. 물론 그런 식의 이야기를 둔한 여동생은 전혀 눈치채지 못한 것 같지만.

마리에는 그것이 마음에 들지 않는 듯했다.

---

6 얼굴에 메이크업 베이스, 파운데이션 등을 피부색이 드러나지 않을 정도로 짙게 바르고 색조 화장품으로 눈과 입술을 과장되게 강조하는 메이크업

"나는 절대 싫어."

마리에는 무시무시한 얼굴로 무사시에게 말했다.

"나는 마리에한테 부탁한 적 없는데."

"뭐야, 무사시 주제에 건방지게."

"왜 화난 거야, 마리에?"

"화 안 났거든!"

"지금 화내고 있잖아."

티격태격하는 두 사람 모습을 피식피식 여유로운 미소로 바라보는데, 무사시가 하면 자기도 하겠다며 소리치는 마리에 덕분에 어쩔 수 없이 요이치까지 도와주는 것으로 이야기가 정리되었다.

"싫어, 나는 안 할 거야."

요이치는 끝까지 저항했지만, 아무도 귀를 기울이지 않았다.

"내일모레 토마토와 가지, 오이를 수확할 거야. 혼자서는 힘들겠다고 생각했는데, 덕분에 많은 도움이 되겠어."

게다가 유카리가 천진난만하게 기뻐해서 도저히 거절할 수 있는 분위기도 아니었다.

다네다 씨가 어슬렁어슬렁 옆으로 다가와 열심히 하라고 말하는 것처럼 발바닥으로 요이치의 무릎을 툭 쳤다.

"어휴, 따지고 보면 네 탓이야."

요이치는 한없이 여유로운 다네다 씨에게 한마디를 던졌다.

이렇게 해서 귀중한 여름휴가 중 하루는 밭일에 쓰게 되었다. 자는 사람을 아침 일찍부터 억지로 깨우다니, 뜻하지 않은 재난이었다.

아침으로 서둘러 연어와 계란말이를 먹은 뒤 우사미 할아버지 댁에 방문하자, 할아버지는 벌써 현관 앞에서 두 사람을 기다리고 있었다.

"안녕하세요!"

"오늘도 미안하게 됐네."

상냥하게 인사하는 유카리에게 할아버지는 미안하다는 듯이 말했다. 그리고 요이치에 시선이 머물렀다.

"그래서 자네는 어디에서 왔는가. 꼬마 아가씨의 이거인가?"

그러면서 아기 같은 순진한 표정으로 엄지손가락을 치켜세웠다. 남자 친구냐는 의미겠지만, 이해하지 못한 유카리는 멍하게 있었다. 요이치가 옆에서 황급하게 자기소개를 했다.

"아뇨, 오빠예요. 유카리의 오빠 요이치라고 합니다."

"아아, 그렇군. 자네, 상당히 말랐구먼."

"오늘은 오빠도 같이하려고요. 나중에 두 명이 더 도우러 올 거예요."

"어휴, 고맙네."

유카리의 말에 할아버지가 굉장히 고마워하며, 자꾸만 두 사람에게 머리를 숙였다. 요이치는 유카리에게 엉덩이를 걷어 차이고는 필사적으로 말을 덧붙였다.

"아, 전혀요! 어차피 한가했으니까요."

그래도 할아버지가 미안하다는 표정을 짓자, 윗사람의 그런 태도를 가만히 보고 있을 리 없는 요이치가 기합을 넣었다.

"자아, 그럼 시작할까?"

자신이 생각한 것과 달리 참으로 미덥지 못한 목소리였다. 초식동물이 허세를 부리는 듯한 목소리였지만, 그래도 조금은 기분이 들떴다.

"그래!"

옆의 까무잡잡한 소녀가 손을 들어 화답했다.

아직 해는 높지 않았지만, 그래도 상당히 더웠다. 자신의 짙은 그림자가 드리워진 흙 표면에 얼굴에서 흐른 땀이 스며든다. 불어오는 바람은 헤어드라이어의 따뜻한 바람 같았다. 머리에 두른 물을 적신 수건이 순식간에 말라버린다. 이런 상황에서 유카리는 일하고 있었구나. 요이치는 새삼스레 감탄했다. 게다가 돈도 받지 않고 이런 일을 매일 하고 있었다니. 감탄하고 말았다.

할아버지에게 배운 것처럼, 중간 크기의 토마토는 엄지로 꼭지를 누르면서 열매를 들어올리면 마디 부분에서 깔끔하게 딸 수 있었다. 토마토는 묵직했다. 수확물은 가운데에 놓인 대나무 상자에 넣는다. 가지 하나에도 토마토 열매가 꽤 많이 달려 있어 상당한 중노동이었다. 옆 밭에서는 유카리가 이마에서 폭포처럼 땀을 흘리며 요이치와 똑같은 하얀 목장갑을 끼고 가지를 수확하고 있다.

이거 도대체 언제 끝나는 거야. 그렇게 생각하며 보온병 속 보리차를 단숨에 들이켜는데, 그제야 무사시와 마리에라는 응원부대가 나타났다. 어린애들에게 기대는 것도 한심했지만, 이런 상황에서는 허세를 부릴 수 없었다.

"부탁한다, 어린이 부대."

요이치는 두 사람에게 말을 걸었다.

"안녕하세요."

무사시는 여느 때처럼 또박또박 예의 바르게 인사를 건넸다. 역시나, 할아버지도 무사시를 마리에의 남자 친구라고 착각하지는 않았다.

머리끝부터 발끝까지 완전히 칭칭 두른 마리에는 벌집 제거라도 할 법한 모습이었다.

"오늘을 위해 준비했어요."

마리에는 의기양양하게 말했다. 하지만 실제로 몸을 움직이자 지옥 더위가 시작된 듯, 머지않아 재빨리 포기를 선언하고 냉방이 잘되는 우사미 할아버지 댁으로 도망쳤다.

"저는 포기요!"

"저 녀석, 도움이 안 돼."

"죄송합니다."

어처구니없어하는 요이치에게 무사시가 대신 사과했다.

그래도 나누어서 일을 하니 그럭저럭 오전에 수확을 마칠 수 있었다. 오이는 아직 다 자라지 않은 게 많아 괜찮아 보이는 것만 신중하게 고르고 나머지는 나중에 하기로 했다. 할아버지 밭의 채소는 마트에 진열된 것과 달리 모두 투박하고 울퉁불퉁해서, 빈말이라도 보기 좋다고 말하기가 어려웠다. 하지만 표면은 반들반들 빛나는, 신선 그 자체였다. 할아버지가 수돗가에서 토마토를 씻어서 건네주었다. 한입 크게 베어 물자 토마토 본연의 맛이 나는 것 같다. 여름의 맛이었다.

우사미 할아버지 댁의 툇마루에서는 옆의 울타리까지 끊임없이 이어지는 밭이 한눈에 보였다. 바람에 가볍게 흔들리는 푸릇푸릇한 나뭇잎. 흙냄새. 콧등을 문질렀더니 햇볕에 그을린 탓에 따끔거렸다. 태양은 아직도 하늘의 낮은 곳에 떠 있다. 아직 하루를 시작한 지 얼마 되지 않아 오후가 꼬박 남아 있었다. 왠지 어렸을 적의 여름방학이 떠오른다. 그때는 시간이 무한한

줄만 알았다. 무엇이든 할 수 있을 것만 같았다. 그리고 꼭 여름의 끝자락이 다가오면 공연히 슬퍼지곤 했다.

"무슨 일이냐."

"아, 아무것도 아닙니다."

할아버지가 말을 걸어와, 요이치가 웃었다.

"토마토, 맛있어요."

무사시와 마리에도 옆에서 열심히 고개를 끄덕였다. 그 모습을 본 할아버지가 얼굴을 찡그리며 기뻐했다.

"나야말로, 오늘 매우 고맙구나. 얼마든지 갖고 가렴."

"아, 네. 잘 먹겠습니다."

요이치는 고개를 꾸벅 숙였다. 당분간 아이다 가문의 식탁에는 할아버지의 채소를 사용한 요리들이 올라올 것이다. 너무나 기대가 된다.

"이제 손자에게도 많이 보내줄 수 있겠구나."

"건강한 아이가 태어났으면 좋겠어요."

"너희가 수확해준 채소를 먹으면, 분명 그럴 거야."

유카리의 말대로 할아버지의 미소는 굉장히 근사했다. 아아, 그렇구나. 이 미소가 보고 싶어서 유카리는 그렇게 필사적이었나 보다. 자기 시간을 쪼개고 새까맣게 타면서까지. 자신에게 돌아오는 이득과 손해는 따지지 않는다. 구실이나 핑계가 아니다. 유카리는 자기가 옳다고 믿는 것을 우직할 정도로 고집스럽게 해낸다.

"하세찌, 여기, 이쪽이야!"

"어휴, 유카리. 잡아당기지 마."

아까 하세가와가 불쑥 밭에 나타났다. 학원에서 돌아오는 길에 상황을 보러 온 것 같다. 유카리는 덥다며 불평하는 하세가와의 손을 억지로 잡아끌며, 밭을 구경시켜주는 중이었다. 툇마루에 있는 요이치는 유카리의 얼굴이 웃고 있다는 것을 알 수 있었다. 어린이 런치의 깃발을 줄 때와 하나도 달라지지 않은 미소.

할아버지도 요이치 옆에서 애정이 가득 담긴 눈으로 밭을 바라보았다.

"네 여동생은 참 착해."

"고집쟁이예요."

요이치가 쓴웃음을 짓자, 할아버지는 과장되게 손을 흔들며 환한 미소와 함께 말했다.

"아냐, 대단한 녀석이야. 뉴스 같은 데서는 매일 어두운 얘기만 해서 착잡해지는데, 저 아이를 보고 있으면 그래도 아직 세상은 버려지지 않았다고 생각하게 되더구나."

요이치도 자연스럽게 미소를 지었다. 몸은 너무나 지쳤지만 이상하게도 마음만큼은 가벼웠다. 먹다 만 토마토를 한입 크게 베어 무니, 역시 여름 맛이 났다.

* * *

팔월도 막바지에 이르자 유카리의 피부는 우스울 정도로 쉽사리 껍질이 벗겨졌다. 새까만 껍질을 벗기면 그보다 살짝 하얀 피부가 생생하게 드러난다. 팔의 껍질을 주우욱 벗겨내던 유카리가 담담하게 소감을 밝혔다.

"뭔가 탈피하는 것 같아."

목욕을 끝내고 선풍기 앞에서 뒹굴고 있던 요이치에게 웃으면서 말했다.

"곧 내 안에서 톰 크루즈가 나올지도 몰라."

"나 참."

요이치는 어이가 없었다.

"스즈키 군이 울겠다."

"스즈키? 누구였지?"

"어, 벌써 잊어버린 거야?"

탄식하는 듯한 말을 듣고 유카리는 그제야 스즈키를 떠올렸다.

"아아, 그래, 스즈키. 기억하고 있거든요."

"너무하네."

유카리가 다급하게 말하자 요이치는 더욱 어이가 없었다.

"아, 맞아."

그때 갑자기 뭔가가 생각난 듯 요이치가 고개를 들었다.

"뭐야?"

"너의 좋은 점은 말이야."

"응?"

"고집이 센 점."

"에? 그게 뭐야."

유카리는 입을 크게 벌리고 되물었다.

"아아, 후련하다."

하지만 요이치는 혼자서 제멋대로 만족하고 있다.

"뭐야, 지금 그 말! 고집이 세다는 게 무슨 의미냐고!"

그러나 요이치는 어느새 푸우푸우 기분 좋은 숨소리를 내고 있다.

"방금 그거, 내 칭찬인 거야?"

고집이 세다니, 고집불통이라는 의미지? 그게 칭찬이라고 할 수 있나? 근데 '너의 좋은 점'이라고 했는데.

다네다 씨를 무릎에 올린 유카리가 석연치 않은 표정으로 고개를 갸웃거렸다. 반면 요이치는 기분이 좋은 듯 코를 골며 '으히, 으히힛' 하고 웃고 있다. 도대체 무슨 꿈을 꾸는 걸까? 유카리가 뜬금없이 엉덩이를 힘껏 내리치자 요이치가 '으악!' 소리를 지른다.

여름방학이 막 끝난 어느 날, 유카리가 하세가와와 음악실을 향해 복도를 걷고 있는데 앞쪽에서 스즈키가 친구와 이야기하며 걸어왔다. 스즈키는 여름방학 전과 똑같이 햇볕에 타지도 않고 머리가 자라지도 않은, 여전히 특징 없이 반들반들한 얼굴을 하고 있었다.

순간 눈이 마주쳤다. 하지만 곧 아무 일도 없었던 것처럼 외면당하고 말았다. 유카리는 이제 저 아이와 평생 이야기할 일은 없다고 생각하니, 왠지 갑자기 슬퍼졌다. 조금 다른 만남이었다면 좋았을 텐데. 처음으로 자신을 좋아한다고 말해준 사람. 그의 눈에 자신은 어떤 여자아이로 비쳤을까? 진짜 내 모습을 알게 된다면 그는 뭐라고 생각할까? 무엇보다 그에게 딱 한마디만 전하고 싶었다. 물론 그 말도 지금은 너무 늦었다. 그래서 멀어져가는 하얀 와이셔츠 차림의 뒷모습을 향해 마음속으로 살며시 읊조렸다.

'좋아해줘서 고마워.'

"왜, 무슨 일 있어?"

"아냐, 아무것도."

옆에 있던 하세가와의 물음에 유카리가 고개를 저었다.

"가자."

그리고 햇살이 비치는 복도를 다시 걷기 시작했다.

다섯

포토피에 밥

"에취!"

살짝 비뚤어져 잘 닫히지 않는 문을 열고 툇마루로 나가자, 생각보다 차가운 밤바람에 유카리는 크게 재채기했다. 재채기에 온 힘을 싣다 보니 생각지도 못한 아저씨 소리가 나와버렸다. 하지만 어차피 집에 혼자 있었기에 누구 하나 놀리는 사람도 없다.

어느새 가을도 제법 깊어져 밤은 상당히 쌀쌀했다. 마당에 심은 단풍이 붉게 물들어가고 있다는 것을 어둑어둑한 어둠 속에서도 알 수 있었다. 수풀 안쪽에서 찌르르 찌르르 방울벌레의 시원한 울음소리가 들렸다. 맨발로 나온 탓인지 발바닥으로는 잔디의 서늘한 감촉이 살금살금 기어올라왔다. 이 바스대는 느낌이 너무 좋다.

"으으, 춥다 추워."

유카리가 혼잣말하며 창문을 닫았다. 이제 털 이불을 꺼내야 할 계절이 왔다.

현관 쪽에서 미닫이문이 드르륵하는 소리가 났다. 방석 위에서 둥글게 몸을 말고 있던 다네다 씨가 눈을 크게 뜨고 기지개를 켠 뒤, 휘리릭 복도를 경쾌하게 달려나간다.

"으으, 춥다 추워."

아까 자신의 중얼거림과 똑같은 대사가 들리며, 딸깍딸깍 후크식 열쇠를 돌리는 소리가 들렸다. 유카리는 다네다 씨의 뒤를 따라 타박타박 맨발로 복도를 걸어 현관까지 요이치를 마중 나갔다.

"어서 와."

"응."

"춥지."

"와, 오늘 춥더라. 벌써 가을이야."

"그러게."

요이치는 가을 외투를 벗으며 집 안으로 들어와, 발밑에서 데굴데굴 굴러 엉겨오는 다네다 씨를 발끝으로 간지럽히고, 다네다 씨는 갸르릉 소리를 내며 기뻐했다. 언제부터인가 이 모습은 완전히 의식이 되어버렸다. 다네다 씨는 등을 축으로 삼아 브레이크 댄스처럼 빙글빙글 돌았다. 요이치는 다네다 씨를 굉장히 잘 굴린다.

"너, 맨발이잖아."

다네다 씨의 뽀얗고 폭신폭신한 배를 발로 재주 좋게 문지르던 요이치가 유카리의 발을 보고 의아한 얼굴을 했다.

"응."

"차갑지 않아?"

"차가운 게 좋아."

"그게 무슨 말이야."

요이치는 이해할 수 없다는 듯 고개를 갸웃거렸다. 하지만 옛날부터 여동생은 이해할 수 없는 존재였기에 그 이상의 추궁은 멈추었다.

"왠지 따뜻한 걸 먹고 싶어."

"그럴 거 같아서 포토푀 만들었어."

"오호."

요이치는 만족스러운 목소리를 냈다.

"포토푀라니. 아이다 가문도 럭셔리해졌네."

"얼마 전에 요리 프로그램을 보면서 먹고 싶다고 잠꼬대처럼 말했잖아. 처음 만드는 거라 맛은 보장 못하지만."

여느 때처럼 둘이 분담하여 밥상에 저녁을 차렸다. 국물은 황금빛으로 빛나고, 따스한 연기와 함께 콩소메의 부드러운 향기가 피어오른다.

"얘, 맛있을 것 같다."

요이치는 흐흐흐 웃었다.

순수 일식파인 아이다 가문에 포토푀는 약간 뜬금없는 메뉴였지만, 나쁘지 않은 맛이었다. 감자와 당근도 폭신폭신하여 배 속에 따뜻함이 퍼져나갔다. 두 사람은 포토푀와 곁들인 배추겉절이를 반찬으로 백반을 먹었다. 낫토를 먹고 싶어하는 요이치를 위해 유카리는 냉장고에서 낫토 두 개를 꺼내 다진 파를 올렸다.

"아침에 만들긴 했지만, 된장국도 있어."

"응, 좋아."

요이치의 말에 유카리는 냄비를 데워 밀기울도 넣어주었다.

"그러고 보니 학부모 상담, 다음 주인가?"

감칠맛이 밴 소시지를 허겁지겁 먹던 요이치가 갑자기 떠오른 듯 말했다. 삼 개월 앞으로 다가온 고등학교 입시의 희망 학교에 관한 상담이다. 요이치는 회사를 조퇴하고 직접 학교에 오기로 했다.

"응, 잘 부탁해."

"너, 벌써 1지망 학교 정한 거야?"

"응."

유카리가 집에서 가장 가까운 공립고등학교 이름을 댔다.

"아아, 거기. 근데 거기 점수 높지 않나?"

요이치는 눈썹을 찡그렸다.

"뭐, 그럭저럭. 하지만 집에서 가깝기도 하고 공립이니까, 거기가 좋을 것 같아."

"괜찮을까? 나도 가고 싶었던 학교인데, 점수 미달이라고 담임 선생님한테 바로 기각됐거든. 그렇게 집에서 가깝다든가 학비가 싸다는 이유만으로 결정하지 않는 게 좋은데."

요이치는 자못 보호자다운 근엄한 목소리를 냈다.

"일단 지난번 모의고사는 A등급이었어."

"아아, 그러신가요."

유카리의 대답에도 요이치는 낫토를 얹은 밥을 퍼먹는 데 열중했다. 포토푀가 담긴 그릇은 이미 싹 비어 있었다. 한 그릇을 더 가져다주니 요이치가 우흐흐 웃으며 기뻐한다. 요이치가 마음에 들어하는 것 같아 유카리도 기분이 좋아졌다. 레시피 수첩에 메뉴 하나 추가. 어느새인가 새어머니 사치코 씨에게 물려받은 레시피 수첩에도 새로운 메뉴가 증가했다. 그게 약간 뿌듯하다. 또 잊을 만하면 만들어서 오빠를 기쁘게 해주고 싶다.

그런데 새로운 포토푀를 가지고 오자 요이치는 밥상에 놓인 포토푀에 밥그릇, 된장국, 낫토, 배추겉절이를 보며 고개를 갸우뚱했다.

"……뭔가 이상하지 않아?"

"뭐가?"

"어쩐지 위화감이 들어."

유카리도 밥상에 늘어선 포토푀와 밥을 바라보았다. 듣고 보니 그런 것 같기도 하다. 텔레비전에서 본 것과는 뭔가가 다르다. 아무래도 기대했던 것 같은 멋이 느껴지지 않는 것 같다. 아니, 그보다 묘하게 살림살이에 어우러져, 포토푀가 흐릿해 보였다.

"왜 그럴까."

두 사람은 잠시 고개를 갸우뚱했지만, 결국 어디가 잘못됐는지 알지 못한 채 넘어가버렸다.

* * *

다음 날 조회 시간에 담임인 이노우에 선생님이 다음 주로 다가온 학부모 상담에 관해 언급했다. 집에 돌아가면 다시 한 번 부모님께 시간을 확인해두라는 것이었다.

조회를 마치고 복도에서 이노우에 선생님이 유카리를 불러, 교무실까지 따라갔다.

아침의 교무실은 어딘가 어수선한 모습이었다. 선생님들은 부산스럽게 일어섰다가 앉기도 하면서 정신이 없었다. 이른 아침부터 혼나는 남학생도 있다. 학교에 만화책을 가져왔다가 들킨 것 같다. 전체적으로 톡 쏘는 공기가 가득했다. 도대체 무슨 일로 자신을 부른 것인지 유카리는 마음을 졸였다.

"아이다는 의붓오빠가 온다고 했지?"

"네."

3학년부터 담임이 된 이노우에 선생님은 요이치와 연락만 주고받았지 직접 만난 적은 없었기에 상담 전 미리 확인해두고 싶었던 것 같다. 아마 예전 담임 선생님에게 가정환경이 복잡하다는 말을 들었기 때문일 것이다. 체육 교사인 이노우에 선생님은 체격도 좋고 행동도 큰데, 그런 겉보기와는 달리 번거로운 일을 과도하게 피하려는 경향이 있다. 선생님 입장에서는 아이다 가문에 번거로운 가정의 냄새가 난 것이다.

"직장 다니시지? 목요일인데, 시간 괜찮으시대?"

"네, 전해두었어요. 조퇴하고 온대요."

그것은 지난달부터 정해져 있던 일이다. 새삼스럽게 왜 묻는지 의아했지만, 유카리는 정중하게 대답했다.

"아아, 죄송하네, 바쁘신데. 오빠 나이가 어떻게 되신다고?"

"곧 스물여섯 돼요."

"꽤 젊으시네."

"뭐, 오빠니까요."

"희망 학교에 관한 얘기 같은 거, 제대로 전해뒀지?"

"네."

"흐음, 그러면 뭐 괜찮겠다."

이노우에 선생님은 차를 홀짝이며 중얼거렸다. 보아하니 마음이 놓인 듯했다. 참으로 알기 쉬운 사람이다.

"그렇구나, 아이다의 오빠라니. 분명 똑 부러지는 분이겠지?"

이번에는 기분이 좋은지, 두꺼운 팔로 팔짱을 끼고는 혼자서 멋대로 수긍하며 감탄한 것처럼 고개를 끄덕였다.

"그렇진 않아요. 굳이 말하자면 조금 어벙해요."

"하하하. 아이다도 농담할 줄 아는구나. 좋아, 그런 자세. 유카리는 그 정도로 기운이 있는 게 좋아."

유카리는 크게 당황했다. 농담이 아니라 사실을 말한 것뿐이었다.

"아, 그건 그렇고 혹시 오빠도 여기 중학교 졸업생이니?"

"네."

"스물여섯이라고 했지? 그러면 시카노 선생님이랑 같이 졸업한 거 아닌가?"

이노우에 선생님이 맞은편 책상에서 출석부를 체크하던 부담임 시카노 선생님에게 말을 걸었다.

"네엣?"

느닷없이 자신의 이름이 등장해 놀랐는지, 방심하던 시카노 선생님이 얼빠진 목소리를 냈다. 교무실에 있던 모두가 일제히 그녀를 쳐다보았다. 웅성거리던 실내가 갑자기 고요해지고 시카노 선생님의 단정한 얼굴이 벌겋게 달아올랐다.

모든 시선이 자신에게 쏠리자 시카노 선생님은 일부러 헛기침하며 모든 것을 무마시키려고 했다. 교무실은 다시 소란스러움을 되찾았다.

"무슨 일인가요, 이노우에 선생님?"

시카노 선생님이 침착한 어조로 물었다.

"아……네. 아이다의 의붓오빠가 시카노 선생님이랑 동창인 것 같아서요."

"아아, 아이다. 오빠 이름이 뭔가요?"

"요이치입니다."

유카리의 대답에 시카노 선생님은 책상을 '팡' 하고 세게 두드리며, 또다시 교무실 전체에 울려퍼지는 목소리로 외쳤다.

"알아요! 같은 반이었어요!"

그 순간 책상에 난잡하게 쌓여 있던 인쇄물이 와르르 무너졌다. 타이밍이 아주 절묘해서 마치 옛날 콩트를 보는 것 같았다.

"아악, 다 쏟아졌네."

유카리도 황급히 바닥에 흩어진 인쇄물을 모으는 시카노 선생님을 거들었다. 어떤 순서로 정리해야 할지 몰라, 일단 한 장씩 주워 모아 끝을 맞추어 건넸다.

"아, 아이다, 고마워요."

시카노 선생님은 울먹이는 소리를 냈다. 여기저기서 웃음이 터졌다. 선생님께 혼나던 학생들까지 함께 웃고 있다. 알싸했던 공기가 단번에 녹아내렸다.

"엄청나게 성대하게 만드셨군요."

"정말 매번 한 건씩 하시네요."

"정말로 죄송합니다!"

정말로 실례되는 말인 줄 알지만 역시 어딘가 얼빠진 목소리였다. 그것이 시카노 선생님이라는 사람의 성품을 여실히 보여준다. 유카리는 한순간에 분위기를 이렇게 부드럽게 바꾸는 시카노 선생님은 정말 대단한 사람이라고 감탄했다. 의도하고 하는 행동이 아니라, 원래 그런 사람이라는 점이 가장 놀라웠다.

"으음, 그래서 무슨 이야기였지?"

"저희 오빠와 선생님이 동창이라는 얘기요."

"아아, 맞아, 그랬지."

평소 화장기 없는 시카노 선생님의 얼굴이 환하게 빛났다. 아침에 일어나 세수만 하고 나온 것 같다. 옷차림도 블라우스에 면바지, 다른 젊은 여자 선생님들과 달리 늘 같은 패턴의 옷만 입는다. 학생들이 조금 더 꾸미라고 잔소리할 정도다. 시카노 선생님을 보고 있으면 슬퍼진다고 하는 아이까지 있다. 하지만 유카리는, 시카노 선생님이 초라하다거나 애처롭다고 생각한 적은 한 번도 없다. 결코 미인이라고는 할 수 없으나 내면에서 묻어나는 아름다움이 있다고 생각했다. 무심코 하는 행동이나 표정에서, 잘난 척하며 어깨에 힘을 주지 않고 살아간다는 느낌이 전해져온다. 게다가 선생님이라는 일을 정말 좋아해서 한다는 것을 수업에 임하는 태도에서도 잘 알 수 있다.

"아이다 요이치 맞지? 중학교 2학년 때랑 3학년 때 같은 반이었어."

"정말요?"

유카리가 눈을 깜빡였다.

"그렇구나, 아이다는 아이다의 여동생이었구나. 전혀 몰랐어."

"진짜루요."

두 사람 모두 감탄사를 연발했다.

"그러고 보니 중학교 2학년 여름 무렵에 성이 바뀌었지. 어머니가 재혼하셨나, 그래서."

"맞아요, 저희 아버지 성이 '아이다'라서."

크게 관심 없다는 듯 차를 홀짝이던 이노우에 선생님이 대화에 끼어들었다.

"오호라, 잘 아는 사이였네. 시카노 선생님도 면담에 같이 들어가니, 만날 수 있겠어."

"그렇죠. 아이다가 저를 기억할지는 모르겠네요. 어쨌든 대화한 적이 거의 없어서."

그래도 시카노 선생님의 목소리는 매우 들떠 있었다. 벌써 1교시가 시작되는 시간이었기에, 대화는 그렇게 마무리됐다.

저녁에 유카리는 요이치에게 그 이야기를 전했다.

"아, 알아! 시카, 알지."

요이치도 역시 들뜬 목소리였다. 자기 방에서 구태여 졸업앨범을 찾아와 한 학생의 사진을 가리켰다.

"봐봐, 얘야."

아직 앳된 얼굴에 피부도 건강하게 그을렸지만, 분명 시카노 선생님이었다. 당시 육상부였던 시카노 선생님은 사슴[7]처럼 다리가 다부졌기에 여자애들 사이에서는 성의 앞 글자를 따서

7 일본어로 사슴을 '시카(鹿)'라고 한다.

'시카'라고 불렀다고 한다.

"와아, 선생님이 됐구나. 게다가 유카리네 반의 부담임이라니."

요이치가 아련하게 말했다.

"시카는 옛날부터 다른 사람을 잘 챙기는 아이였지. 하지만 어딘가 맹한 구석도 있었는데."

유카리는 속으로 '그런 부분은 옛날부터 그랬구나'라고 생각했지만, 시카노 선생님의 명예를 위해 입을 다물었다.

"친했어?"

"아니, 전혀."

요이치는 냉큼 대답했다. 심지어 요이치는 당시에 '시카'라는 별명을 부른 적도 아예 없는 것 같다. '남자와 여자가 사이좋게 지내는 건 기적 같은 거야. 내 주변에는 없었어'라고도 말했다.

"그런데 딱 한 번, 동물원에 간 적이 있어. 으음, 왜 그렇게 됐더라? 남자 넷, 여자 넷이 한 시간이나 지하철을 타고 일부러 간 거였는데."

"오호."

유카리는 요이치의 추억에 귀를 기울이며 앨범 속 오빠의 모습을 찾았다. 졸업사진 속 요이치는 반쯤 눈을 감고 있었다. 셔터를 누른 순간, 눈을 깜빡인 듯했다. 다른 페이지의 어느 사진을 봐도 역시 요이치는 반쯤 감긴 눈으로 V자를 만들며 실없이 웃고 있다.

"시카, 얼마나 귀여워졌어? 그때부터 잘 가꾸면 빛나는 원석이라는 건 느끼고 있었는데."

결국 그게 궁금했나 싶어 유카리는 어이가 없었다. 아니 그보다, 잘 가꾸면 빛나는 원석이라니, 이 사람은 왜 다른 사람을 위에서 내려다보는 걸까?

"뭔가 이렇게 산뜻하고 시원시원한 선생님이야. 수업도 열심히 하시고, 학생들에게도 인기가 많은 것 같고."

"오호. 다다음 주에 제사가 있어서 안 그래도 정신이 없는 상황에서 학부모 상담이라니 조금 번거로웠는데. 즐거움이 생겼어."

요이치가 들뜬 목소리로 말했다.

"그런 말을 내 앞에서 잘도 당당하게 하네."

"아차차."

요이치는 어설픈 배우처럼 과장되게 입을 막았다. 요이치가 기분이 좋은 건 괜찮지만, 유카리에게는 아무래도 신경 쓰이는 게 있었다.

"그런데 오빠."

"응?"

"왜 오빠는 모든 사진에서 눈을 반만 뜨고 있어?"

유카리가 앨범을 넘기면서 말했다. 위원회 모임 사진도, 수학여행 사진도, 모든 사진에서 요이치는 눈을 반쯤만 뜨고 있었다.

"뭐? 어떤 걸 말하는 거야?"

믿어지지 않는다는 듯 요이치가 옆에서 앨범을 들여다보았다. 아무래도 자각이 없었던 것 같다.

"여기 봐봐, 이것도 그렇고, 저것도. 아, 이것도 그렇네."

"우와, 정말이네!"

옆에서 바보 같은 소리를 내자, 유카리는 반사적으로 귀를 막았다.

"몰랐던 거야?"

"응."

"보통 눈치채잖아."

어이가 없어서 말했다.

"아니지, 졸업 앨범은 보통 안 보니까. 으아아, 우울해. 나 왜 저런 얼빠진 표정을 짓고 있는 거야. 추억이 완전히 망가졌잖아."

요이치는 밥상에 엎드려 몸부림쳤다. 뜻하지 않은 계기로 알게 된 사실에 상당히 충격을 받은 것 같다. 거의 모든 사진에서 무심코 눈을 감아버리다니, 정말 말도 안 된다. 하지만 그게 오빠답기도 했다.

"뭐, 괜찮아."

유카리는 요이치의 어깨를 두드리며 위로했다.

학부모 상담을 하는 날, 직장에서 바로 학교로 온 요이치는 정장 차림이었다. 유카리는 이런 말쑥한 옷차림의 오빠와 복도에서 자신의 차례가 오기를 기다리고 있으니 괜히 이상한 기분이 들어 마음이 뒤숭숭해졌다. 하기야, 다음 주가 제사라 그때는 상복 차림의 오빠를 보게 되지만. 제사는 요이치에게 어떠한 이유로 상당히 골치 아픈 날이다. 유카리도 살짝 우울했지만, 어쨌든 지금은 그 생각을 하지 않으려고 애썼다.

요이치는 보호자로서 다소 긴장하는 것 같았다.

"이노우에 선생님과 처음 만나는 건데, 얕잡아 보이지 않겠어."

그렇게 말하며 넥타이를 고쳐 매고 있다.

하지만 이름이 불려 교실에 들어가자 그런 다짐은 날아가버린 듯했다.

"오오, 시카노!"

"아이다, 오랜만이야. 설마 이런 식으로 다시 만날 줄이야."

"맞아, 동창회도 하지 않았으니까."

여기는 시카노 선생님과 요이치가 다니던 중학교이기도 해서, 이노우에 선생님의 존재는 완전히 무시한 채 두 사람은 한껏 고조되었다.

"시카, 선생님이 되었구나."

능청스럽게 '시카'라고 부르는 오빠를 보고, 유카리는 마음속으로 방심할 수 없는 녀석이라고 생각했다.

"응, 맞아. 보다시피 선생님을 하고 있어."

두 팔을 벌려 선생님이라고 어필하는 시카노 선생님을, 요이치는 눈을 가늘게 뜨고 보았다.

"그렇게 사차원 캐릭터였던 시카가 말이지. 물건도 자주 잃어버리고, 많이 혼났었는데."

"아하하, 지금도 종종 그래. 아이다는 뭔가 여유로운 이미지네. 논에서 멍하게 있는 허수아비 같은?"

"엥, 그게 뭐야. 그건 좀 심하지 않아? 그건 그렇고, 다 같이 동물원에 간 적이 한 번 있었잖아. 기억나?"

"응, 기억하지. 그때 일요일에 합창 콩쿠르를 연습하기로 했었는데, 막상 모였더니 여덟 명밖에 안 와서. 도저히 연습이 안 될 것 같다고 동물원에 갔었잖아."

"아하하, 웃기네. 맞아, 그랬었어. 이래서 연습이 되겠냐고 그런 얘기를 하면서. 그렇게 단합."

"아이다, 동물원 연못에서 내퍼[8]랑 보트를 탔었지?"

"그래, 내퍼! 보트 탔지. 내퍼는 잘 지내?"

"응, 잘 지내. 지금도 가끔 만나. 내퍼 다음 달에 결혼해."

"진짜? 보트에서 떨어질 뻔해서 날뛰던 내퍼가?"

유카리는 두 사람 모습을 멍하니 바라보았다. 어쨌든, 저렇게 수다스러운 오빠 모습은 처음 보았다. 게다가 이렇게 즐거워 보이는 모습 역시. 친하지 않았던 동창이라도 십 년 만에 만나면 저렇게나 기쁜 걸까? 아니면 시카노 선생님이 특별한 걸까? 만약 그렇다면 역시 시카노 선생님은 대단하다.

"아아, 저기."

마침내 이노우에 선생님이 기다림에 지쳐 끼어들었다.

"신이 나는 것도 이해는 하는데요, 추억 얘기는 나중에 하시는 게……."

"앗!"

"어머!"

요이치와 시카노 선생님이 나란히 목소리를 높였다. 두 사람 다 민망하다는 듯 머리를 긁적였다. 묘하게 손발이 척척 맞는다.

---

8 만화 《드래곤볼》에서 거구의 근육질 몸매와 스킨헤드가 돋보이는 인물

겨우 본래 역할을 생각해낸 요이치는 자세를 바르게 하고 깊이 고개를 숙였다.

"인사가 늦었습니다. 아이다 요이치입니다. 동생 유카리가 항상 신세를 지고 있습니다."

하지만 이제 와서 어떻게 할 수 있는 것도 아니고, 썰렁한 공기가 교실에 흘렀다.

"……일단 앉으시죠."

"네!"

이노우에 선생님의 재촉에 요이치는 황급히 자리에 앉았다. 시카노 선생님도 아무 일도 없었다는 듯한 표정으로 이노우에 선생님 옆에 허리를 펴고 앉았다. 유카리는 얼굴에서 불이 나는 것 같았다.

미묘한 분위기 속에서 학부모 상담도 그럭저럭 끝나고, 유카리와 요이치는 학교를 나가기 위해 승강구로 향했다. 걷는 동안 유카리는 요이치에게 여러 번 잔소리했다.

"바보야, 바보."

"그러니까 잘못했다니까."

그래도 반성하고 있는 듯 요이치는 연신 사과했다.

"잠깐만!"

그때 시카노 선생님이 쫓아와 두 사람 앞에 멈추었다.

"아이다, 아까는 미안해. 그만 너무 신이 나서."

"아냐, 나야말로."

"다음에 다시 느긋하게 얘기하자."

"그래."

"그럼 이만."

시카노 선생님은 다시 교실 쪽으로 뛰어갔다. 그러는 줄 알았는데, 갑자기 멈추더니 발길을 돌려 살짝 수줍은 표정으로 되돌아왔다.

"참, 연락처 알려줄래?"

"아, 응, 그렇지. 연락처 모르는구나."

요이치도 허둥지둥 재킷 주머니에서 휴대폰을 꺼냈다. 하지만 두 사람 다 조작법을 잘 모르는지 '아, 이렇게 하나?', '어라, 아니네', '이상하다, 저번에는 이 방법으로……'라며 갈팡질팡하고 있다. 무섭도록 답답하다. 휴대폰을 거의 사용하지 않는 유카리도 그 정도는 알고 있는데. 평소 이 사람들은 어떻게 연락처를 교환하는지 너무나 신기했다. 아마 이렇게 허둥지둥하겠지. 어쩔 수 없이 유카리가 '이 버튼 아닌가요?'라며 알려주자 두 사람은 천진난만하게 기뻐했다.

"오오, 됐다."

"유카리는 알고 있구나."

어린애인가, 이 사람들? 하지만 그런 부분까지도 이상하게 마음이 잘 맞을 것 같은 두 사람이었다.

'어라? 어쩌면 이건 혹시, 그런 거 아니야?'

시카노 선생님과 헤어지고 둘이 학교에서 집까지 걷는 동안, 오빠의 모습을 슬쩍 살폈다. 딱히 들뜬 기색은 없었다.

"뭐야, 왜 그래?"

"잘됐네, 시카노 선생님이랑 다시 만나서."

"뭐, 그렇지. 잘 지내는 것 같아서 다행이야."

"연락처도 주고받았잖아."

실제로 버튼을 누른 건 유카리였지만.

"뭐? 아니 그냥 같은 반이었고, 보통 그렇잖아?"

냉정을 가장하고 있는지, 정말 아무 생각도 없는지 판단할 수 없는 반응이었다. 유카리는 아마도 오빠가 여성스러운 스타일을 좋아하는 것 같다고 추측했다. 옷차림이나 헤어스타일, 화장도 단정하게 하고 남자에게 달콤한 꽃미소를 날리는 여자. 요컨대 알기 쉬우면 쉬울수록 좋은 것이다. 하지만 시카노 선생님은 그런 타입은 아니다. 꽃에 비유하자면 꽃집에 화려하게 피어 있는 꽃이 아니라, 공터 구석에서 남몰래 웃고 있는 꽃이라고 유카리는 생각했다. 과연 오빠는 그걸 눈치챌까?

'시카노 선생님의 그런 점이 좋긴 하지만.'

유카리는 속으로 중얼거렸다.

그러나 여기에서 서두르면 안 된다. 하세가와 언니 때와 같은 참극을 되풀이해서는 안 된다. 그러기 위해서라도 신중해야 한다. 유카리는 더 이상의 추궁은 삼가기로 하고, 가을 하늘 아래 말없이 걸었다.

* * *

학부모 상담 다음 주에는 아이다 가문의 제사가 있었다. 교통사고로 세상을 떠난 두 부모님의 기일. 먼 곳에서도 찾아온 친척들이 인근 절에 모였다.

요이치는 아침부터 위가 쿡쿡 쑤셨다. 아니, 사실 지난주부터 꽤 우울했다. 모인 친척들은 대부분 유카리의 친척들이었고, 오 년 전 유카리의 보호를 둘러싸고 실랑이를 벌인 사이였다. 여전히 관계는 원만하다고 할 수 없었고, 특히 당시 유카리를 맡겠다며 양보하지 않던 미치코 아주머니는 아직도 요이치를 적대적으로 대한다. 아이가 없었던 아주머니 부부는 유카리를 입양할 생각이었는데, 결과적으로 요이치가 그것을 저지하는 꼴이 되어버렸다. 요이치는 남매가 같이 사는 게 자연스럽다고 말했을 뿐이지만, 그녀는 끝까지 이해해주지 않았다.

"너희, 피가 섞이지 않았잖아. 그리고 너 학생이잖아. 어떻게 유카리를 돌본다는 거야?"

당시 미치코 아주머니는 몇 번이나 떼쓰듯 말했다.

"하지만 저희는 가족이에요. 대학은 그만둘 거고요. 직장은 이쪽에서 찾을 겁니다."

요이치는 그렇게 필사적으로 맞섰다.

결국 결정은 유카리에게 맡겨졌고, 유카리는 망설임 없이 요이치를 선택했다. 요이치의 손을 말없이 꽉 움켜쥐고 절대 놓지 않으려고 했다. 요이치도 그런 작은 여동생의 손을 꼭 잡았다.

하지만 미치코 아주머니의 원망은 조금도 해소되지 않은 채 현재에 이르렀다. 오히려 요이치를 원망하는 마음이 해마다 깊어지는 것 같았다. 그래서 일 년에 한 번 있는 이날을 기다렸다는 듯 사냥개처럼 물고 늘어지는 것이다. 절에서의 제사는 멀리 떨어져 있을 수 있으니 괜찮지만, 그 후의 식사 자리에서는 도망칠 곳이 없어 요이치에게는 가시방석이었다.

그걸 알고 있는 유카리도 항상 가던 일본 전통 음식점으로 이동하면 오빠를 위기에서 구하기 위해 바로 옆에 붙어 앉았지만, 미치코 아주머니에게 '어린애는 저쪽 테이블로 가라'는 말을 들으며 쫓겨나고 말았다. 어느 틈에 요이치 맞은편에는 미치코 아주머니가 떡하니 자리를 잡고 앉아 있었다. 누가 봐도 전쟁에 임하는 태세여서 요이치는 모처럼 먹는 초밥도 맛볼 수 없었다.

"그래서 너희들은 잘하고 있는 거니?"

역시, 바로 날아든다. 요이치는 마치 아무 맛도 없는 참치 초밥을 씹는 듯 굳은 미소로 대답했다.

"그럼요, 물론이죠. 남매가 화목하게 살고 있습니다."

"그러냐?"

미치코 아주머니가 코를 찡그리며 말했다.

'어차피 내가 뭐라고 대답해도 이 사람은 이해해주지 않겠지.'

그렇게 생각하는 요이치였지만, 그래도 어떻게든 미소를 잃지 않았다. 이곳은 버티는 곳이다. 쓸데없는 말대꾸로 상대방을 자극해서는 안 된다. 오늘은 어머니와 새아버지의 기일이다. 두 사람의 죽음을 조용히 애도하는 날이다. 이런 날 추악한 언쟁을 벌여 천국에 있는 두 사람을 슬프게 할 수는 없다.

"유카리는 이제 곧 고입 시험이지? 너, 제대로 돌봐주고 있는 거니?"

"네? 아, 그건……."

아픈 곳을 찔린 요이치는 머리를 긁적였다.

"자, 말해보렴. 유카리는 너에게 뭐든지 말하니? 작년에 물었을 때, 유카리가 집안일 같은 걸 거의 다 한다고 했잖아. 설마 수험생인 지금도 그러니?"

"아니, 저도 쉬는 날엔 집안일 해요."

"그러면 평소에는 전부 걔한테 맡긴다는 거네."

미치코 아주머니는 보란 듯 탄식을 내뱉었다.

"우리가 유카리를 맡았으면 절대 그런 생활은 하지 않게 할 텐데."

"여보, 이제 그만해. 미안하구나, 요이치. 조금 과음한 것 같아."

옆에 있던 미치코 아주머니의 남편이 끼어들었다.

"나 그렇게 술 많이 안 마셨어! 오늘은 분명하게 말해두려고 왔으니까!"

하지만 아주머니의 서슬 퍼런 기세에 눌려 순식간에 격침당했다.

"유카리는 네가 퇴근해서 돌아올 때까지 계속 집에 혼자 있지? 여중생이 늦은 시간까지 계속 혼자라니, 너무 가엾지 않아?"

"아니, 다네다 씨가 있는데요……."

"다네다 씨? 그건 누구야?"

"아아, 고양이입니다. 저희가 키우는 고양이."

그때 미치코 아주머니의 분노는 극에 달했다.

"고양이? 고양이라고 했니, 지금? 어어? 고양이한테 다네다 씨라니, 그런 거창한 이름은 왜 붙이는 거니? 다네다 씨가 뭐야, 도대체!"

"죄송합니다……."

기가 눌린 요이치가 사과했다. 설마 고양이 이름이 그녀의 역린을 건드릴 줄은 꿈에도 몰랐다.

이후에도 미치코 아주머니의 공격은 가차 없이 계속돼서 식사를 마칠 즈음에 요이치는 이미 녹초가 되어버렸다. 진심으로 3킬로그램은 족히 빠졌을 것이다.

하지만 가슴에 가장 날카롭게 비수를 꽂은 말은 미치코 아주머니가 마지막에 내뱉은 말이었다.

"결국 그냥 유카리를 네 곁에 두고 싶었던 거 아니니? 자기가 유카리를 돌보고 있다고, 좋은 사람을 연기하면서 기분 좋고 싶을 뿐이잖아. 그건 그냥 자기만족이야. 그 아이의 행복 같은 건 전혀 생각도 안 하잖니!"

요이치는 어떤 대꾸도 할 수 없었다. 무엇보다 미치코 아주머니의 말은, 요이치도 가끔 자신의 마음에 물어왔던 말이었다. 그럴듯한 이유를 대며, 그저 유카리를 곁에 두고 싶었던 것

뿐 아닐까? 유카리까지 다른 사람에게 보내면 자신에게는 더 이상 가족이라고 부를 수 있는 존재가 없다. 그것은 너무나도 두려운 일이었다.

"오빠."

요이치가 가게를 나가자 유카리가 뒤따라 나왔다. 맨 끝자리에 앉은 유카리는 식사 중에도 요이치가 앉은 테이블을 계속 신경 썼다.

"아, 초밥 맛있게 먹었어?"

요이치는 아무렇지 않은 척 웃었지만 잘 웃지는 못했다. 유카리는 걱정스러운 듯 요이치의 눈을 뚫어지게 쳐다보았다.

"오빠야말로 괜찮아?"

"으응, 그럭저럭."

"도움을 주지 못해 미안해."

"네가 사과할 일이 아니야."

요이치가 다정하게 말하며 유카리의 등을 살며시 밀었다.

"자, 집에 가자."

집으로 돌아와 거실에서 둘이 함께 한숨을 내쉬고 있는데, 갑자기 복도에 있는 전화가 울렸다. 전화를 받으러 갔던 유카리가 잠시 후 눈살을 찌푸리며 돌아왔다.

"누구 전화야?"

"계속 말이 없었어."

"뭐야, 장난이 심하네. 부모님 기일인데, 기분 별로네."

"조금은."

이후 종종 전화가 걸려오게 되는데, 이때 두 사람은 물론 그것을 알 도리가 없었다. 너무 피곤하고 지쳐서, 밤에는 말 없는 전화가 걸려왔다는 사실조차 잊어버렸다.

<아이다, 동창회 하자!>

제사를 지내고 며칠 후, 시카에게 문자가 왔다.

휴일에 중학교 동창들과 점심을 먹으러 갔을 때 학부모 상담에서 재회한 이야기를 했더니, 그때의 추억담이 순식간에 꽃을 피우면서 그런 흐름이 되었다고 한다.

"내퍼랑 마림바가 엄청나게 열정적이었어. 간사도 해준다고 하더라고."

연락처를 교환하긴 했지만, 시카에게 문자가 온 것은 그때가 처음이었다. 몇 번이나 연락해볼까도 생각했지만, 뭐라고 보내야 할지 도저히 떠오르지 않아 그냥 있었다. 그러던 차에 온 시카의 문자에 요이치는 기뻤다.

"그럼 나도 주키니한테 물어볼게. 그 녀석, 발이 넓거든."

재간둥이에다가 사랑받는 캐릭터인 주키니 쓰키노는 요이

치가 아직도 연락하는 몇 안 되는 중학교 동창이었다.

순식간에 이야기가 진행되어, 졸업하고 십 년 만에 첫 동창회가 십일월 중순에 열리게 되었다. 내펴와 마림바, 주키니는 가게 사전 답사라는 명목으로 벌써 세 명이 몇 번이나 술자리를 가진 모양인데, 친화력이 뛰어난 녀석들의 위대함을 다시 한 번 실감할 수 있었다.

<지난번 학부모 상담 때는 대화를 많이 못 나눴잖아. 동창회에서 천천히 얘기하자.>

다시 온 시카의 문자에는 문장 끝에 싱긋 웃는 얼굴의 이모티콘이 붙어 있었다. 휴대폰 너머로 시카가 정말 그런 미소를 짓고 있는 것 같다. 그것만으로 갑자기 동창회 날이 기대감으로 차올랐다. 시카에게 특별한 감정이 있는 것도 아닌데, 거실에 누워 문자를 보는 것만으로 요이치는 이상하게 얼굴에 미소가 지어졌다.

"뭘 히죽거리고 있어."

유카리가 불쾌하다는 듯 말했다.

"이번에 동창회가 있대. 그 공지 문자."

"혹시 시카노 선생님 문자야?"

"응. 그래도 간사는 내펴랑 마림바, 주키니지만."

"오호."

유카리가 무릎에 다네다 씨를 태우고 재주 좋게 다가와 휴대폰 화면을 들여다보려고 했다. 요이치는 얼른 화면을 숨겼다. 뭔가 지금 말투가 자신의 말투와 비슷하지 않았나? 같이 살다 보면 말투까지 비슷해지는 걸까?

"일단 말해두는데, 네가 생각하는 그런 거 아니야. 시카도 그럴 생각은 추호도 없을 거고."

유카리가 또 이상한 기대를 하면 곤란하니 요이치는 단호하게 못을 박았다.

"딱히? 저는 별생각 없는데요?"

시치미를 떼려 해도 티가 난다니까. 요이치는 한숨을 내쉬었다.

"뭐든 간에 재밌게 놀다 와."

"하지만 집에 늦게 들어올 것 같은데."

"새삼스럽게? 일 때문에 종종 늦게 들어오잖아."

"그렇긴 한데……."

미치코 아주머니의 말이 떠오른 요이치는 미안한 마음을 감추지 못했다. 유카리는 그런 요이치를 단박에 눈치챘다.

"왜, 미치코 아주머니가 뭐라고 했어?"

"으응."

"어떤 말? 뭐라고 하셨는데?"

"아니, 네가 항상 혼자 있어서 안쓰럽대."

"안쓰러워? 내가? 무슨 의미인 거지, 그분은?"

요이치가 중얼거리며 말하자, 순간 어리둥절해하던 유카리가 깔깔 웃기 시작했다. 평소 새침한 여동생이 저렇게 소리내어 웃는 것은 상당히 드문 일이다.

"이참에 말해두겠는데."

그렇게 서론을 깐 유카리는 갑자기 자세를 바르게 가다듬고 진지하게 말했다.

"뭔데?"

"나는 내가 불쌍하거나 가엾다는 생각, 한 번도 해본 적 없어. 오빠가 있고, 다네다 씨가 있고, 그래서 이렇게 평온하게 살 수 있는 지금이 좋아. 다른 누가 뭐래도, 그게 내 진심이야."

갑작스러운 고백에 요이치는 완전히 당황하고 말았다.

"그러니까 오빠가 즐겁거나 기쁘면, 나도 즐겁고 기뻐."

"왜 그래? 공부 너무 많이 해서 어디 아픈 거야, 너?"

요이치는 진심으로 걱정했다. 유카리는 볼을 빵빵하게 부풀리고 과장되게 표정을 찡그렸다.

"왜냐하면 오빠, 지난번 제사 때부터 쭉 기운이 없잖아. 감추려고 해도 알 수 있다니까. 그래서 쑥스러워도 참고 말한 건데, 너무한 거 아니야?"

"흐으음."

"뭐라고 말 좀 해봐."

요이치는 민망함이 몰려와 낮게 신음하며 머리를 긁적였다. 유카리가 어깨를 팍 두드리며 말했다. 자세히 보니 볼이 붉게 물들어 있다.

"응, 그래. 으음, 그러니까, 고마워."

"뭐야, 징그러워."

"네가 말하라고 했잖아."

"와하하하."

유카리가 크게 웃었다.

"그건 그렇고."

갑자기 평범한 톤으로 돌아온 유카리가 말했다.

"왜?"

"내펴, 마림바, 주키니라니, 오빠 동창 중에는 제대로 된 이름을 가진 사람은 없어?"

내심 신기했나 보다. 그 말에 요이치는 속으로 '별명을 붙인 건 내가 아닌데'라고 생각했다.

* * *

동창회는 한껏 무르익었다. 잘 다녀오라는 유카리의 배웅을 받고 모임 장소인 일본식 다이닝바—문자로 장소를 고지받았을 땐 여기가 어떤 가게인지 도저히 상상이 가지 않았다—에 도착할 때까지 요이치는 꽤 긴장했다. 요이치는 예전부터 그런 번화한 장소를 좋아하지 않았다. 술이 약한 것도 한몫하여, 문득 정신을 차려보면 무리의 둘레에서 튕겨나와 구석 자리에 덩그러니 앉아 있는 경우가 많았다. 자신만 빼고 스포트라이트를 받는 상태라고 해야 할까. 그래서 회사 회식도, 우라카미라는 동료가 후배로 들어오기 전까지는 너무나도 고통스러웠다.

하지만 오랜만에 모두의 얼굴을 보니 괜한 걱정이었다는 것을 금세 깨달았다.

"여기!"

자신을 향해 손을 흔드는 그 얼굴들이 중학교 때의 얼굴과 겹쳐, 자신도 그 둘레에 들어가자 단번에 그 시절로 돌아간 기분이었다. 한 여자애가 가지고 온 졸업 앨범이 자신이 있는 자리까지 돌아왔다. 아니나 다를까 요이치가 졸업 사진에서도 눈을 반쯤 뜨고 있다는 사실이 여러 번 회자되었다. 하지만 그마저도 즐거워, '반눈남'이라고 놀림을 당하면서도 함께 어울려 신나게 웃었다.

거기에서 이야기가 연결되어, 주키니가 말을 꺼냈다.

"아이다는 옛날부터 타이밍이 좋지 않았지."

다른 사람들도 고개를 끄덕였다.

"한때 술래잡기가 유행한 적이 있었잖아. 그때 하교 시간이 되어도 아이다가 좀처럼 돌아오지 않은 적이 있거든. 그때 돌아오자마자 홀쭉해진 얼굴로, 사물함 안에 숨었는데 느닷없이 2학년이 고백하려 해서 나오지 못했다고 한심한 목소리로 말했다니까."

"아, 그런 적 있었어. 정말 배꼽 빠지게 웃었지."

"하지만 그 후에 모두가 숙연해졌지. 우린 중학교 3학년이나 돼서 왜 술래잡기하고 있는 거냐면서."

"그날로 술래잡기 유행은 조용히 끝. 즉, 아이다가 유행에 마침표를 찍었습니다."

"뭐? 나 때문이었어?"

요이치가 당황하며 놀라자, 모두가 와하하 일제히 웃었다.

즐거운 시간은 정말 눈 깜짝할 사이에 지나간다는 것을 요이치는 절실하게 실감했다. 정신을 차리고 보니 벌써 1차를 마무리할 시간이었다.

"자자, 2차 갈 사람 손드세요!"

요이치가 쓸데없이 호화로운 화장실에서 배불리 마신 진저에일을 배출하고 돌아오자, 주키니가 의욕 넘치게 인원수를 세고 있었다. 그의 낭랑한 목소리가 귀에 쏙쏙 꽂힌다. 그 자리에 있던 절반 이상이 손을 들었다. 2차는 노래방을 간다고 한다. 노래방에서 밤새도록 놀 테니, 밤에 집을 비울 수 없는 요이치는 손을 들지 않았다.

"아이다는? 안 가?"

"응, 나는 여기서 먼저 일어날게."

"아, 여동생이 기다리나?"

"응."

"아아, 그러면 다음에 봐."

"응, 그래."

담임이었던 하야시 선생님께도 인사하고 가게를 나왔다. 당시에 이미 할머니에 가까웠던 하야시 선생님은 진즉에 교직에서 물러나신 것 같았는데, 이렇게 옛 제자와 다시 만날 수 있어 너무 행복하다고 울먹이셨다. 택시를 타고 돌아가는 선생님을, 모든 학생이 배웅했다.

좋은 동창회였다. 유일한 아쉬움이 있다면, 결국 시카와는 거의 말을 하지 못했다는 것이다. 시카는 멀리 떨어진 여자애들 무리에 내퍼나 마림바와 함께 앉아 있어, 처음에 인사한 것 외에는 말을 주고받을 기회가 없었다. 뭐, 어쩔 수 없지.

역시 축제가 끝난 후는 왠지 모르게 쓸쓸하다. 가게 앞에서 바로 떠나기가 어려워, 떨쳐버리기 어려운 미련이 가득한 마음으로 2차를 가는 무리에 섞여 뭉그적거리고 있었는데 갑자기 누군가 말을 걸었다.

"아이다, 가는 거야?"

깜짝 놀라 돌아보니, 시카가 서 있었다.

"응, 시카는?"

"오늘은 돌아가려고. 아마 저 상태로 밤을 새우겠지? 나는 내일 오후부터 일해야 해서. 역시 술 냄새가 나면 학교에 갈 수 없으니까."

시카가 장난스러운 미소를 짓는다.

"아, 그렇긴 하지."

뺨이 살짝 발그레해진 얼굴로 저렇게 웃는 건 반칙이다.

"가는 방향, 중간까지는 똑같지? 그럼 같이 가자."

시카는 아이다 가문에서 도보 이십 분 정도의 거리에 아파트를 빌려 살고 있다. 부모님은 다른 동네로 이사를 가고, 시카만 남았다고 한다.

"아이다랑 오늘 얘기 하나도 못했는데, 마침 잘됐다."

그런가, 시카는 나와 함께 돌아가는 것이 기쁜 걸까? 요이치는 가슴이 뛰었다.

역 앞을 벗어나 이정표처럼 가로등 불빛만 덩그러니 늘어선

고요한 주택가를 거닐었다. 시카는 몇 걸음 앞에서 손을 흔들며 어둠 속을 헤엄치듯 기분 좋게 걸어간다.

반짝반짝 별이 빛나는 밤하늘은, 마치 드라마 속 한 장면처럼 두 사람을 위한 스크린 같았다. 이런 분위기라면 시카가 뒤돌아보며 '사실 그때 아이다를 좋아했었어'라는 말을 꺼내도 이상하지 않을 것 같다. 그런 말을 들으면 어떡하지? 아직 재회한 지 얼마 되지 않아, 시카를 진심으로 좋아한다든가 사귀고 싶은 마음이 있는지 확실하지 않다. 시카는 예쁘장한 외모는 아니었지만 무심코 짓는 표정이 귀여운 구석이 있고, 대화를 나누다 보면 어깨의 힘이 빠지면서 즐겁다. 의외로 이런 사람이 자신에게 맞는지도 모른다. 그래도 유카리네 반의 부담임인데, 그건 좀 거북하지 않을까? 아아, 곤란하다. 그런 생각을 해도, 그렇게 긍정적으로 전개될 리 없다.

"유카리, 너무 착해."

그 대신, 시카는 뒤를 돌아보며 그렇게 말했다. 아무래도 유카리에 대해 말하고 싶었나 보다.

현실이란 원래 그런 것이다. 요이치는 혼자 고독하게 웃으며 되물었다.

"그래?"

"예전부터 묘하게 사람을 끌어당기는 매력이 있다고 생각했어."

"그래? 그런데 학부모 상담 때 이노우에 선생님은 조금 더 활기차고 자주성을 가지길 바란다고 말씀하셨는데. 언제나 한 발짝 물러서 있는 느낌이 든다고."

"이노우에 선생님은 활발하고 밝은 학생이 좋은 학생이라고 생각하시거든. 물론 활기차고 밝은 학생들도 나는 정말 좋아해. 하지만 유카리는 그와 또 다른 매력이 있어. 멀리서 계속 성장을 지켜보고 싶어. 유카리는 하교 전 청소라든가 다른 친구들이 싫어할 만한 걸 묵묵하게 하고 있거든. 심지어 굉장히 정성 들여서."

"아아, 눈에 선하다."

교실 구석에서 가녀린 등을 구부리고 빗자루로 먼지를 쓸고 있는 뒷모습이, 보지 않았는데도 선명하게 떠올랐다.

"유카리를 보면 '꽃을 보고 뿌리를 생각하는 사람이 되어라'라는 말이 생각나더라고. 아, 유카리는 그걸 자연스럽게 구현하는구나, 생각했지."

"그게 뭐야?"

"어? 기억 안 나?"

시카가 어이없다는 듯 요이치를 바라보았다.

"뭐였지? 들어본 적 있는 것 같은데."

요이치는 변명했지만, 사실 전혀 기억나지 않았다.

"우리 중학교 때 하야시 선생님이 가르쳐준 말이잖아. 나, 그 말에 엄청나게 감동받아서 국어 교사가 됐다니까. 나도 그런 사람이 되고 싶다, 그런 식으로 누군가를 이끌 수 있는 존재가 되고 싶다, 라면서. 오늘 선생님을 만나뵐 수 있어서 너무 좋더라. 선생님도 내가 선생님이 되었다고 하니까 굉장히 기뻐하시더라고."

"아아, 그렇구나."

같은 교실에 있어도 새겨지는 기억은 전혀 다르다는 것을 새삼 깨달았다. 그렇구나, 자신이 멍하니 창밖을 바라볼 때, 시카는 그런 생각을 하고 있었던 걸까? 꽃을 보고 뿌리를 생각하는 사람이 되어라. 굉장히 좋은 말이잖아. 수업을 착실하게 들었어야 했는데. 요이치는 지금에서야 그 말을 가슴에 새겼다.

"그건 그렇고."

시카가 이야기를 원래대로 되돌렸다.

"아이다의 여동생이라는 얘기를 듣고 얼마나 놀랐는지 몰라! 하지만 뭔가 '아아, 그렇구나'라고 확 와닿는 부분도 있었어. 완전히 수긍이 가는 느낌?"

그렇게 말한 시카가 환한 가로등 아래에서 생긋 웃었다. 그녀의 말과 미소에 마음속이 서서히 따뜻해졌다. 그리고 어느새 요이치는 자신의 감정을 솔직하게 털어놓고 있었다.

"하지만 가끔 불안할 때도 있어. 우리가 제대로 된 남매인 걸까? 그런 생각."

요이치의 말에 시카는 의미를 모르겠다는 듯 고개를 살짝 갸웃거렸다.

"우리, 피로 이어지지 않았잖아. 어느 날 갑자기 가족이 된 거니까. 갑작스럽게 생긴, 뭐랄까, 모조품 같은 남매랄까? 아무래도 그렇지."

"모조품? 그렇게도 생각하는구나."

시카가 의외라는 듯 말했다.

"평소엔 그렇지 않아. 그런데 얼마 전 어머니랑 새아버지 제사가 있었거든. 그때 친척들이 그러더라고. 너는 그냥 네가 좋자고 유카리를 곁에 두고 있을 뿐이라고. 그렇게 유카리를 돌본다는 사실에 기분이 좋아지는 것뿐이라고. 그런 얘기를 들으니 심장이 철렁 내려앉아서 아무런 대꾸도 할 수 없더라고. 그런 게 아니라고 자신 있게 말할 수 없는 게 한심해서."

자신은 왜 이런 얘기를 십 년 만에 만난 동창에게 하는 걸까. 그런 생각에도 이야기를 멈추지 않았다.

"나 말이야, 그 녀석을 탈출구로 이용한 것 같아."

"탈출구?"

"부모님이 사고로 돌아가셨을 때 나는 대학생이었거든. 그때 뭔가 굉장한 허무감에 사로잡혔어. 인간이란 이렇게 쉽게 죽는구나, 하고. 그런 태도로는 뭔가를 열심히 해도 소용없잖아, 괜히 맥도 빠지고. 살아 있다는 게 의미가 없는 거지. 간단히 말해서 마음이 훌쩍 날아가버렸지 뭐야."

그렇게 말한 요이치가 '하하' 하고 어색하게 웃었다.

"그래서 나는 유카리에게로 도망친 거야."

"응? 미안, 이해가 잘 안 가."

"아무래도 그렇지? 흐음."

설명이 부족했다고 반성한 요이치가 잠시 팔짱을 끼고 생각에 잠겼다. 이런 식으로 자신의 기분을 다른 누군가에게 털어놓은 적이 없었기에 어떻게 말을 꺼내야 할지 전혀 모르겠다. 이 이야기는 이제 그만할까도 생각했지만, 시카는 진지한 표정으로 어두운 밤길에 멈춰 선 채 요이치의 입이 열리기를 기다리고 있었다. 나 열심히 듣고 있어, 그녀의 표정이 그렇게 말하는 것 같다.

"뭐랄까, 삶의 목적 같은? 그런 걸 그 녀석에게서 찾은 거지. 유카리는 아직 어리니까 내가 곁에 있고, 내가 지켜줘야 한다고. 우리는 남매라고. 앞으로 나는 그렇게 살아가자고, 그때는 뭔가 대단한 구원을 받은 느낌이었다고 표현하는 게 좋을까?

아니면 희망이 생겼다고나 할까, 뭐 그런."

그래서 요이치는 바로 대학을 그만두고 지금 다니는 의료품 제조업체 일자리를 찾아 유카리와 둘이 살기 시작했다고 빠르게 덧붙였다.

"부모님이 돌아가시지 않고 그대로 평범하게 살았다면 나는 변변치 않은 놈이 되었을 거야. 여자나 꼬셔서 친구들하고 놀러 다니고, 그런 것밖에 머리에 없었겠지. 인생은 적당히 사는 사람이 승자라고 진심으로 그렇게 생각해서, 아무런 의문도 갖지 않았어. 근데 그게 전부 다 뒤집혀버렸지. 그랬더니 '아, 나는 가진 게 아무것도 없네. 정말 안 되겠구나'라는 생각이 들더라고. 미안, 무슨 말인지 모르겠지?"

자신의 마음을 전하는 건 왜 이렇게 어려운 건지, 요이치는 너무나 막막했다. 이미 머릿속에 빠삭한 최신 의료 기구의 성능에 대해서는 생각하지 않아도 입에서 좌르르르 나올 텐데.

"대단하다."

계속 옆에서 잠자코 있던 시카가 중얼거렸다. 요이치는 흠칫 놀랐다.

"대단한 거 아니야. 그냥 나는 답이 없는 놈이라는 얘기지."

"아냐, 대단해. 아이다, 멋있는데?"

"놀리지 마, 왜 그래."

요이치는 진심으로 이해가 가지 않아 몇 번이나 눈을 깜빡였다. 다른 사람에게는 알려지기 싫은, 허접하고 못난 자신을 기세 좋게 드러냈을 뿐인데.

"정말 대단해."

시카는 다시 한 번 또박또박 말했다. 어딘가의 정원에서 달콤한 꽃향기가 번져온다.

"그거, 절대 도망친 거 아니야. 오히려 맞서고 있어. 나 같으면 그냥 똑 부러진 채로 아무것도 못하고 끝나버렸을지도. 하지만 요이치는 유카리를 위해 일어선 거야. 자신의 소중한 것을 지키기 위해서."

열정적인 시카의 말을, 요이치는 '아아, 그렇구나'라며 살짝 석연치 않다는 표정으로 들었다. 그러고 보니 시카는 중학생 때도 합창 콩쿠르에 열정을 불태운, 뜨거운 여학생이었던 것이 떠올랐다. 그래서 호칭이 '아이다'에서 친근하게 '요이치'로 바뀌었다는 것을 눈치채지 못했다.

"유카리한테 그 얘기 한 적 있어?"

"없지. 그런 말을 어떻게 해."

요이치는 황급히 고개를 흔들었다.

"얘기하면 좋을 텐데."

"어휴, 말하기 좀 그래."

"그렇구나, 하지만 말하지 않아도 분명 전해질 거야."

문득 며칠 전 거실에서 느닷없이 유카리에게 들었던 말이 떠올랐다.

——오빠가 있고, 다네다 씨가 있고, 그래서 이렇게 평온하게 살 수 있는 지금이 좋아. 다른 누가 뭐래도, 그게 내 진심이야.

그때는 부끄러움이 앞서 아무 생각도 할 수 없었다. 하지만 밤의 마법 때문인지 갑자기 그 말이 가슴을 울렸다. 마음속 깊은 곳에서 뭔가 뜨거운 것이 치밀어올랐다. 밤이라 다행이다. 밝은 곳이었다면 울 뻔한 것을 시카에게 들킬 뻔했다.

"아아, 뭔가 용기가 생겼어. 다행이다, 오늘 아이다와 이야기할 수 있어서. 내일부터 다시 열심히 할 수 있을 것 같아."

가로등에 비친 그녀의 얼굴은 다부지고 매우 씩씩했다. 쑥스러운 건지, 다시 호칭이 '아이다'로 돌아왔지만, 물론 요이치는 그것을 눈치채지 못했다.

그 이후 아무 말 없이 맑은 밤공기 속을 걷다 보니, 이윽고 시카가 사는 아파트가 보였다.

"그럼, 잘 가."

요이치가 그 자리를 떠나려고 하는데 시카가 어째서인지 가방을 뒤적이며 어쩔 줄 몰라 했다.

"왜 그래?"

"집 열쇠가 없어. 가게에서 가방을 봤을 땐 분명 안쪽 주머니에 개구리 열쇠고리가 들어 있었는데."

"에? 어떻게 된 거야."

가로등 아래에서 계속해서 가방을 뒤적거리던 시카는, 심지어 가방을 거꾸로 흔들어도 보고 두드려도 보았지만 결국 열쇠를 찾지 못한 것 같았다. 조금 전의 긴장된 얼굴이 거짓말처럼 안쓰러운 얼굴이 되어 울먹였다.

"어쩌지……."

"왔던 길을 돌아가보면서 찾아볼래?"

"하지만 이렇게 어두운데 찾을 수 있을까?"

"아아, 그렇긴 하네."

요이치도 이대로 시카를 내버려두고 갈 수 없고, 그렇다고 그냥 돌아갈 수도 없는 노릇이라 그 자리에서 고민에 빠졌다.

"내퍼도 약혼자 집에 갔고, 마림바의 본가도 어려운데."

"그럼 어떻게 하려고?"

"어쩔 수 없지. 이십사 시간 만화방이라도 가야겠어. 마침 《베르세르크》를 읽던 중이기도 했고."

"어? 어디까지 읽었어?"

좋아하는 만화였기에 요이치는 흥분할 뻔했지만, 지금은 그걸로 즐거워할 상황은 아니었다.

"내일 아침까지 만화방에서 버티다가 집주인한테 연락해야지. 또 그러냐며 어이없어하실 것 같긴 한데."

아무래도 초범이 아닌 모양이다. 아, 역시 시카는 시카다. 요이치는 이상하게 기뻤다.

"혹시 괜찮으면 우리집에 같이 갈래? 잠자리 정도라면 도와줄 수 있는데. 만화방보다는 낫지. 《베르세르크》도 신간까지 가지고 있어."

물론 갈아입을 옷이나 이불을 챙겨야 하는 건 유카리지만. 그래도 집 없는 아이처럼 쩔쩔매는 시카를 내버려둔 채 돌아왔다는 사실을 유카리가 알면 화를 낼 게 뻔했다.

* * *

"와아! 시카노 선생님!"

요이치가 시카노 선생님을 데리고 돌아온 탓에, 유카리는 현관 앞에서 주저앉을 뻔했다.

"오늘밤, 시카 우리 집에서 잘 수 있나?"

도대체 무슨 일이 벌어진 건지, 두 사람을 번갈아 보던 유카리는 요이치에게 사정을 듣고 나서야 겨우 정신을 차리고 거실의 난로를 피우기 위해 서둘러 방으로 돌아갔다.

"미안."

시카노 선생님은 미안한 듯 두 손을 가슴 앞에 모았다.

"아니에요, 전혀요. 힘드셨죠?"

"아냐, 전부 자업자득이지 뭐."

시카노 선생님은 미안해서 몸 둘 바를 몰라 했다. 확실히 그 말이 맞는 것 같아서, 유카리도 딱히 대꾸할 말이 떠오르지 않았다. 방석을 깔자 '아, 나는 그냥 구석 자리도 괜찮아'라며 방 구석에 쪼그리고 앉았다. 다네다 씨가 장지문 틈으로 그 모습을 지그시 살피고 있다. '이 녀석은 누구야?'라고 묻는 듯한 눈빛이었다.

"괜찮아, 다네다 씨. 무서운 사람 아니야."

그러나 다네다 씨는 완고하게 꿈쩍하려 하지 않는다.

"재 이름이 다네다 씨야?"

"네, 다네다 씨예요. 자, 이리 와."

"오호."

시카노 선생님은 굉장히 미묘한 표정으로 고개를 끄덕였다. 하지만 역시 수긍이 가지 않는다는 듯 고개를 갸웃거렸다.

"배고픈데, 뭐 있어?"

요이치가 냉장고를 뒤지며 말했다.

"먹고 온 거 아니야?"

"걸어와서 그런가, 조금 출출하네."

"어제 포토푀 남은 거 있는데."

어젯밤은 오랜만에 포토푀를 만들었다. 의욕이 넘쳐 너무 많이 만들었더니, 다 먹을 수 없어 나머지는 냉장고에 넣어두었다.

"오, 좋아. 시카도 먹을 거지?"

요이치는 대답도 듣지 않고 전자레인지에 밥을 데우기 시작했다. 유카리는 옆에서 냄비에 불을 붙였다.

"시카 젓가락은?"

"아, 잠깐만. 지금 손님용을……."

아직도 방구석에서 정좌 자세를 한 채 두 사람의 대화를 듣던 시카노 선생님이 신기하다는 듯 다시 고개를 갸웃거렸다.

"포토푀에 밥?"

"어? 포토푀에 밥은 안 먹어요?"

이번에는 유카리가 더 놀랐다.

"보통 포토푀에 빵 먹지 않나?"

시카노 선생님이 조심스럽게 말했다. 요이치와 유카리는 부엌에 우두커니 선 채 서로를 바라보며 말했다.

"아아, 그렇구나. 빵이구나."

"응, 빵이랑 먹어야 하나봐."

"뭔가 이상한 느낌이 들더라고."

"나도."

두 사람은 그간에 느꼈던 위화감의 정체를 알게 된 것을 서로 기뻐하며 즐거워했다. 그 대화를 잠자코 지켜보던 시카노 선생님이 참을 수 없다는 듯 웃음을 터뜨렸다. 늦은 밤에도 아랑곳하지 않고 배를 움켜쥐고 웃기 시작했다.

"와하하하."

정말로 즐거워하는 목소리가 방 안에 울려퍼졌다.

"에? 왜 그래, 시카?"

"시카노 선생님이 고장났다."

두 사람은 크게 웃는 그녀를 멀뚱멀뚱 바라보았다.

다음 날 아침, 시카노 선생님은 아침 일찍 아이다 가문을 나섰다. 아침은 안 먹냐고 물었지만, 시카는 빨리 집주인에게 전화해 문을 열어달라고 해야 한다고 대답했다. 요이치는 아직 이 층에서 다네다 씨와 깊은 잠에 빠져 배웅하러 나오지 못했다. 그런 부분이 진짜 별로라고, 유카리는 여동생으로서 말해주고 싶었다.

"그러시군요. 그럼 조심히 가셔요."

"신세를 졌네. 고마워."

시카노 선생님은 유카리에게 정중하게 고개를 숙인 뒤, 현관문을 나섰다.

"아, 맞다."

갑자기 멈춰선 시카노 선생님이 뒤를 돌았다.

"네?"

"요이치에게 전해줄래?"

"뭘요?"

'뭐지, 설마 데이트 신청인가?'

순간 유카리는 기대했다.

"저언혀 모조품으로는 보이지 않는다고."

시카노 선생님은 '전혀'라는 말을 굉장히 강조했다.

"모조……? 무슨 말이에요?"

"그냥 그렇게 말하면 알 거야."

시카노 선생님이 피식 웃으며 그렇게 말했다.

"아아, 네에."

유카리는 어안이 벙벙한 표정으로 고개를 끄덕였다.

밖은 기분 좋은 가을 날씨였다. 이른 아침의 맑은 공기. 시카노 선생님은 그 하늘에 지지 않을 정도로 기분 좋은 웃음을 짓고는 활기차게 손을 흔들며 돌아갔다.

여섯

너와 살면

학교에서 돌아오니 집 안에 전화기가 울리고 있었다. 서둘러 열쇠를 따고 들어가 현관에서 신발을 벗어 던지고 전화를 받았다.

"네, 아이다입니다."

유카리가 수화기에 대고 말했다. 대답 없음. 수화기 너머에서 상대는 가만히 입을 다물고 있다. 유카리도 가만히 귀를 기울이고 있자 아무런 예고도 없이 전화가 끊겼다. 남은 것은 '뚜뚜' 하는 공허한 통화 종료음뿐.

유카리는 수화기를 내려놓으며 한숨을 쉬었다.

최근 한 달, 이런 식으로 무언의 전화가 걸려온다. 매일은 아니다. 이삼 일에 한 번, 길 때는 일주일 정도의 간격을 두고 잊어버릴 만하면 갑자기 전화가 울린다. 평일 저녁, 어김없이 유카리밖에 없는 시간을 노리는 것처럼.

굉장히 기분이 찝찝하다. 벌써 십 년 넘게 사용하는 낡은 전화라서 발신자 번호 표시 기능이 없기에 전화를 받지 않으면 상대가 누구인지 모른다. 단순히 친척 아주머니라든가 보험 권유, 학교에서의 연락일 수도 있다. 이를 어찌해야 좋을지 유카리는 조금 난처했다.

"오늘 그 전화 또 왔어."

유카리는 저녁 식사를 하며 요이치에게 무언의 전화에 대해 보고했다. 오늘 저녁 메뉴는 배추와 돼지고기를 여러 겹으로 겹쳐서 삶은 요리다. 겨울의 단골 메뉴. 두 사람은 이마에 작은 땀방울을 흘리며 하얀 김을 내는 냄비 속을 콕콕 찔러보았다.

"또?"

평소에는 무던한 요이치도, 역시 이 일에는 불쾌함을 표했다.

"차라리 무시하는 건 어때? 어차피 집에 전화하는 사람도 별로 없을 텐데."

"그렇긴 하지만, 걸려온 전화를 무시하는 건 좀 그렇잖아."

유카리는 폰즈 소스를 찍은 배추를 입으로 가져갔다.

"그리고."

"응?"

"뭔가 그냥 장난이라는 생각은 안 들어."

"아니, 아니, 그냥 장난이지. 그거 말고 또 뭐가 있어? 어떤 변태 아저씨가 우연히 아무 데나 전화를 걸었는데 젊은 여자 목소리여서 신이 난 거야. 이래서 짜증 나, 변태 아저씨는."

요이치는 제멋대로 변태 아저씨에게 분노를 드러내며 말했다.

"흐음."

유카리는 고개를 갸웃거렸다. 처음에는 자신도 그렇게 생각했다. 그런데 요즘은 그게 아닐 수도 있다는 생각이 슬며시 고개를 들었다. 몇 번이나 같은 대화를 나누다 보니 문득 떠오른 생각이었다. 수화기 너머의 숨죽인 기색에서 문득 상대방이 무슨 말을 하고 싶어하는 것일지도 모른다는 생각이 들었다. 침묵에서 뭔가 다급함이 느껴졌다. 그래서 유카리는 귀를 기울이게 된다. 상대가 먼저 끊을 때까지 가만히 기다린다.

"여자 아닐까?"

"왜? 목소리 들어봤어?"

유카리는 고개를 저었다.

"아니, 하지만 뭔가 그런 생각이 들어."

"변태 아저씨가 아니고?"

요이치는 고집스럽게 변태 아저씨에게 집착했다.

"으응, 그렇지는 않은 것 같아."

그것만은 이상하게 확신이 들었다. 아무 말 하지 않아도 수화기 너머에서 전화기를 움켜쥐고 숨을 죽이는 존재가 여자라는 것은, 왠지 모르게 알 수 있었다.

"뭐어, 어쨌든 찝찝하네."

요이치가 밥을 더 먹기 위해 밥그릇을 들고 일어나며 말했다.

"너무 신경 쓰지 마."

"응."

유카리는 고개를 끄덕였다.

그 뒤로도 전화는 며칠 간격으로 걸려왔다. 유카리가 거실에서 공부하거나 라디오를 들으며 요리하고 있으면, 아무런 예고 없이 복도에서 전화가 따르릉 울린다. 그리고 전화를 받으면 역시 상대는 아무 말도 하지 않는다. 뭔가 다른 소리가 들릴까 하여 귀를 바싹 가져다대면, 가끔 음악 같은 소리가 희미하게 들릴 때가 있다. 그런데 금방 전화가 끊어져서 무슨 음악인지까지는 알 수 없었다.

십이월에 들어 세상은 이미 겨울을 준비하기 시작했다. 해가 기울어지는 것도 상당히 빨라졌다. 유카리는 옷장에서 더플코트를 꺼내 입고 학교에 갔다.

하굣길에 우사미 할아버지 댁 앞을 지나가는데, 맨투맨에 스웨트 팬츠 차림의 할아버지가 마당에서 잡풀을 뽑고 있다. 할아버지는 겨울에도 햇볕에 그을려서 변함없이 건강해 보였다.

"할아버지, 저 왔어요."

"어휴, 아가씨! 어서 와!"

할아버지가 얼굴을 찡긋하며 대답했다. 유카리는 그것이 참을 수 없이 기쁘다. '다녀왔습니다'라고 말할 수 있고 '잘 다녀왔니'라고 대답해주는 사람이 있다는 행복. 할아버지는 '아, 그렇지'라며 갑자기 무언가가 생각난 듯 집 안으로 들어갔다. 밭에서 놀고 있던 다네다 씨가 유카리를 알아차리고는 달려왔다. 다네다 씨를 안아올려 볼을 비비자, 다네다 씨가 갸르릉 울었다. 고양이는 사람보다 체온이 조금 높으니 이렇게 추운 날씨에 껴안고 있으면 보온 주머니처럼 따뜻하다.

잠시 후 할아버지가 무언가를 손에 들고 다시 마당으로 돌아왔다. 상당히 예전 모델의 휴대전화였다.

"이것 좀 보렴."

싱글벙글 만면에 웃음꽃이 피었다.

"뭐예요?"

옆에서 화면을 들여다본 유카리의 눈이 반짝였다. 새 배내옷에 싸인 아기와 그 아기를 품에 안은 채 미소를 짓는 예쁜 여자의 사진이었다. 보송보송하고 동그란 뺨의 아기는 한눈에 봐도 건강해 보인다.

"손자분이 무사히 아기를 낳으셨나 봐요! 와, 귀여워!"

흥분하는 유카리를 보며 할아버지는 기쁜 듯 몇 번이나 고개를 끄덕였다. 그저께 손자에게서 도착한 문자라고 한다. 아기는 남자아이이며, 산모와 아이는 모두 건강하다고 했다.

"다음 주에 증손자를 데리고 놀러온다고 했단다."

"그렇구나, 기대되네요."

할아버지는 몇 번이고 고개를 끄덕였다. 증손자와의 만남이 정말 기다려지는 것 같았다.

"내가 보낸 채소도 기뻐해주더구나. 아가씨 덕분이야."

할아버지는 쑥스러운 듯 웃으며 고맙다는 말을 여러 번 전했다.

"어휴, 아니에요."

"증손자가 오면 아가씨도 아기 보러 놀러와."

"와, 그때 꼭 올게요."

유카리는 생긋 웃었다.

계속 볼 수 있도록 설정하고 싶은데 조작법을 잘 모르겠다는 할아버지 말에, 유카리는 휴대폰을 건네받아 그 사진을 배경 화면으로 설정해드렸다.

"오, 그냥 열기만 하면 손자들이 있구나."

그것만으로도 얼굴을 찡긋거린 할아버지는 휴대폰을 계속 해서 열었다가 닫았다. 유카리는 할아버지가 기뻐하면 자기까지 행복을 나눠 받은 기분이 들었다.

"이걸 보고 있으니 왠지 눈물이 날 것 같구나."

할아버지는 몇 번이나 휴대폰을 열어보며 말했다. 깊게 주름진 할아버지 눈가에서 주르륵 눈물이 흘렀다. 할아버지는 파리라도 내쫓듯 눈물을 거칠게 훔쳤다. 유카리도 눈가가 촉촉해졌다. 보기 좋다. 마음속 깊이 그렇게 생각했다.

천사와 같이 잠든 아기와 그 아기를 소중히 품은 엄마. 보기만 해도 마음이 따뜻해지는 사진이다.

"아."

갑자기 유카리는 알 것 같았다.

아무 말 없는 전화의 정체에 대해.

아아, 그렇구나. 갑자기 모든 것의 퍼즐이 맞춰진 듯한 기분이 들었다. 아니, 그럴 리가 없다. 유카리는 허둥지둥 자기의 생각을 없애려고 했다. 왜냐하면 지금까지 연락 한 번 온 적이 없지 않은가. 얼굴도, 이름도 모른다. 말도 안 된다. 그런데 그게 틀림없다고 가슴 어딘가에서 확신하고 있다.

"냐아옹."

품안에 있던 다네다 씨가 항의하듯 울었다. 자신도 모르게 끌어안은 팔에 힘이 들어가 있었다.

"아, 미안."

유카리는 황급히 팔 힘을 풀었다. 품안에서 뛰어내린 다네다 씨가 불쾌하다는 듯 아이다 가문으로 먼저 돌아갔다.

"아가씨, 무슨 일 있어?"

멍하니 서 있는 유카리 얼굴을 들여다보며 할아버지가 물었다.

"아, 아무것도 아니에요. 저 이만 가볼게요!"

유카리는 인사도 하는 둥 마는 둥 하며 자기 집으로 돌아갔다.

집에 돌아온 유카리가 교복에서 실내복으로 갈아입자마자, 마치 계산이라도 한 듯 전화기가 울렸다. 심장이 쿵 하고 뛰었다. 전화기 앞까지 다가가도 수화기를 드는 게 망설여졌다. 차라리 끊어졌으면 좋겠다. 하지만 전화는 계속해서 울렸다. 여덟, 아홉, 열. 열 번. 마음속으로 벨소리를 센 유카리는 천천히 수화기를 들어 귀에 가져갔다. 상대는 역시 아무 말도 하지 않는다. 유카리도 입을 꾹 다물고 있었다.

턱없이 긴 침묵으로 느껴졌다.

잠시 뒤 천천히 연 유카리 입에서 메인 목소리가 나왔다.

"누구신가요?"

수화기 너머로 숨을 삼키는 기색이 역력했다.

"……우리 엄마예요?"

떨려오는 숨결이 느껴졌다.

"……유카리."

쥐어짜는 듯한 여자 목소리. 어딘가 아주 먼 세계에서 들려오는 것 같았다.

유카리는 무심코 전화를 끊었다.

그리고 며칠을 계속 공허하게 보냈다. 공부에 전혀 집중하지 못하고, 요리를 만들어도 무턱대고 양념을 세게 해버리거나 도저히 먹을 수 없을 정도로 생선을 검게 태워 그냥 버리기도 했다. 그 이후 전화는 며칠이 지나도 울리지 않았다. 그래도 저녁이 되면 집안 어디에서 무엇을 하든 귀를 기울이고 있는 자신이 있었다. 전화가 걸려온들 어떻게 해야 할지도 모르는데.

십이월에 들어오면서 일이 꽤 바쁜 듯한 요이치는 열 시가 넘어서야 귀가했다. 매일 초췌한 얼굴로 돌아와, 유카리를 챙길 여유는 없어 보였다.

유카리는 엄마의 얼굴을 모른다. 철이 들었을 무렵부터는 아빠와 둘이 생활했다. 그것이 당연했고, 자신에게도 엄마라는 존재가 있다고 상상조차 해본 적 없었다. 아빠 역시 아무런 이야기도 하지 않았다. 아기 때 사진을 보여준 적은 있지만, 어떤 사진에서도 엄마 모습은 보이지 않았다. 그냥 그런 것이라고 줄곧 생각하고 살아왔다.

이상하게 여기게 된 것은 아빠가 재혼하고 새로운 가족이 생기면서부터다. 새어머니 사치코 씨를 무척 좋아했고, 그녀에게 아낌없는 애정을 받았다. 사치코 씨에게 안기면 굉장히 좋은 냄새가 났다. 포근하고 부드러운 해님 같은 냄새. 그것은 행복의 상징이었다. 하지만 언제부턴가, 그런 행복한 시간과는 다른 곳에서 작은 의문이 샘솟았다.

나의 친엄마는 어디에서 무엇을 하고 있을까? 그렇다, 아빠가 자기를 낳는 것은 이론상 불가능하다. 자신을 낳은 생물학적 엄마가 이 세상 어딘가에 분명히 존재한다. 자신의 존재를 생각하다 보면 결국 생각은 거기에 도달하고 만다.

"나를 낳아준 엄마는 살아 있어?"

초등학교 2학년 때였나, 유카리가 아빠에게 물어본 적이 있다. 학교에서 가족에 대한 작문 숙제가 있었다. 물론 유카리는 아빠와 사치코 씨, 요이치에 관해 썼지만, 마음 한편에 걸리는 것이 있었다. 기억이 없는 만큼 마음속에 맺혀 있는 묘한 응어리도 없다. 그저 순수한 의문이었다.

하지만 잠시 눈을 동그랗게 뜬 아빠는 곧 눈을 내리깔고 슬픈 표정을 지었다.

"아마도 살아 있을 거야."

그리고 아빠도 못 본 지 오래돼서 잘 모르겠다고 조심스럽게 덧붙였다. 그런 애틋한 표정의 아빠를 보는 건 처음이라, 유카리는 물어본 것을 굉장히 후회했다.

"더 이상 연락을 하고 있지 않아."

아빠가 말했다. 그저 깊은 사정이 있구나, 어린아이는 그렇게 짐작했다.

"만나고 싶니?"

유카리는 잠시 생각한 뒤, 고개를 저었다. 자신 스스로도 만나고 싶은 건지 만나고 싶지 않은 건지 알 수 없었다. 게다가 아빠의 아련한 얼굴을 더 이상 보고 싶지 않았다.

"미안하구나……."

아빠가 미안하다는 듯 고개를 숙였다.

"뭐가?"

미소를 지은 유카리는 시치미를 떼고 물었다.

"그냥 물어보고 싶었던 것뿐이야."

그렇게 말하며 억지로 웃었다.

그 후로 아빠와 유카리 사이에는 엄마에 관한 이야기가 두 번 다시 오르지 않았다. 언젠가 유카리가 성장하여 사정을 이해할 수 있게 되면 이야기하려고 했던 것일지도 모른다. 하지만 아빠는 유카리가 어른이 되는 것을 기다리지 못하고 세상을 떠나고 말았다.

스스로도 신기했다. 그것이 엄마에게 온 전화라는 걸 어떻게 알았을까? 다만 언젠가 엄마가 자기 앞에 모습을 드러내는 날이 올지도 모른다는 작은 예감 비슷한 생각은, 왠지 모르게 마음속에 줄곧 있었던 것 같다. 어떤 타이밍에 어떤 식으로 나타날지까지는 물론 알 수 없었고, 깊이 생각하지도 않았다. 아빠의 그 애틋한 눈망울을 본 이후, 엄마에 관한 생각은 하지 않는 게 좋을 것 같아 의식적으로 생각하는 것을 피해왔다.

'어떻게 해야 하지…….'

이 층 자기 방에서 반듯이 누워 천장을 바라보며 생각했다. 눈에 익었을 법한 천장의 마디 무늬가 왠지 모르게 몹시 낯설게만 느껴졌다. 하지만 고민할 필요도 없다. 스스로 무언가를 할 수 있는 것은 아니다. 다시 전화가 오리라는 보장은 어디에도 없다. 가령 전화가 다시 걸려온다고 한들 무슨 말을 해야 한단 말인가. 유카리는 어찌해야 좋을지 막막했다.

아래층에서 드르륵 현관문 열리는 소리가 났다. 요이치가 돌아온 것 같다. 시곗바늘은 열한 시를 지나고 있다. 아래층으로 얼굴을 비출 엄두가 나지 않아 가만히 누워 있으니, 냄비를 불에 올려놓거나 전자레인지를 여닫는 소리가 위층까지 들려온다. 이제야 저녁밥을 먹는구나. 이런 시간에 혼자 밥을 먹는 오빠를 생각하니 조금 쓸쓸했다. 하지만 아래층에서 나는 희미한 소리를 듣다가 어느새 잠이 들고 말았다.

다음날 하굣길에 슈퍼에서 장을 보고서 돌아오니 집 안에서 전화벨 소리가 울리고 있었다. 따르릉따르릉. 유카리는 현관 앞에서 가위에 눌린 듯 움직일 수 없었다.

"어머 유카리, 전화 오는 거 아니야?"

정원에 나와 있던 마스이 아주머니가 말을 걸었다.

"무슨 일 있니?"

그러고는 유카리의 창백한 얼굴을 보며 걱정스럽게 말했다.

"네?"

유카리는 마스이 아주머니에게 되물었다.

"안색이 안 좋아. 어디 아픈 거 아냐?"

"아, 아니에요. 괜찮아요."

손이 떨려 몇 번이나 열쇠 구멍을 맞추지 못한 유카리는 겨우 문을 따고 집 안으로 들어갔다. 어두컴컴한 복도에서는 여전히 전화벨 소리가 울리고 있다. 숨을 한 번 크게 들이마시자, 의지가 섰다. 수화기를 조심히 들었다.

"여보세요?"

상대방은 아무 대답도 하지 않는다.

그래도 유카리는 참을성 있게 수화기 너머로 귀를 기울였다. 순간이 억겁의 시간처럼 느껴졌다. 이윽고 낮게 흐느끼는 여자의 목소리가 들려왔다.

"……유카리, 유카리……."

목멘 소리가 몇 번이고 자신의 이름을 불렀다.

"……네."

유카리는 속삭이듯 대답했다.

"엄마예요?"

"그렇게 불릴 자격은 없다고 생각하지만, 그래도 맞아. 내가 널 낳았단다."

유카리는 숨을 죽이고 가만히 전화 목소리에 집중했다.

"미안하구나……. 너무 미안해."

전화 목소리는 계속 같은 말을 반복했다.

"왜 이제 와서……."

"목소리가 너무 듣고 싶어서……."

전화 상대는, 몇 번이고 그만두려 했지만 차마 그만두지 못했다며, 그저 유카리의 목소리를 들을 수 있는 게 기뻤다고 말했다.

유카리는 숨을 깊게 들이마셨다. 발밑으로 다가온 다네다 씨가 복도에 오도카니 앉아, 동그란 눈동자로 유카리를 바라보며 '냐앙' 하고 애교를 부렸다. 유카리를 걱정하는 듯했다.

머릿속은 이미 새하얀 백지장이다. 생각이 멈추어 아무 생각도 할 수 없었다. 어째서인지 오빠와 아빠, 사치코 씨의 얼굴이 떠올랐다. 내 가족의 얼굴. 그럼 이 사람은 도대체 누구일까? 너무 이상한 기분이 들었다. 엄마라고 하는 이 사람은 누구지?

"이런 부탁을 할 수 없는 처지라는 건 알지만…."

전화기 너머에서 다시 목소리가 들렸다.

"만나줄 수 있을까? 네게 제대로 사과하고 싶구나."

그 말에, 유카리의 작은 마음이 따끔거렸다.

만나고 싶은 마음이 없다고 하면 거짓말이다. 자신을 낳은 엄마는 어떻게 생겼을까? 나를 닮았을까? 어떤 생각으로 나를 낳았고, 왜 나와 아빠를 버렸을까? 알고 싶은 것이 많다. 나는 그것을 알 권리가 있다. 그리고 이 사람은 그것을 나에게 알려 줄 의무가 있지 않을까? 정말 나의 엄마라면.

"어디에 살고 계세요?"

정신을 차려보니 입에서 그런 말이 흘러나오고 있었다.

* * *

"뭐야, 나가는 거야?"

일요일, 유카리가 흔치 않게 외출하는 모습을 본 요이치가 물었다. 늦은 아침을 다 먹은 참이었다.

"응."

"어디?"

"잠깐 쇼핑몰에 쇼핑 가야 할 것 같아서."

"누구랑?"

"으음, 친구?"

"하세가와?"

"아아, 응응. 하세찌랑 둘이! 공부만 하니까 가끔은 숨고르기도 필요할 것 같아서. 헤헤."

평소보다 수다스러운 여동생을 조금도 알아차리지 못한 요이치는 그저 '아하'라고만 대꾸했다. 유카리는 속으로 조마조마했다. 거짓말은 질색이다. 오빠에게 친엄마를 만나러 간다고 말할 수 없다. 말하려니 입이 무거워지고 왠지 떳떳하지 못한 기분이 든다. 수상한 일 따위는 아무것도 없는데.

"점심은 어제 카레 먹어. 밤까지는 돌아올 테니까. 아, 마당의 빨래 잊지 말고 걷어놔."

"알았어."

아무런 의심도 없이 태평한 얼굴을 보고 있자니 양심의 가책이 더욱 더해진다. 거짓말 따위 하지 말고 솔직하게 말할걸.

하지만 말하면, 분명 오빠는 매우 걱정할 것이다. 당황할 것이다. 가뜩이나 바쁜 것 같은데 괜한 걱정을 끼치고 싶지 않다.

"돈 있어? 용돈 줄까?"

"괘, 괜찮아. 그 정도는 있어."

생활비와는 별도로 매달 꼬박꼬박 용돈도 받는다.

"그래도 옷 같은 거 살 거잖아? 요즘 바빠서 집안일 다 너한테 맡기기도 했고, 용돈 줄게."

그렇게 말한 요이치는 서둘러 지갑에서 오천 엔을 꺼내 내밀었다.

"이번 달은 연말이고, 일도 많이 해서 야근 수당 꽤 나오거든. 가끔은 서비스."

요이치가 자랑스럽다는 듯 말했다. 한참 실랑이를 벌이다가 결국 억지로 손에 쥐어지고 말았다.

"고, 고마워."

요이치는 '으흐흣' 하며 좋은 일을 했다고 굉장히 만족해하는 것 같았다. '난 정말 멋진 오빠야'라고 말하는 듯한 표정이었다. 이럴 때일수록 이상하게 친절해서 당혹스럽다. 내가 나간다는 걸 알고 묘하게 기뻐하는 것 같지 않은가.

"그러면 갔다 올게."

어쨌든 유카리는 도망치듯 현관을 나섰다.

"오냐~ 조심히 다녀와~."

요이치는 다다미에 누워 손을 흔들었다.

"자, 자."

현관문이 닫힌 것을 확인하자 요이치는 곧바로 이 층으로 올라가 수집한 에로 DVD를 물색하기 시작했다. 오랜만의 휴일, 여동생도 나가고 집에 혼자 있다. 실은 이때를 기다리고 있었다. 유카리에게 큰일이 일어났다는 것을 알 길이 없는 요이치는 혼자 얼간이 같은 물건에 들떠 있었다.

그러고 보니 아무 말 없는 전화, 요즘 유카리가 말하지 않는다. 요즘은 잘 안 걸려오나? 태평하게 그런 생각을 하며 자기 방에서 상자를 물색하는데 초인종이 울렸다. 모처럼의 힐링 시간에 찬물이 끼얹어졌다. 나가보니, 유카리와 함께 있어야 할 하세가와가 문 앞에 있었다.

"어라? 무슨 일이야?"

"시간이 있어서 잠깐 놀러왔어요. 유카리 있나요?"

방금 일어난 듯 잠에서 깨어난 얼굴에, 복장도 평상복이었다. 당연하다는 듯 집 안으로 들어오려고 한다.

"어? 같이 나간 거 아니야?"

"무슨 말이에요?"

"아니, 좀 전에 유카리가 하세찌랑 쇼핑하러 간다고 역에……."

"에, 처음 듣는데요. 뭐죠?"

"뭐라고?"

두 사람은 잠시 서로를 바라보았다. 머지않아 하세가와는 갑자기 무언가를 눈치챈 표정으로 말했다.

"아! 마, 맞다! 어머, 까먹었네, 까먹었네. 맞네요, 오늘 같이 나가기로 약속했었는데!"

상황을 파악하고 친구로서 말을 맞춰주려고 했겠지만, 분명히 목소리가 좋지 않다. 요이치가 뚫어지게 쳐다보자 하세가와는 체념한 것인지 '헤헤' 웃으며 말했다.

"거짓말이에요."

"그러면 걔는 어디 간 거야?"

요이치는 마침내 이해할 수 없다는 듯 물었다.

"글쎄요. 저도 잘 모르겠어요. 알았다면 오늘 놀러오는 실수는 하지 않았겠죠."

"그건 그렇지."

아무래도 하세가와는 정말 아무것도 모르는 듯했다. 하지만 유카리는 거짓말까지 하면서 어딘가로 외출했다.

"무슨 생각인 거야, 도대체."

부러질 것처럼 과격하게 목을 비틀며 요이치는 중얼거렸다.

같은 시각, 아이다 가문에서 무슨 일이 벌어지는지 모르는 유카리는 혼자서 흔들리는 지하철에 몸을 맡기고 있었다. 더플코트 안에는 옷깃을 꽃무늬로 장식한 블라우스에 검은색 롱스커트를 입었다. 이날을 위해 이웃 마을의 대형 할인점에서 새로 장만했다. 오빠는 평소처럼 전혀 눈치채지 못했지만.

일요일 점심 전의 지하철은 붐비지 않았고, 승객은 드문드문 있었다. 유카리는 차량 중간 정도 자리에 앉았다. 무릎 위에서 움켜쥔 손바닥이 긴장으로 땀에 젖어 있었다.

지하철로 한 시간 반. 엄마는 이웃 현에 있는 작은 마을에 살고 있었다. 전화로 그 말을 들었을 땐 조금 맥이 빠졌다. 조금 더 멀리, 예를 들어 외국에서라도 살고 있는 줄 알았다. 설마 당일치기로 만나러 갈 수 있는 거리에 있다니.

지하철이 마을을 넘을 때마다 현실감이 더 강해졌다.

그렇구나, 나는 이제부터 얼굴도 모르고 본 적도 없는 친엄마를 만나러 간다. 그 일이 점점 두려워진다. 이대로 지하철이 어디에도 도착하지 않으면 좋을 텐데. 머릿속 어딘가에서 그렇게 바라고 있다.

하지만 지하철은 예정대로 목적지인 역에 도착하고 말았다. 이제 되돌릴 수 없다. 유카리는 가방 어깨끈을 꽉 움켜쥐며 열차에서 내렸다.

역 로터리에, 통화에서 듣던 대로 빨간 경차 한 대가 덩그러니 서 있었다. 머리를 갈색으로 염색한 마른 여자가 그 옆에 서 있었다. 유카리가 다가가자 이쪽으로 고개를 돌렸다. 어떻게 봐도 평범한 중년 여성, 하지만 표정에는 생활의 피로감이 짙게 배어 있었다. 자신을 닮았는지는 잘 모르겠다. 닮았다고 하면 닮은 것 같기도 하고, 닮지 않았다고 하면 닮지 않은 것 같기도 하다.

"잘 찾아왔네……."

다가온 여성이 유카리의 팔을 살짝 만지려고 했다. 유카리는 반사적으로 한 걸음 물러섰다. 순간 슬픈 얼굴을 한 엄마는 수습하려는 듯 '후후' 하고 작게 웃었다.

축축한 담배 냄새가 풍겨왔다.

"아아, 이렇게 컸구나……."

그녀는 유카리를 지그시 바라보았다. 마치 태양을 보고 눈이 부신 것처럼 눈을 가늘게 뜨고.

'아, 정말로 이 사람은 나의 엄마구나.'

유카리는 비로소 그것을 실감했다. 가슴이 떨려와 조금 울고 싶은 마음이 들었다. 하지만 눈물까지 나지는 않았다. 엄마는 소리를 꾹 참고 눈물을 흘리고 있다. 유카리는 어쩔 줄 몰라 그저 찬바람이 불어오는 휴일의 로터리에서 오랫동안 가만히 고개를 숙인 채 서 있었다.

차를 타고 도착한 곳은 스낵과 작은 음식점이 합쳐진 듯한 작은 가게였다. 가게 유리문에는 '준비 중'이라는 팻말이 걸려 있다. 자신이 운영하는 가게라고, 엄마가 말했다.

유카리는 그런 가게에 들어가는 것이 물론 처음이었다. 그다지 청결한 느낌은 아니었다. 밝았을 때 본 탓인지 벽의 누런 자국과 바닥의 얼룩이 매우 잘 눈에 띄었다. 유선 라디오에서는 작은 소리로 재즈 음악이 흐르고 있다. 희미하게 수화기 너머로 음악이 들려올 때가 있었는데, 이 소리가 들린 것일지도 모르겠다.

엄마가 가게 구석에 있는 전기난로를 틀었다.

"지금 난로 틀었어. 아무 데나 앉으렴."

유카리는 코트를 벗어 벽 옷걸이에 걸어두고, 테이블석 의자에 걸터앉았다. 엄마는 벽에 걸려 있던 앞치마를 걸치고 카운터에 들어가 커피를 내렸다.

"와주어서 정말 고맙구나."

유카리는 휘휘 고개를 저었다. 묻고 싶은 것이 많았지만, 막상 눈앞에 있으니 어떤 말도 나오지 않는다.

"가게가 좀 더러워서 미안해. 하지만 여기라면 천천히 얘기할 수 있을 것 같아서. 뭐 좀 먹을래? 가게에서 파는 거라면 뭐든지 만들어줄게."

유카리는 다시 고개를 흔들며 대답했다. 도저히 목으로 넘어갈 것 같지 않다.

"그 사람이 세상을 떠난 지도 벌써 오 년이구나."

테이블에 커피잔을 내려놓은 엄마가 말했다. 그 사람이란 아버지를 가리킨다.

"그 사람의 누나, 미치코 씨 있지? 그분이 전화로 알려주더라고. 결혼했을 때도 친언니처럼 잘해준 분이었으니까. 부인도 함께 돌아가셨다면서? 사실 장례식도 가고 싶었는데, 무슨 면목으로 가야 할지 몰라서……."

그렇구나, 미치코 아주머니와는 연락하고 있었던 걸까. 그런 사실을 전혀 몰랐다.

"저기……."

유카리는 겨우 입을 뗐다.

"아빠와 무슨 일이 있었던 건가요?"

"못 들었니? 아무것도?"

"네."

"그렇구나……."

엄마는 입술을 꽉 깨물더니 쓸쓸한 표정으로 말했다.

"내가 도망쳤어. 유카리가 아직 두 살이었을 때."

"도망."

바보처럼 말을 똑같이 따라해버렸다.

"저렴한 드라마 같은 이야기지?"

유카리는 아무 대답도 하지 않았다.

"온실 속 화초처럼 애지중지 커오다가, 스물둘에 선을 봐서 결혼하고 너를 낳았단다……. 아무런 불만도 없었을 거야. 하지만 계속 똑같은 레일 위를 달리며 살아온 나 자신이 가끔 너무 싫어질 때가 있더라고……."

그때 아르바이트를 하던 도시락 가게의 남자 단골손님이 말을 걸어왔다. 자신도 아직 어렸고 상대는 대학생이었다. 이것저것 소소한 불만이나 작은 고민을 털어놓다 보니 점점 그런 사이가 되어버렸다고, 깨달았을 때는 더 이상 물러설 수 없는 상황이 되고 말았다……. 거기까지 말한 엄마가 입을 다물었다.

"이제 그만하자, 무슨 말을 해봐야 변명밖에 안 되는걸. 나는 너와 그 사람을 버린 거야. 정말, 정말로 미안하구나."

모락모락 김이 나는 커피잔을 물끄러미 바라보던 유카리는 문득 고개를 들고 짧게 물었다.

"그 사람과는……."

같이 도망친 남자와는 어떻게 됐냐는 의미였다. 그러자 '아아' 하고 엄마는 대수롭지 않게 말했다.

"진작에 헤어졌어. 도망치고 삼 년 정도 지났을까? 그 뒤로는 계속 혼자야."

지난 십 년은 필사적으로 이 가게를 꾸리며 살아왔다는 것이다.

"이래 봬도 단골손님도 있단다."

엄마가 웃으며 말했다. 아무런 불만이 없었는데도 아이와 남편을 버리면서까지 누군가와 함께하려고 애쓰다가, 지금은 홀로 살고 있다. 왠지 지독한 모순이라고, 유카리는 생각했다.

"웃기지 마세요."

느닷없이 입에서 말이 튀어나왔다. 엄마는 고개를 번쩍 들어 유카리를 바라보았다.

"그런 이유로 나와 아빠를 버렸는데, 지금 와서야 연락했다고요? 장난쳐요? 지금 농담하는 거죠?"

말을 마치자마자 갑자기 무시무시한 허무함이 치밀어올랐다. 지금까지 십오 년 인생에서 이런 기분은 처음이었다. 아무리 외쳐도 모든 것이 이미 늦었다. 소용없다. 허무하다는 말은 이런 기분일 때 사용하는 말이다.

"네가 화내는 건 당연해. 미워하는 것도 당연하고."

엄마는 그렇게 말하며 맥없이 쓰러지듯 쭈그리고 앉아 더러운 바닥에 머리를 가져다댔다.

"미안하구나. 정말 미안해."

그리고 울음을 터뜨렸다. 유카리는 그 모습을 망연히 내려다보았다. 이 사람은 지난 십 년을 어떤 마음으로 살았을까. 본인의 행동을 후회하며 사는 십 년은 어떤 괴로움일까. 유카리는 상상도 가지 않았다. 상상하고 싶지 않다.

"이러지 마세요."

유카리는 그렇게 외치며 엄마를 억지로 끌어 의자에 앉혔다. 무턱대고 언성을 높여 화낸 탓인지 분노의 감정은 거의 남아 있지 않다. 다만 눈앞의 여자가 너무나 불쌍하게 느껴졌다.

"자꾸 전화해서 미안해. 도저히 감정을 억누를 수 없더라고……. 네가 전화를 받아, 목소리만 들어도 날아오를 만큼 기뻐서……."

엄마는 흐느끼며 말했다. 그러고 보니 처음으로 말 없는 전화가 걸려온 것은 아빠와 새어머니의 제사가 끝난 뒤였다.

"이제 사과 그만하세요."

몇 번이고 사과하는 엄마에게, 유카리는 조용히 말했다.

"그러셔도 저는 어떻게 해야 할지 모르겠어요."

그러고는 고개를 숙였다.

엄마는 고개를 들어 유카리를 쳐다보다가, 어떻게든 정신을 가다듬고 '그래, 그래야지'라며 몇 번이나 고개를 끄덕였다.

"유카리가 일부러 만나러 와주었는데. 곤란하게 하면 안 되지."

엄마는 앞치마로 얼굴을 닦으며 울면서 웃는 듯한 표정을 지었다. 그리고 유카리에 대해 이것저것 알고 싶어했다.

"지금은 의붓오빠랑 살고 있지? 학교는 재미있어? 뭐 곤란한 일은 없고? 있어도 나에게 말하지는 않겠지만……."

그렇게 말한 엄마는 가냘프게 웃었다. 이동하는 데만 오랜 시간이 걸린 탓에 어느새 창밖은 어둑어둑해지고 있었다.

"이제 돌아가야 해요."

유카리의 말에 엄마는 주머니에서 작은 봉투를 꺼내 유카리의 손에 쥐여주었다.

"얼마 안 되지만 맛있는 거라도 사먹으렴."

유카리는 거절하려 했지만, 엄마는 코트 주머니에 억지로 넣어버렸다. 나중에 확인해보니 삼만 엔이나 들어 있었다.

"오늘은 고맙구나. 만나러 와주어서 정말 기뻤어."

역에서 헤어질 때, 엄마는 유카리의 손을 꼭 잡고 말했다. 가늘고 차가운 손이었다. 유카리는 그 손을 꼭 잡고 싶은 마음과 세차게 떨쳐버리고 싶은 충동을 동시에 느꼈다.

개찰구를 통과하자 마침 지하철이 홈으로 미끄러져 들어오는 참이었다. 유카리가 올라타자, 등 뒤에서 문이 바람 빠지는 소리를 내며 닫혔다. 지하철이 움직이기 시작하고, 엄마가 있는 마을이 점점 멀어져갔다. 유카리는 왠지 돌이킬 수 없을 것 같은 감정에 휩싸였다.

자신은 무엇을 하고 싶었던 걸까. 엄마를 만나서 어떻게 하고 싶었을까. 결국 거의 아무 말도 하지 않고 돌아와버렸다. 그저 허무한 감정만이 가슴속에 퍼져 멈출 수 없었다.

축 늘어진 채 손잡이를 잡고 있는데, 문 근처에서 아는 얼굴을 발견했다.

"시카노 선생님."

"어머, 아이다."

유카리가 등뒤에서 말을 걸자, 나들이 차림을 한 시카노 선생님이 돌아보며 미소를 지었다. 학교 밖에서 만난 것은, 선생님이 집 열쇠를 잃어버려 아이다 가문에 하룻밤 묵으러 온 한 달 전에 이어 이번이 두 번째다.

"안녕하세요."

이대로 돌아가 오빠와 마주하기 전 누군가와 이야기하고 싶은 기분이었기에, 유카리는 시카노 선생님이 반가웠다. 선생님은 영화를 보고 오는 길이라고 했다. 프랑스 영화라니, 왠지 좋을 것 같았다. 유카리는 단번에 긴장이 풀리면서 생긋 웃었다.

"영화 좋네요. 친구들이랑 보셨나요?"

"아니, 혼자. 혼자 점심으로 갈비 먹고, 혼자 영화 보고 왔지. 어머, 지금 쓸쓸한 여자라고 생각했니? 괜찮아, 이게 휴일을 보내는 나의 가장 즐거운 방법이거든."

시카노 선생님은 삐진 것처럼 말했다. 딱히 뭐라고 생각하지도 않는데, 멋대로 앞질러서 토라진 것이 웃겼다. 그러나 그날 이후 오빠와 진전이 없다는 건 조금 실망스러웠다.

"다음번에는 오빠한테 권해보세요. 오늘도 집에서 한가한 것 같던데."

"아이다를?"

"어라, 안 되나요?"

"아니, 나랑 아이다 사이에는 아무것도 없는데?"

시카노 선생님은 다급하게 말했다. 뺨이 살짝 붉어 보이는 건 기분 탓일까?

"그런가요?"

"그럼. 그리고 내가 먼저 권유하다니, 그건 절대 무리야. 어머, 그렇다고 먼저 같이 가자고 해달라는 건 아니고. 뭐랄까, 우리는, 그래, 그냥 동창일 뿐이라는 거지……. 아이다도 분명 그렇게 생각하고 있을 테고."

유카리는 너무나 안타깝다고 생각했지만, 더 이상 이 화제에 개입하는 것도 역시 마음에 내키지 않았다. 시카노 선생님도 이제 그 이야기는 끝이라는 듯 유카리에게 물었다.

“아이다는 어디 다녀왔어?”

시카노 선생님 입에서는 마늘 냄새가 났다. 본인도 신경이 쓰이는 듯 이야기하면서도 입냄새 제거 캔디를 부지런히 입에 넣었다.

“잠깐 아는 사람 만나러요.”

유카리는 그렇게 모호하게 대답했다. 하지만 대답하는 순간부터 모든 것을 털어놓고 싶은 충동에 이끌려, 이내 솔직해지고 말았다.

“사실 엄마를 만나고 왔어요.”

“어머니한테?”

“네. 제가 아기일 때 헤어져서 한 번도 본 적이 없는데, 오늘 처음 보고 왔어요.”

시카노 선생님이 무언가 말을 하려고 하는 순간, 지하철이 커브에 접어들었다. 요란스럽게 비틀거리는 선생님을 유카리가 순간적으로 붙잡았다.

“고마워.”

“아니에요.”

시카노 선생님은 다시 유카리를 마주했다.

"그렇구나, 어머니를 만나고 왔구나."

"네."

유카리는 작게 고개를 끄덕이며 말했다.

"여러 가지 이야기를 들었어요. 나와 아빠를 버린 이유라든가 그동안 한 번도 보러 오지 않은 이유, 그런 것들요."

"그렇구나."

시카노 선생님은 유카리의 등에 살며시 손을 댔다. 코트 너머로도 전해지는 은은한 따스함에, 유카리는 엄마를 만난 이후 처음으로 숨을 제대로 쉴 수 있었던 것 같다. '후우우' 하고 크게 숨을 내쉬자, 기분이 조금은 상쾌해졌다.

"근데요, 쌤."

유카리는 어린아이 같은 목소리로 말했다.

"왜, 유카리?"

선생님이 상냥한 목소리로 대답해준다.

"시카노 선생님이 전에 수업 중에 가르쳐주신 말이요. '꽃을 보고 뿌리를 생각하는 사람이 되어라', 저 그 말 진짜 좋아해요."

"기억하고 있구나! 기쁘네, 그건 내 좌우명이거든. 좌우명이라고 해도 중학교 선생님의 말씀을 그대로 따라한 거지만."

"저도 그런 사람이 되고 싶어요."

"그러면, 우리 같이 힘내자!"

시카노 선생님이 미소를 지으며 말했다. '힘내'가 아니라 '힘내자'. 시카노 선생님의 '힘내자'는 힘이 적당히 빠져 있어 생색이라고는 전혀 느껴지지 않았다. 그런 점이 시카노 선생님의 장점이라고, 유카리는 생각했다.

지하철이 역에 도착했다. 시카노 선생님은 역에 자전거를 주차해두었지만, 일부러 집 근처까지 유카리를 바래다주었다. 혼자서도 잘 갈 수 있다고 말해도 어두워서 위험하니 안 된다며 밀어붙였다. 결국 시카노 선생님은 자전거를 끌고 역에서 돌아가는 길을 함께 걸었다.

"아, 맞다."

집 앞 사거리에서 유카리는 굉장히 중대한 사항을 떠올렸다.

"아까 얘기, 만약 오빠를 만날 일이 있으시면 비밀로 해주시겠어요? 오빠는 모르거든요."

"비밀이야?"

"어쩐지 조금 마음에 걸려서요. 하지만 타이밍을 보고 제가 직접 이야기할 거예요. 그러니까 그때까지만 부탁드려요."

"알았어."

유카리와 약속한 시카노 선생님은 집 앞에서 자전거를 타고 시원하게 떠났다. '어머니 대지의 품에서~'라는, 왜인지 모를

찬송가를 부르면서. 유카리는 그 노랫소리가 들리지 않을 때까지 기다렸다가 집에 들어갔다.

요이치는 거실의 고타쓰[9]에 들어가 텔레비전을 보고 있었다. 저녁 식사는 어떻게 했는지 물었더니, 밥을 지어 오차즈케[10]를 만들어 먹었다고 한다. 고타쓰 상 위에는 귤껍질이 늘어져 있었다.

"밥 남았는데, 너도 배고프면 먹을래?"

집에 돌아오니 마음이 놓여서 그런지 갑자기 허기가 느껴졌다.

"응, 그래야겠다."

요이치는 입을 다문 채, 부엌에 서서 오차즈케를 만들고 있는 유카리를 계속 눈으로 좇았다.

"왜 그래?"

"너, 오늘 어디 갔었어?"

"어디냐니, 쇼핑 간다고 했잖아."

유카리는 힐끔 눈을 피하며 말했다.

"그렇구나."

요이치는 그 이상 아무것도 물어보려고 하지 않았다. 지칠

---

9 일본식 난방기구로, 나무로 만든 탁자에 이불이나 담요 등을 덮은 것을 말한다. 탁자 아래에는 화로나 난로가 있다.

10 쌀밥에 따뜻한 녹차를 부어 여러 가지 고명을 얹어 먹는 일본 요리

대로 지쳐버린 유카리는 그날 밤 일찌감치 방으로 올라갔다. 하지만 좀처럼 잠들지 못하고 이불 속에서 몇 번이나 뒤척였다. 낮에 본, 바닥에 머리를 대고 계속해서 자신에게 사과하는 엄마의 모습이 눈꺼풀 뒷부분에 달라붙어 떨어지지 않았다.

지난 십수 년 동안 엄마는 마음속으로 계속 그렇게 우리에게 사과하며 살아왔을까? 그런 생각을 하니 가슴이 아려왔다.

'또 만나러 갈까.'

돌아오는 지하철에서는 두 번 다시 만나러 가지 않겠다고 강하게 생각했는데, 갑자기 그런 기분이 들었다. 하지만 곧바로 '만나봤자 아무런 의미도 없어, 그 사람은 나를 버린 사람이야'라고 생각을 고쳤다. 빙글빙글 생각이 계속 머릿속을 돌고 돌아 유카리는 새벽이 되어서야 겨우 잠이 들었다.

* * *

"그래서 어땠어?"

다음 날인 월요일 저녁, 회사 복도에서 휴대폰을 꼭 쥔 요이치가 물었다. 전화 상대는 하세가와.

"아뇨, 딱히 특이점은 없었어요. 조금 피곤해 보이던데. 저한테는 아무 말도 안 해주더라고요."

"그렇구나."

학교에서 하세가와를 만나면 뭔가 얘기하지 않을까 기대하고 방과 후에 전화했는데, 유카리는 아무 말도 하지 않았다고 한다.

"저도 제가 먼저 물어보기가 어려워서요. 왜냐하면 유카리가 오빠한테까지 거짓말을 하는 건 정말 드문 일이잖아요. 저한테 얘기하고 싶으면 분명 먼저 얘기할 거예요."

"응, 알았어. 고마워."

전화를 끊은 요이치는 '하아아' 하고 긴 한숨을 쉬었다. 어젯밤 밤새도록 유카리가 그런 행동을 한 이유에 대해 이것저것 생각해보았다. 하지만 짐작 가는 일은 하나도 떠오르지 않았다. 뭐, 괜찮겠지. 하세가와 말대로 유카리가 이야기하고 싶어지면 이야기할 것이다. 유카리는 그런 녀석이다. 마음을 단단히 먹고 있자. 유카리가 뭔가 나쁜 짓을 할 녀석도 아니다. 요이치는 정신을 가다듬고 다시 업무로 돌아왔다.

하지만 주말이 되자 유카리는 또 외출했다. 그리고 그다음 주도 오후부터 외출하자 요이치는 걱정이 되었다. 유카리는 이런저런 어색한 이유를 대며 집을 나가 밤이 되어서야 돌아왔다. 역시나 그냥 가만히 마음을 다잡고 기다리고만 있을 수는 없었다.

상황을 살피러 온 하세가와도, 유카리가 이번 주에도 외출했다는 소식을 듣고 표정이 어두워졌다. 두 사람은 거실에 마주 앉아 못마땅한 표정으로 입을 꾹 다물고 있었다.

"저, 생각해봤는데요."

하세가와가 천천히 입을 열었다.

"뭔데?"

"남자 아닐까요?"

"뭐?"

요이치는 하세가와의 말을 이해하지 못한 듯 되물었다.

"분명 좋아하는 사람이 생긴 거예요, 유카리는."

"그 말은……, 그러니까 남자 친구가 생겼다는 거야?"

하세가와가 무겁게 고개를 끄덕였다.

"에이, 거짓말. 그 녀석이 그런 걸 할 수 있을 리가."

"요즘 유카리, 학교에서도 멍하게 있을 때가 많아요. 문득 보면 계속 창밖만 바라보고 있어요. 제가 왜 그러냐고 물으면 아무것도 아니라며 시치미를 떼지만, 그건 사랑이에요. 틀림없어요."

요이치는 웃어넘기려 했지만 하세가와는 단호하게 단정 지었다.

"하, 하지만 왜 그걸 비밀로 하는 거야?"

"그야 오빠가 알면, 얼마 전처럼 대놓고 당황하니까 그렇죠. 게다가 이것저것 캐묻는 것도 싫고. 아무리 사이좋은 남매라도 유카리는 여자예요. 물어보지 않았으면 하는 것도 있다고요. 그래서 거짓말을 하고 나가는 거죠, 마음은 '룰루랄라'면서."

"마음은 룰루랄라……."

그렇게 중얼거린 요이치는 문득 최근에 있었던 일이 떠올랐다.

"앗!"

"왜, 왜 그래요?"

하세가와가 식탁으로 몸을 내밀며 물어왔다.

"그 녀석, 요즘 뭔가 뜨개질을 하고 있었어. 내가 돌아오면 당황해서 등뒤로 숨기는데, 너무 티가 나서 말이야. 왠지 장갑 같은 거? 사실 나한테 준다고 생각했는데."

"아아, 그건 틀림없이 그 남자한테 줄 선물이겠네요. 뭐야, 오빠도 증거 제대로 찾고 있었잖아요."

"우와, 설마!"

요이치는 분개했다. 나를 위한 뜨개질이어서 필사적으로 숨긴 게 아니라니.

그러자 하세가와까지 갑자기 거친 콧바람을 내뱉었다.

"저 지금 엄청 화가 나요. 그렇잖아요? 가족인 오빠에게는 말하기 어렵다고 해도, 친한 친구인 저에게는 얘기해줘도 괜찮은데. 하지만 저는 유카리를 믿고 기다리겠어요. 유카리가 언젠가 직접 털어놓을 때까지. 왜냐하면 저는 가장 친한 친구를 믿으니까요."

그렇게 말하고는 분노를 퍼붓는 것처럼 우당탕탕 발을 구르며 돌아갔다.

방에 홀로 남겨진 요이치는 이 사실을 어떻게 받아들여야 할지 마음속이 복잡해져, 장지문을 열고 불단 앞에 정좌했다.

'엄마, 아저씨. 유카리에게도 드디어 남자 친구가 생겼어요. 믿기시나요? 그 꼬맹이였던 유카리에게 말이죠. 시간이 이렇게나 빠르네요.'

경쇠를 울린 요이치는 영정을 향해 마음속으로 조용히 말을 건넸다. 그때는 그것이 엉뚱한 착각인 줄은 전혀 알아차리지 못했다.

* * *

유카리는 주말마다 엄마를 만나러 갔다. 간다고 해서 어떤 대화를 나누는 것도 아니다. 애초에 왜 자신이 만나러 가는지, 유카리 자신도 잘 알지 못했다. 자기 자신도 이해하지 못한 채

역으로 향하여 하행선 지하철에 몸을 실었다. 스스로도 '왜 이런 걸까'라는 생각이 들었다.

역에서 엄마 가게까지 가는 길은 하나밖에 없었기 때문에 걸어서 직접 가게까지 갔다. 유카리가 '준비 중' 팻말이 걸린 문을 슬며시 열고 얼굴을 내밀자, 허공을 응시하며 담배를 피우던 엄마는 꿈에서 깨어난 듯 고개를 들고 환한 미소를 지었다. 이 사람도 이런 미소를 짓기도 하는구나, 의외였다.

"이렇게 자주 와도 괜찮니? 오빠가 걱정하는 거 아니야?"

엄마는 항상 그것을 걱정했다.

"괜찮아요."

"그렇구나……."

유카리가 짧게 대답하면, 엄마도 그 이상은 묻지 않았다. 그렇게 가게 문을 열 때까지 그럭저럭 같이 시간을 보냈다.

엄마는 유카리에게 요리를 만들어주고 싶어했다. 토란 간장조림, 톳 조림, 임연수어 소금구이, 돼지고기 감자조림……. 아마도 가게에서 파는 요리일 것이다. 당연한 말이지만, 익숙한 우리집 맛과는 전혀 다르다. 맛이 없는 건 절대 아니었지만 젓가락이 잘 가지 않았다. 재료가 아깝다고 생각하면서도 언제나 남기고 말았다. 엄마는 그래도 아무 말도 하지 않고 조용히 그릇을 치웠다.

문득 주위를 둘러보니 세상은 온통 크리스마스 분위기였다. 역 앞에는 화려한 일루미네이션이 펼쳐져 있고, 어느 가게에 들어가도 경쾌한 음악이 흘렀다. 반면 겨울 추위는 날로 심해졌다. 문득, 마음까지 시리지 않도록 사람들은 이렇게 크리스마스를 즐기고 싶어하는 것일지도 모른다는 생각이 들었다. 이런 생각 또한 태어나서 처음 했다. 엄마 가게의 문에도 어느새 크리스마스 리스가 장식되어 있었다. 하지만 그것은 화려함과는 거리가 먼, 어딘가 아련함을 느끼게 하는 장식이었다.

크리스마스 당일까지는 아직 날이 한참 남았지만, 유카리는 엄마에게 직접 뜬 냄비 장갑을 선물했다. 최근 몇 주를 공들여 겨우 완성했다. 결코 엄마를 생각해서가 아니다. 처음 만났을 때 삼만 엔이나 되는 큰돈을 받았기 때문에, 성실한 유카리로서는 무언가 보답을 해야 직성이 풀릴 것 같았다.

엄마는 유카리에게 건네받은 빨간 털실의 냄비 장갑을 소중한 듯 꼭 끌어안고 울음을 터뜨리고 말았다.

"평생 소중히 간직할게……."

그런 거창한 반응을 의도한 것은 아니었기에 유카리는 당황하고 말았다.

"아뇨, 그저 냄비 장갑일 뿐인데……."

엄마는 냄비 장갑을 꼭 끌어안은 채 몇 번이나 고개를 흔들었다.

"유카리가 준 거잖아. 아, 정말 기쁘구나. 너무 고마워."

엄마는 감격스러운 목소리로 말했다.

"있지, 유카리."

그리고 유카리를 불렀다.

"왜 그러세요?"

"……유카리만 괜찮다면 같이 살지 않을래? 지금 중학교 3학년이잖아. 이쪽 고등학교 시험을 보는 건 어려울까? 지금은 이 건물 이 층에 살고 있지만, 유카리가 이쪽으로 온다면 제대로 된 방을 새로 구하려고. 유카리가 곁에 있어주기만 한다면 내가 더 힘을 낼 수 있을 거 같아."

엄마는 숨을 가쁘게 몰아쉬며 말했다.

"그건……."

유카리의 표정이 얼어붙었다.

"미안, 너무 제멋대로라. 나도 참, 이제 와서 너무 억지 부리네. 너무 기뻐서 그만……. 지금 말은 그냥 잊어버리렴."

엄마는 앞치마로 눈물을 닦고는 아무 일도 없었던 것처럼 행동했다.

그날은 평소보다 귀가가 늦어버렸다. 겨울에는 해가 빨리 지는 탓에 집에 도착했을 땐 이미 바깥이 캄캄했다. 같이 살자던 엄마의 말이 머릿속을 떠나지 않았다. 엄마는 아직도 후회 속에 살고 있다. 그리고 자신을 사랑해주고 있다. 그건 너무나 잘 안다. 그래서 자신은 엄마의 손을 뿌리치지 못하고 그만 찾아가고 만다. 하지만──.

만약 자신이 집을 나가 엄마와 살겠다고 하면, 오빠는 어떻게 반응할까? 안 된다고 말할까? 아니면 마음대로 하라고 말할까? 혹시 마음대로 하라고 하면 어쩌지?

엄마와 살고 싶다는 것은 아니다. 그런 선택지는 생각해본 적도 없다. 하지만 피로 이어지지 않은 오빠와 사는 것보다 피로 이어진 엄마와 사는 것이, 일반적으로 보면 더 자연스러운 게 아닐까? 그렇게 하면 적어도 오빠는 자신으로부터 해방된다. 자신은 지금의 생활이 좋아서 오빠에게 그 마음을 전했지만, 오빠는 어떻게 생각하고 있는지 모른다. 물어보고 싶은 마음이 굴뚝같았지만, 대답을 듣는 것이 무섭다. 오빠가 엄마와 살라며 후련한 듯 말해버리면 나는 어떻게 해야 하는 걸까?

그러나 아이다 가문의 창문에서 새어나오는 새하얀 불빛을 보면 '아아, 다 왔다'라며 안도하게 된다. 하얀 입김을 내뿜으며 현관문을 열고 안으로 들어갔다. 다네다 씨가 바로 마중을 나왔다. 유카리는 그 폭신폭신한 몸을 살며시 안아올리고 몇 번이나 뺨을 비볐다.

"왔어? 늦었네."

거실에 들어서자 오빠가 말을 걸어왔다. 등을 구부리고 고타쓰에 들어가 있는 요이치는 여전히 귤껍질로 상 위를 어지럽히고 있었다. 몇 번이나 주의를 주어도 도무지 고쳐지지 않는다.

"어서 와."

오빠가 나직이 작게 말한다.

"응, 다녀왔어."

그렇게 대답하자마자 걷잡을 수 없이 마음이 괴로워졌다. 지금까지 계속 가슴에 쌓여 있던 것이, 갑자기 뜨거운 덩어리가 되어 치밀어오른다. 어느새 유카리는 울고 있었다. 자신의 의지와는 상관없이 주르르 흘러내리는 눈물을 멈출 수 없었다.

"뭐, 뭐야, 무슨 일 있어?"

크게 당황한 요이치는 고타쓰에서 일어나려다가 상판에 정강이를 부딪혀 괴로운 신음을 내뱉었다.

"미안, 아무것도 아니야."

유카리는 애써 눈물을 손으로 훔쳤다.

"아무것도 아닌 게 아니잖아."

상당히 아픈 듯 오빠는 아직도 발을 문지르며 유카리를 물끄러미 바라보았다.

"나 있지."

"뭐?"

"오빠한테 해야 할 말이 있어."

유카리는 숨을 크게 들이쉬며 그렇게 말했다. 요이치는 뭔가를 짐작한 듯 고개를 끄덕였다.

"일단 옷부터 갈아입고 와."

유카리가 이 층으로 올라가 옷을 갈아입고 내려오자 주방에서 달콤한 냄새가 풍겨왔다. 그리운, 그리고 다정한 냄새.

"따뜻한 우유?"

어렸을 때는 이 냄새에 여러 번 치유받았다. 갑자기 사치코 씨의 미소가 떠올랐다. 괜히 아빠와 사치코 씨가 보고 싶어졌다.

"자, 몸이 녹을 거야."

유카리는 고맙다고 말하며 컵에 입을 가져갔다. 따뜻한 우유는 기억 속 우유보다 훨씬 달콤했고, 덕분에 마음이 조금 진정되었다.

"그래서, 이야기를 이어가자면……."

요이치가 조용히 고개를 끄덕이며 말했다.

"다 알고 있어."

깜짝 놀란 유카리는 아직 촉촉한 눈을 깜빡였다. 그렇구나,

오빠는 자신이 엄마와 만나고 있다는 사실을 이미 알고 있다. 어떻게 알았는지는 의문이지만, 함께 살다 보면 그 정도는 자연스럽게 알게 되는 것일지도 모른다.

"만났지?"

"응."

유카리가 순순히 인정하자 요이치는 '그렇구나' 하고 작은 목소리로 중얼거렸다.

"싸우기라도 했어?"

"싸워? 아니, 싸우지는 않았는데……그게 아니라……."

요이치가 유카리의 말을 손으로 가로막았다.

"뭐, 그건 두 사람의 문제니까 나도 새겨듣지는 않을 거야. 하지만."

그리고 엄숙한 얼굴로 말을 이어나갔다.

"오빠는, 만나는 거라면 제대로 얘기해줬으면 했는데. 너는, 내가 알면 분명히 난리 칠 거로 생각했는지는 모르겠지만, 그래도 이런 식으로 몰래 만나는 건 좀 슬프네."

"그렇지? 미안."

할 말을 찾을 수가 없었다. 너무 미안해서 고개를 들 수 없었다. 아직 온기가 남아 있는 컵을 양손으로 감싸고, 지그시 그 안을 바라보기만 했다.

"정말 미안. 차마 말하기가 어려워서……."

"뭐, 가족에게 알려지는 게 부끄럽다는 것도 모르지는 않는데."

"으응……."

"너도 이제 그런 나이니까."

요이치의 말에, 유카리는 이해가 잘 가지 않는다는 표정으로 고개를 갸웃거리다가 이야기를 이어나갔다.

"오늘, 같이 살지 않겠냐는 말을 들었어."

유카리가 쥐어짜는 듯한 목소리로 말했다. 모두 짐작하고 있었다고는 해도, 역시 그 말까지는 오빠도 예상하지 못했는지 놀란 표정으로 입을 크게 벌렸다.

"저, 정말? 사, 상대가 몇 살인데?"

"몇 살이냐고? 삼십대 후반?"

"그, 그, 그, 그렇게나 연상? 너 중학생이야, 무슨 생각이야?"

오빠는 무슨 일인지 엄마의 나이를 듣고 엄청나게 동요하고 있다.

"응? 그야 그렇지. 왜냐하면 나를 낳았을 때가 이십대 초반이었다고 했으니까."

"낳았다고? 그게 무슨 말이야?"

두 사람은 고타쓰를 사이에 두고 잠시 말없이 서로를 바라보았다. 두 사람 모두 어안이 벙벙한 표정이었다.

"으음, 오빠, 무슨 얘기를 하는 거야?"

"뭐긴 뭐야. 네가 만나는 남자 친구 얘기지."

"뭐?"

유카리는 저도 모르게 큰소리를 냈다.

"그게 뭐야? 누구한테 그런 말을 들었어?"

"하세가와한테……."

"하세찌의 추측을 그대로 믿은 거야?"

요이치도 그제야 자신이 엉뚱한 착각을 하고 있었다는 사실을 깨달은 것 같다.

"그 녀석, 얼렁뚱땅 말하다니……. 게다가 자신만만하게. 부모님께도 보고해버렸는데."

"뭐하는 거야."

유카리는 '어휴' 하고 한숨을 내쉬었다. 도대체 지금까지의 이야기는 무엇이었을까? 할 수 없이 이번에는 제대로 설명했다.

"있잖아, 오빠. 나 친엄마 만나고 왔어."

"뭐야, 친엄마였구나. 나는 완전히 변태 아저씨한테 놀아나는 줄 알고——, 뭐어?"

요이치는 방이 울릴 정도의 큰소리를 지르며 몸을 뒤로 젖혔다.

"그게 뭐야? 너희 어머니, 행방불명이라고 하지 않았어?"

"먼저 연락이 왔어."

요이치는 경위를 설명하는 유카리의 목소리를 입을 반쯤 벌리고 들었다. 엄마가 보고 싶다고 말한 것, 자기와 아빠를 버린 이유, 그리고 뜬금없이 함께 살자고 말한 것. 집에 올 때까지는 엄마와 함께 사는 게 더 자연스럽다고 생각한 것, 그것이 오빠에게도 좋은 일일지도 모른다고 생각한 것. 그리고 집에 돌아오자 갑자기 마음을 주체할 수 없어 눈물이 펑펑 쏟아진 것. 말하면서도 유카리는 또 눈물이 나올 뻔했다.

"흐음."

요이치는 팔짱을 끼고 생각에 잠긴 듯 입을 다물었다. 그리고 불쑥 말했다.

"우리가 앞으로 계속 같이 살 수 있는 건 아니잖아."

"응?"

유카리는 의미를 몰라 되묻고 말았지만, 왠지 요이치의 말을 알 것 같았다. 그렇다, 이대로 계속 둘이 살 수는 없다. 예를 들어 자신이 고등학교를 졸업하고 취직하거나 오빠가 결혼하거나. 어쨌든 시간은 분명히 흘러간다. 어느 시점에서는 이런 생활도 끝이 난다. 아마도 앞으로 몇 년. 그 후 우리는 다른 길을 갈 것이다. 피로 이어지지 않았다고는 하지만, 남매다. 가끔 만날 때도 있을 것이다. 하지만 그때는 분명 지금처럼 매일매일 함께하는 생활과는 결정적으로 뭔가가 다르다. 이렇게 함께한 날들, 그 속에서 일어난 사소한 일들도 옛 추억으로 그리워하며 되돌아보거나, 혹은 이미 이런 날들이 있었다는 것조차 잊어버릴지도 모른다.

"있지, 유카리."

"응."

"나는 말이야, 일을 마치고 역에서 밤길을 걷다가 이 집에 불이 켜져 있는 것을 보면 매우 마음이 놓여. 현관을 열면 저녁밥 냄새가 풍겨오고, 다네다 씨가 발밑에서 재롱을 부리고, 네가 부엌에서 다녀왔냐며 말을 걸지. 그것만으로도 내일을 또 살아갈 수 있다는 기분이 들어. 무슨 말을 하는지 알아?"

"응, 알아……."

유카리는 계속해서 쏟아지는 눈물을 닦으며 고개를 끄덕였다. 유카리도 똑같이 느낀 적이 여러 번 있다. 불이 켜진 집을 보고 '돌아왔다'라고 생각할 수 있는, 소소하지만 확실한 행복을 느끼는 순간.

"네가 엄마한테 가겠다면, 나에게는 그걸 막을 권리는 없어."

요이치는 '하지만 만약'이라며 말을 이어나갔다.

"하지만 만약 너도 나와 같은 마음이고, 나와 함께 사는 것이 싫지 않다면 여기 있어주지 않을래? 언젠가 우리가 정말로 다른 길을 걷는 날이 올 때까지. 왜냐하면 나에게는 네가 필요해."

"응."

유카리는 눈물을 펑펑 쏟으며 몇 번이나 고개를 끄덕였다.

"있을게, 오빠랑 있을래. 같이 살고 싶어."

유카리는 짜내듯이 말했다. 눈물과 콧물이 범벅이 되어 목소리가 제대로 나오지 않았지만, 오빠에게 닿기를 바라며 필사적으로 말했다.

"그렇구나."

요이치는 유카리의 마음을 받아들이듯 부드럽게 말하며 깊게 숨을 내쉬었다.

"네 어머니께는 죄송하지만."

"응, 제대로 말할게. 내가 잘 말할 테니까."

유카리는 휴지에 코를 흥 풀었다. 요이치는 잔잔하게 웃으며 그 모습을 바라보다가, 갑자기 방 냄새를 맡으며 눈썹을 찡그렸다.

"뭔가 냄새 안 나?"

말하는 사이에 다네다 씨가 쏜살같이 복도로 달려나갔다.

"다네다 씨가 똥 쌌어."

유카리가 울면서 중얼거렸다. 코를 막아도 풍겨오는 이 고약한 냄새. 틀림없다.

고양이는 똥을 싸고 기분이 좋아지는 동물이라는 것을, 다네다 씨를 기르면서 처음 알았다. 그리고 고양이 똥이 비정상적일 정도로 냄새가 고약하다는 것도.

"정말? 보통 이런 상황에서 똥을 싸니? 분위기 좀 읽어."

두 사람은 일제히 웃었다. 요이치는 '어쩔 수 없고만'이라고 중얼거리며 고양이용 화장실에 남겨진 다네다 씨의 선물을 치우기 위해 일어났다.

유카리는 너무나 가슴이 벅찼다. 그리고 문득 떠올랐다. 아마 봄 즈음, 다네다 씨가 우리 집 마당에 처음 나타났을 무렵. 라디오에서 '당신이 행복을 느끼는 순간'이라는 코너에 청취자들의 다양한 행복이 쏟아져나왔다. 유카리는 라디오에 귀를 기울이며 '나에게 행복이란 무엇일까'를 생각했다. 생각은 했지만, 알 수 없었다. 하지만 생각할 필요가 없었다. 행복한 순간은 언제나 이 집에 확실히 있었기 때문이다. 이런 날들이야말로 행복 그 자체다. 그 사실을 지금까지는 그저 깨닫지 못했을 뿐이다. 마술의 속임수를 알았을 때처럼 알고 나면 특별한 건 없다.

언젠가 모든 기억이 희미해져버린다고 해도, 행복하다고 느낀 이 마음만은 잊고 싶지 않았다.

유카리는 진심으로 그렇게 생각했다.

"죄송해요, 지난번에 해주신 이야기 말인데요. 역시 함께 살 수는 없을 것 같아요."

다음 주 일요일, 유카리는 엄마의 가게에 가서 사과했다. 나는 앞으로도 오빠와 살고 싶다, 우리는 가족이니까, 그렇게 전했다.

"괜찮아, 괜찮다. 그냥 무심코 해버린 말일 뿐이니까. 유카리가 잠시라도 생각해준 것만으로도 기뻐. 미안하구나, 곤란한 말을 해서."

그렇게 말하며 엄마도 미안하다는 듯 사과했다.

"또 언젠가 가게에 놀러와도 될까요?"

엄마는 울면서 몇 번이고 고맙다고 말했다.

"다음에는 오빠도 데리고 올게요. 제대로 인사하고 싶다고 했어요."

가게를 나와 뒤를 돌아보니 엄마는 문 앞에 서서 계속 손을 흔들고 있었다. 꽤 많이 멀어져 형체가 콩알처럼 작아져도 여전히 손을 흔들고 있었다. 그 모습은 유카리의 마음에 오래오래 남았다. 영원히 기억하고 싶었다.

* * *

겨울은 더욱 깊어지고, 요이치의 바쁜 업무도 꽤 진정되어 크리스마스가 지난 후 드디어 종무식을 했다.

연말연시도 예년처럼 둘이 소소하게 보냈다. 선달그믐은 요이치의 희망대로 웃으면 몽둥이로 엉덩이를 맞는, 의미를 알 수 없는 예능 프로그램을 보면서 도시코시소바[11]를 먹고, 새해 첫날에는 떡국을 만들어 먹은 뒤 오후에 집 근처 신사에 첫 참배를 하러 나갔다. 신사에서는 우연히 무사시와 만났다. 어머니와 함께 있던 무사시가, 유카리와 요이치를 알아보고는 얼른 뛰어왔다. 그리고 어머니를 소개해주었다.

"우리 엄마예요."

"항상 아들이 신세를 지고 있네요."

그리고 어머니는 몇 번이나 고맙다며 고개를 숙였다. 무사시의 어머니는 아직 이십대라고 해도 믿을 것 같은 사람이었는데, 그를 본 오빠는 쉽사리 눈길을 거두지 못했다. 그런 요이치의 배를 유카리는 팔꿈치로 힘껏 찔렀다. 그리고 새해 벽두부터 바보 같은 남매 싸움에 돌입해, 반나절 정도 말을 하지 않았다.

---

11 일본에서 12월 31일 밤에 먹는 메밀국수로, 우리말로 직역하면 '해넘이 국수'라는 뜻이다. 메밀국수의 긴 면발처럼 장수를 기원하고, 뚝뚝 끊기는 메밀국수처럼 새해의 액운이 끊어지기를 기원하는 의미를 담고 있다.

그 무렵 가장 뜨거운 뉴스는, 요이치가 언젠가부터 시카노 선생님과 데이트하게 되었다는 것이다. 그렇다고 해도 둘이 밥을 먹은 것뿐 결코 데이트가 아니었다며 두 사람 모두 데이트라고 절대 인정하지 않으려고 했지만. 어쨌든 한 걸음 전진했다며 유카리는 남몰래 기뻐했다.

이윽고 이월에 들어서, 유카리의 고등학교 수험 날이 밝았다.

당일에는 아침부터 눈이 펑펑 내렸다. 유카리는 만약을 위해 한 시간 일찍 집을 나서기로 했다. 도중에 하세가와 집에 들러 합류한 뒤, 수험 장소인 학교로 향할 예정이었다. 평소에는 당당한 하세가와는 시험을 앞두고 상당히 긴장하여 어젯밤에는 그녀의 문자가 쉴 새 없이 도착했다. 그러는 사이 유카리에게도 긴장감이 전이되어 어젯밤은 잠을 푹 자지 못했다.

요이치는, 자신도 조금 후에 일하러 나가야 하면서 일부러 현관까지 배웅하러 나왔다.

"이거 가져가."

그렇게 말하며 손에 들고 있던 무언가를 내밀었다. 그것은 작은 깃발이었다. 어느 나라인지도 모르는 하늘색 국기. 봉 부분은 이쑤시개로 되어 있다. 그것을 받아든 유카리가 찬찬히 들여다보았다.

"이게 뭐야?"

"부적."

"부적이라면 이미 있어. 얼마 전에 하세찌랑 신사에서 받아 왔다고 했잖아."

"어쨌든 지갑이나 주머니에라도 넣어둬."

유카리는 이해할 수 없었지만, 시간이 걱정되어 일단 코트 주머니에 쑤셔 넣었다.

"빌려주는 거니까 제대로 돌려줘야 해."

"그러니까 이게 뭐냐고."

"벌써 십 년째 쓰고 있는 내 부적이야."

요이치는 그렇게 말하고는 뿌듯한 듯 웃었다. 아무래도 속 임수를 공개할 생각은 조금도 없는 것 같았다. 뭐야, 진짜.

"눈이 아주 얇게 쌓였네. 미끄러지지 마."

"미끄러지다니, 수험생한테 어떻게 그런 말을 해!"

"아니, 길에서 미끄러지지 말라는 뜻이야."

"그러니까. 미끄러진다고 자꾸 말하지 말라니까? 섬세함은 전혀 없지?"

유카리는 '흥' 하고 콧방귀를 뀌며 집을 나섰다. 요이치도 출근을 위해 서둘러 준비하러 들어갔다.

유카리는 얇은 눈이 내리는 길을 걸었다. 긴장감과 맞물려 공기가 매우 팽팽하게 느껴진다.

가만히 우산을 쓰고 걸어가자니, 괜히 손이 허전했다. 유카리는 주머니에 든 깃발을 꺼내 이쑤시개 끝을 손가락으로 집어 빙글빙글 돌렸다.

"앗."

인적이 드문 이른 아침, 유카리는 길에서 갑자기 소리를 내며 걸음을 멈추었다. 맑고 차가운 아침 공기에 그 목소리가 울려퍼졌다.

'그렇구나, 이 깃발은…….'

그렇다, 자신이 오빠와 처음 만났을 때 갔던 레스토랑의 어린이 런치에 꽂혀 있던 깃발이다. 어렸던 유카리가 억지로 오빠에게 건네준 것이었다. 왜 그랬는지 모르겠지만, 이 깃발을 가지고 있으면 오빠가 행복해질 것이라고 믿었다.

—벌써 십 년째 쓰고 있는 내 부적이야.

아까 오빠는 그렇게 말했다. 십 년. 그렇게 오랫동안 계속 소중히 간직해주었다……. 뭐야, 치사해, 이렇게 허를 찌르다니.

수줍음이 많은 오빠는, 내가 기억하지 못할 줄 알고 빌려주었을 것이다. 그렇다면 나도 시험이 끝나면 아무것도 눈치채지 못한 척 돌려줘야겠다. 집에 불을 밝히고 여느 때처럼 오빠가 돌아오기를 기다렸다가, 그리고 모르는 척 깃발을 돌려줘야겠다. '그래서, 이게 뭐였어?'라고 시치미를 떼면서. 오늘 밤의 그

대화를 상상하니 괜스레 웃음이 터져나왔다.

정신을 차리고 보니 긴장으로 빨리 뛰었던 심장 박동이 차분해졌다.

"좋았어!"

작은 깃발 부적을 소중히 교복 주머니에 넣고 기합을 넣은 유카리는 다시 걷기 시작했다.

해설

따로 또 같이 '기분 좋은 삶'을 추동하는 책

조금 뜬금없지만, 여러분은 혼자 살고 싶다고 생각한 적 있나요?

본가에서 생활하면서 무엇을 하든 가족의 눈이 신경 쓰이고, 성가시고 울적하다고 느낀 경험은 아마 누구에게나 있지 않을까요? 부모님의 형편이나 규칙에 따르는 것이 아니라, 자신이 원하는 시간에 일어나 좋아하는 음식을 먹고 좋아하는 일을 하고 좋아하는 가구를 들이며, 좋아하는 온도의 방에서 누구의 방해도 받지 않고 살고 싶다고 생각하는 것은 비단 '아이' 뿐만이 아닙니다.

지극히 개인적인 이야기지만, 저는 스물일곱 살에 결혼하고 불과 일주일 만에 '이제 싫어! 혼자 살고 싶어!'라고 생각했습니다. 결혼한 상대가 난폭하다거나 생트집을 잡은 것도 아니고, 상대에게 '이렇게 하라, 저렇게 하라'라는 명령을 받지도, 무언가를 금지당하거나(예를 들면 욕실에서 책을 읽지 말라든가) 비난을 받지도(예를 들어 청소가 조잡하다고) 않았습니다. 다만 매일 조금씩 쌓인 '다른 사람과 사는' 사소한 스트레스들을 잘 해소하지 못한 것이지요.

다 먹은 그릇을 왜 싱크대에 가져다두려고 하지 않을까? 왜 내가 차나 커피를 내리기를 기다리고 있을까? 상대가 입는 와이셔츠를 왜 내가 다림질해야 하는 걸까? 세탁소에 맡기면 왜 슬픈 표정을 짓는 걸까? 내가 늦은 시간에 귀가하면 왜 식사도 하지 않고 있을까? 왜 내가 음식을 만드는 동안 텔레비전만 보고 있는 걸까? 지금 생각하면 기가 막힐 정도로 사소한 일들뿐이지만, 이런 '왜'가 날마다 산더미처럼 존재하여 하나하나 '왜'라고 묻는 것도, '이렇게 하라'라고 말하는 것도 귀찮아 묵묵부답으로 일관한 결과, 채 일 년도 지나지 않아 별거하고 이혼하고 말았습니다.

앞서 '다른 사람과 사는' 스트레스라고 적었지만, 결혼 상대는 자신이 결정하여 '가족'이 된 사람입니다. 자라온 환경도 다르고, 자신만의 규칙이 만들어진 나이가 되어 함께 살기 시작했으니, 이해할 수 없는 습관이 있는 것은 당연합니다. 무슨 생각을 하고 있는지, 무엇을 원하는지, 어떨 때 기분이 좋아지고 어떨 때 불쾌해하는지 '말하지 않아도 알아주길 바라고', '미루어 알아주었으면 하는 것'은 어리광에 지나지 않습니다. 가족이 되었으니, 혹은 가족이니까 하기 어려운 말은 입 밖으로 내뱉지 않으면 절대 상대에게 전해지지 않습니다.

이 책은, 그렇게 한 지붕 아래에서 누군가와 살아가는 일상 속 무심코 지나쳐버리거나 간과하기 쉬운, '함께 살아가기' 위한 중요한 것들을 가득 담은 이야기입니다.

주인공인 아이다 요이치와 유카리는 열한 살 차이 남매로, 오래된 가옥이 모인 한적한 주택가, 부모님이 매입한 오십 년이나 된 구축 가옥에 단둘이 살고 있습니다. 의료품 제조업체에 다니는 스물다섯의 오빠 요이치는 멀쑥하게 키가 큰 외모의 소유자. 휴일에는 집에서 거의 나가지 않으며, 하룻밤 자고 일어나면 대부분의 일은 잊어버리는 살짝 어벙한 사람이죠. 그에 비해 모든 집안일을 담당하는 중학교 3학년 여동생 유카리는 오빠와는 정반대로 똑 부러지는 성격의 소유자. 중학생치고는 큰 키에 얼굴도 작은 데다가 선도 가늘고 팔다리가 길어, 옆집에 사는 마스이 아주머니에게 '인형 같다'는 말을 들을 정도로 예쁜 외모입니다.

늘씬하고 키가 큰 생김새는 비슷하지만, 전혀 다른 성격의 두 사람은 십여 년 전 요이치의 어머니와 유카리의 아버지가 재혼하여 가족이 되었습니다. 그런데 지금으로부터 오 년 전, 눈 오는 날 자동차 결함으로 인한 사고로 아버지와 어머니가 세상을 떠나고 말았지요. 고등학교 졸업과 동시에 대학교 진학을 위해 본가를 떠나 도쿄에서 혼자 살고 있던 요이치는, 아직 초등학생이었던 유카리와 함께 살기 위해 대학교를 중퇴하고 교제하던 연인과도 헤어지며 본가 근처의 기업에 취직합니다. 유카리는 '오빠가 밖으로 일하러 나가면, 자신이 집안일을 한다. 그러한 규칙 아래 지금 자신들은 살아가고 있다'라고 말합니다. 책에서 그리고 있는, 아이다 가문에서 벌어지는 소박하고 따뜻한 일상의 중심에는 요이치와 유카리가 피로 이어지지 않았다는 무거운 사실이 존재합니다.

여섯 개의 에피소드로 이루어진 이야기는, 봄, 여름, 가을, 겨울이라는, 아이다 가문의 약 일 년의 모습을 담고 있습니다.

요이치와 유카리가 둘이 살게 된 사정과 현재 모습을 밝히고, 비뚤어진 앞머리에 젖소를 닮은, '어딘가 살짝 맹해 보이는' 폭신폭신하고 포동포동한 고양이 '다네다 씨'가 아이다 가문의 일원이 되기까지를 그리는 〈고양이와 남매〉. 요이치 후배인 우라카미가 유카리가 만든 도시락을 '애처'가 아닌 '애매(愛妹)' 도시락이라고 이름을 붙이면서 제목으로까지 이어진 〈애매한 도시락〉. 요이치의 어머니 사치코 씨가 사용하던 우산을, 유카리가 망설임 없이 약국 지붕 아래에서 비를 피하던 소년에게 건네면서 '지독한 인연'의 초등학생 콤비 무사시와 마리에를 만나게 되는 〈하늘색 우산〉.

유카리가 같은 중학교의 남학생에게 고백받는 충격적인 사건을 비롯해, 아이다 가문의 건너편에 사는 우사미 할아버지의 입원과 할아버지가 퇴원할 때까지 유카리가 밭을 돌본 한여름을 그리는 〈반짝이는 여름〉. 유카리의 부담임인 시카노 선생님이 요이치의 중학교 동창이라는 사실을 알게 되면서 학부모 면담에서 재회한 두 사람. 부모님의 제사, 동창회, 또 어쩔 수 없이 아이다 가문에 머물게 된 시카노 선생님까지, 기복이 심한 요이치의 늦가을을 그리는 〈포토푀에 밥〉. 그리고 아이다 가문에 자주 걸려오는 아무 말 없는 전화를 발단으로, 요이치와 유카리가 가족에 대해 다시 생각하게 되는 마지막 에피소드 〈너와 살면〉.

사람의 말을 하지는 않지만, 어딘가 달관한 침착함을 지닌 남매의 수호신 다네다 씨, 요이치가 교육하는 후배 우라카미, '기적'이 일어나 유카리가 급속도로 친해진 하세가와까지. 겉모습대로 혹은 겉모습과 달리 딱 적당한 날카로움과 부드러움이 있는 등장인물들은 정말 매력적이지요(다네다 씨는 고양이지만!).

한 번은 우산을 잃어버렸다며 마리에에게 등 떠밀리듯 사과하러 온 무사시가, 그다음 주 홀로 아이다 가문을 방문해 진실을 말하는 장면에서 중얼거린 '저, 비겁한 사람이에요'라는 대사. 보고 있으면 슬퍼진다며 조금 꾸미고 다니라며 학생들에게 잔소리를 듣는 시카노 선생님. 하지만 유카리는 "시카노 선생님이 초라하다거나 애처롭다고 생각한 적은 한 번도 없다. 결코 미인이라고는 할 수 없지만 내면에서 묻어나는 아름다움이 있다. 무심코 하는 행동이나 표정에서 잘난 척하며 어깨에 힘을 주지 않고 살아간다는 느낌이 전해져온다. 게다가 선생님이라는 일을 정말 좋아해서 하고 있다는 것을 수업에 임하는 태도에서도 잘 알 수 있다"라고 생각합니다. 그런 시카노 선생님은 중학교 시절 하야시 선생님에게서 '꽃을 보고 뿌리를 생각하는 사람이 되어라'라는 말을 듣고 감동받았는데, 같은 반이었지만 하나도 기억하지 못하는 요이치는 '그랬던 것 같아'라며, "같은 교실에 있어도 새겨지는 기억은 전혀 다르다는 것을 새삼 깨달았다. 그렇구나, 자신이 멍하니 창밖을 바라보고 있었을 때, 시카는 그런 생각을 하고 있었던 걸까? 꽃을 보고 뿌리를 생각하는 사람이 되어라. 굉장히 좋은 말이잖아. 수업을 착실하게 들었어야 했는데. 지금에서야 그 말을 가슴에 새겼다"라는 생각에 이르는 장면 역시 그다워서 좋습니다.

아무렇지 않게 그리고 있지만, 우사미 할아버지에게 증손자가 태어나 언제든지 바로 볼 수 있도록 유카리가 사진을 휴대폰 배경 화면으로 설정해주는 장면도 가슴에 남습니다. "오, 휴대폰을 열기만 하면 손자들이 있구나. 그것만으로도 얼굴을 찡긋거린 할아버지는 휴대폰을 계속해서 열었다가 닫았다. 유카리는 할아버지가 기뻐하면 자기까지 행복을 나눠 받은 기분이 들었다. 이걸 보고 있으니 왠지 눈물이 날 것 같구나. 할아버지는 몇 번이나 휴대폰을 열어보며 말했다. 깊게 주름진 할아버지 눈가에서 주르륵 눈물이 흘렀다. 할아버지는 파리라도 내쫓듯 눈물을 거칠게 훔쳤다." 이 장면은 유카리가 아무 말 없는 전화의 상대가 누구인지 확신을 갖는 계기가 된, 굉장히 중요한 장면이기도 합니다.

사실 제 진심을 말하자면, 처음 이 책을 읽었을 때 저는 이야기의 중반까지 요이치와 유카리, 두 사람의 생활에서 느껴지는 약간의 부자연스러움을 지울 수 없었습니다. 고등학교 졸업과 동시에, 즉 만 열여덟에 본가를 나와 살던 요이치가 부모님과 유카리와 함께 살았던 기간은 겨우 이 년 남짓. 유카리가 초등학생이 될 즈음까지였다는 계산이 됩니다. 부모님이 돌아가셨을 때 요이치는 스무 살, 유카리는 아홉 살이었지요. 겨우 이 년을 같이 산, 피로 이어지지 않은 초등학교 4학년 여자아이를,

대학교를 그만두면서까지 보살피다니 '일반적이지 않다'라고 생각했습니다.

하지만 그래도 말이죠. 책을 읽으면서 분명 '일반적이지는 않을'지도 모르겠지만, '그게 어때서? 아니, 일반적인 게 뭐지? 이게 일반적이지 않은 거면 이상한 건가? 아니, 그렇지도 않고, 오히려 일반적이지 않다고 안일하게 여기는 내 생각이 갈라파고스적 사고가 아닌가?'라고 깨닫기 시작했습니다.

요이치가 유카리와 함께 살기로 결정한 이유는 무엇일까요? 그는 그 이유를 〈포토푀에 밥〉에서 '시카'에게 밝히고 있습니다. 어떤 의미에서는 자신에게 유리하게 유카리를 이용했다는 이기적인 이유이기도 하지만, 이는 사람이 누군가와 함께 살아가는 가장 흔한, 사실 보통의 이유가 아닐까요?

자기 자신만을 위해 사는 인생은 자유롭고 편합니다. 하지만 다시 독신이 된 지 사반세기가 지난 지금, 저는 솔직히 혼자 사는 삶에 살짝 싫증을 느끼기도 합니다. 누군가를 위해 살고, 누군가와 함께 살아간다는 것은 불편하기도 하고 마음이 무거운 일이기도 하지만, 한편으로는 마음에 의욕이 생기고 보람도 있습니다.

만약 유카리가 미치코 아주머니 집에 맡겨졌다면 포토푀에는 밥보다 바게트가 어울린다는 것을 알 수 있었겠지만, 무말

랭이나 돼지고기가 들어간 계란말이, 톳 조림이나 고구마 맛탕 같은 요리를 만드는 일은 없었겠지요.

돌이켜보면, 제3회 치요다 문학상 대상을 받은 저자 야기사와 사토시 씨의《비 그친 오후의 헌책방》도 '혼자'와 '둘'로 살아가는 것에 초점을 맞춘 이야기입니다. 그 속편인 〈모모코 외숙모의 귀환〉(《비 그친 오후의 헌책방》에 수록)에는, 도쿄 간다에 자리한 고서점의 단골손님으로 교육 출판사에서 근무하는 와다가, 어떠한 사정으로 그 서점에서 짧게 일하던 주인공 다카코에게 '책을 잘 알고 있는지는 상관없다'라고 말하는 장면이 있습니다. "(전략) 그보다 한 권의 책과 만나 얼마나 마음이 움직이는지가 중요한 게 아닐까요?" 저는 그 대사에 크게 공감합니다.

이 소설은 지금 누군가와 함께 살고 있는 사람에게는 자신에게 '너'라는 존재와의 거리감을 다시 느껴보는 계기가 될 것입니다. 혼자 사는 사람이라면 언젠가 누군가와 함께 사는 것도 나쁘지 않다는 마음을 가지게 될 테고요.

초능력자가 아닌 우리는 텔레파시를 사용할 수 없습니다. 그러니 요이치와 유카리처럼 대화하고 부딪치며, 따로 또 같이 기분 좋은 거리를 찾아 함께 '살아보는' 건 어떨까요?

후지타 카오리